이즈미시키부 와카 표현론

저자 약력

▌노 선 숙

한국외국어대학교 일본어과를 졸업하고, 동 대학원에서 석사 학위를 받았다. 이후 일본 쓰쿠바 대학 대학원 문예·언어연구과에서 석사학위와 박사학위를 취득하였다. 1998년부터 부산대학교 일어일문학과 교수로 재직 중이다. 『만요슈万葉集』를 비롯하여 일본 중고·중세 시대 칙찬 와카집 등 주로 일본 고전 시가를 연구하고 있다. 저서에 『에로티시즘으로 읽는 일본문화』(공저, 제이앤씨, 2013), 옮긴 책에 『마음에 핀 꽃―일본 고전문학에서 사랑을 읽다』(울력, 2013)·『이즈미시키부 일기』(지식을 만드는 지식, 2014) 등이 있다.

이즈미시키부 와카 표현론

초 판 인 쇄	2016년 07월 15일
초 판 발 행	2016년 07월 25일
저　　　자	노 선 숙
발 행 인	윤 석 현
발 행 처	제이앤씨
책 임 편 집	최인노
등 록 번 호	제7-220호
우 편 주 소	서울시 도봉구 우이천로 353 성주빌딩 3층
대 표 전 화	02) 992 / 3253
전　　　송	02) 991 / 1285
홈 페 이 지	http://www.jncbms.co.kr
전 자 우 편	jncbook@hanmail.net

ⓒ 노선숙, 2017. Printed in KOREA

ISBN 979-11-5917-019-5 93830　　　　　　　　　　정가 18,000원

이즈미시키부 와카 표현론

노 선 숙 저

제이앤씨
Publishing Company

이즈미시키부 와카 표현론

머 리 말

    일본 시가문학 역사 상 자연과 더불어 사랑은 커다란 지주가 되어
왔다. 시대 상황과 사회의 변화에 따라 사랑의 형태도 변하지만 가
장 인간적이고 본질적인 감정의 발로로서 사랑의 감정이 생겨나고
그 감정을 소재로 다양한 사랑의 노래가 끊임없이 읊어져 오늘날까
지도 이어지고 있다. 『만요슈万葉集』시대에 보여지는 고대 사람들의
사랑, 특히 아즈마우타東歌·사키모리노우타防人歌에는 민중의 소박
하고 진실한 심정이 그대로 드러나 있으며 『고킨 와카슈古今和歌集』·
『신고킨 와카슈新古今和歌集』시대에 활약한 여성가인들의 노래에는
섬세한 사랑의 우수憂愁가, 근세 하이카이俳諧에는 에도시대 쵸닌町
人의 분방한 사랑이 묘사되고 있어 다양한 사랑의 형태만큼 다채로
운 사랑의 시가 읊어져 왔다.

    헤이안 시대平安時代에 활약한 여류가인으로 특히 사랑 노래에서
진면목을 보여주는 이즈미시키부 노래에 관한 연구는 주로 그녀가
사용한 형용사를 중심으로 이루어져 왔다. 고전 작품의 특징은 그 작
품 속에 어떠한 단어가 사용되고 있는가에 따라 좌우되기도 한다. 동
시에 작가가 사용하는 특징적인 단어는 그 작가의 특징을 결정적인
것으로 만드는 요인이 되기도 하는데 특징적인 언어의 축출은 사용
된 용어의 빈도수가 하나의 기준이 될 수 있다. 본서에서는 그녀가 헤

쳐나간 질곡의 세월 속에서 유의미하다고 판단되는 어휘, 주로 동사와 명사에 관한 가어를 중심으로 고찰한 논고를 모았다.

제1부에서는 '말하다'라는 의미의 '言ふ유'와 유사 동사인 '語らふ가타로'를 통해 소통을 갈구한 이즈미시키부의 가어를 중심으로 조망하였다.

제2부에서는 일반적으로 삼인칭을 의미하지만 노래에서는 주로 사랑하는 사람인 이인칭의 의미로 사용되는 '~人히토'라는 어휘를 통해 연인이란 이름의 타자라는 시선에서 이즈미시키부의 가어를 분석하였다.

제3부에서는 '먼 곳을 멍하니 바라본다'는 의미와 '수심에 잠긴다'는 의미를 지닌 'ながむ나가무'와 'もの思ふ모노오모', 그리고 상대방을 '원망한다'는 본래의 어의와는 달리 사랑의 다른 표현인 '恨む우라무'라는 가어를 통해 동전의 양면과도 같은 사랑의 가어를 고찰한 논고를 실었다.

마지막으로 제4부에서는 이즈미시키부 와카 표현의 특징을 가어 '아리有(存)リ'를 통하여 분석함으로써 이즈미시키부의 철학적 사유에 관해 해석하고 그 함의를 읽어내는 것을 목표로 삼았다. 세상의 보편적인 규범과 이상에 부합되지 않는 자기 삶의 방식에 대한 치열한 고뇌이자, 어떻게 살아가야 할지에 관한 철저한 철학적 사유가 '아리有(存)リ'에 어떻게 투영되었는가를 밝히는 것을 논의의 중심으로 삼았다.

본서에서 주목한 이들 가어에 관한 연구는 이즈미시키부 생애를 관통하는 모든 가어를 대변한다고는 볼 수 없다. 그럼에도 본서는 이즈미시키부 생애에 있어 가장 아름답고 행복했던 화양연화와 같은 시기이자 주옥같은 와카를 남길 수 있었던 아쓰미치 친왕 관련 가어를 정리했다는 점에서 조금이나마 의미를 부여할 수 있을 것으로 사료된다. 개인적으로는 필자가 10여 년에 걸쳐 발표했던 연구 궤적을 되돌아보면서 학문적 부족함을 반성하며 초심으로 돌아가는 전환점으로 삼고자 한다. 동시에 고착된 시각에서 벗어나 보다 깊은 분석과 통찰의 밑거름으로 삼으며 연구에 박차를 가하는 또 하나의 새로운 출발점으로 삼고자 한다. 이 책을 읽는 분들의 애정 어린 질정을 부탁드린다.

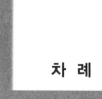

차 례

제 1 부

소통과 공감의 가어

이
즈
미
시
키
부
와
카
표
현
론

제1장

'言ふ유'와 '語らふ가타로'

이즈미시키부和泉式部의 작품은 읊은 노래의 내용과 함께 표현에 있어서도 여류가인 가운데서 두드러진 특색을 보인다. 이즈미시키부의 특이한 표현에 관해서 이시다 도모코石田知子는 이즈미시키부 노래에 보이는 동일한 단어나 어구의 반복 표현을 중어표현(重語表現)[1]이라 규정지었다. 이러한 이즈미시키부의 표현상의 특색과 더불어 주의를 끄는 점이 바로 이즈미시키부 노래에 투영된 의식이다. 이즈미시키부 노래를 엮어 모은『이즈미시키부 정집和泉式部正集』『이즈미시키부 속집和泉式部続集』[2]에 다음과 같은 노래가 있다.

---

1 石田知子(1963)「和泉式部の歌に見られる表現上の特色」『実践文学』第20号, p.33
2 이하 두 작품을『이즈미시키부 가집』이라 총칭하고, 특별히 구별할 경우에는『정집正集』『속집続集』이라 부른다. 본문 중에 인용한 노래 번호와 노래의 원문은 시미즈 후미오清水文雄 校注(1988)『和泉式部集・和泉式部続集』(岩波文庫)에 따른다.

707　말 않으면 왠지 서먹하고 털어놓으면

　　　한층 더 슬퍼지는 시름에 잠겼어라

　　　岩つつじいはねばうとしかけていへば物思ひまさる物をこそ思へ

　이 노래에서 가장 눈에 띄는 것은 '岩(言は)つつじ이와쓰쓰지(바위철쭉)', 'いはねば이와네바(말하지 않으면)', 그리고 'いへば이에바(말하면)' 등 '言ふ유(말하다)'라는 동일한 어구가 3회나 반복해서 사용되고 있다는 점이다. '말하다'라는 의미를 지닌 '言ふ'라는 단어가 중복되어 사용된, 이른바 중어표현이다. 먼저 '岩(言は)つつじ'는 그 다음에 이어지는 'いはねば'를 이끌어내기 위한 조고토바序詞인데 이는 와카에서 어떠한 어구를 끌어내기 위해 사용되는 5음 이상의 어휘를 말하며 실질적인 의미작용은 수반하지 않는다. 이어지는 'いはねば'와 'いへば'는 모두 소통과 관련된 어구로 표현과 소통에 대한 갈등을 여실히 드러내고 있다. 타자와의 소통을 갈구하는 태도를 나타내는 '言ふ'라는 표현과 함께 홀로 자신의 내면으로만 치닫는 폐쇄적이고 소극적인 태도를 나타내는 '物思ふ모노오모(수심에 잠기다)'라는 서로 상반된 경향을 지닌 단어가 한 수 안에 읊어지고 있다.

　이 노래는 남몰래 혼자 괴로워하는 마음속 고민을 자매에게 털어놓으며 읊은 노래이다. 자신의 고민을 말해야할지(言へば) 말하지 말아야할지(言はねば)에 대한 대립과 갈등, 그리고 그 결과로서 자매사이의 서먹함(うとし우토시)과 말로 표현함으로써 더욱더 깊어지는 시름(物思ひまさる모노오모이마사루)'이 대비되면서 표현과 소통 여부를 둘러싼 틈새에서 고뇌하는 이즈미시키부의 의식이 극명하게 투

영되고 있다. 다음은 이즈미시키부가 아쓰미치 친왕敎道親王의 죽음을 슬퍼하며 지은 연작 가운데 한 수이다.

956 내게 정답게 말 건네던 목소리 그리워라 당신 모습은
     예전 그대로인데 이젠 아무런 말도 건네지 않기에
     語らひし声ぞ恋しき俤はありしそながら物も言はねば

아쓰미치 친왕의 생전 모습은 눈앞에 생생하게 떠오르는데 아무 말도 건네지 않기에 예전 정겹게 이야기를 건네주었던 그의 목소리가 못 견디게 그립다는 내용이다. 이 노래의 특징도 앞서 예시한 노래와 마찬가지로 '語らふ가타로(서로 이야기를 나누다)', '声고에(목소리)', 그리고 '物も言はねば모노모 이와네바(아무 말도 건네지 않기에)' 등과 같이 소통과 관련된 표현이 반복적으로 사용되고 있다는 점이다. 게다가 죽은 사람을 추억하는 데 있어 연인의 생전 모습이 아닌 목소리를 그리워한다는 점에서 이즈미시키부의 남다른 의식이 반영된 노래로 주목된다. 이렇듯 사랑하는 사람의 목소리를 갈구하는 이즈미시키부의 남다른 의식은 『이즈미시키부 일기和泉式部日記』에도 잘 드러나 있다.

　귤꽃 향기에 견주기보다 직접 듣고 싶어라

　진정 당신 목소리 그 사람과 같은지

　薫る香によそふるよりはほととぎす聞かばやおなじ声やしたると (p.18)[3]

----

3 이하, 『이즈미시키부 일기』의 본문과 페이지는 新編日本古典文学全集 『和泉式部日記·紫式部日記·更級日記·讃岐典侍日記』(小学館)에 따른다. 또한 일기 작품의 한

이 노래는 일 년 전 사망한 다메타카 친왕為尊親王의 동생인 아쓰미치 친왕으로부터 귤나무 꽃을 선사받은 답례로 이즈미시키부가 읊어 보낸 노래이다. 이 노래에서도 '목소리(声)'에 민감하게 반응하는 이즈미시키부의 모습을 확인할 수 있다. 이와 관련지어 『이즈미시키부 전석和泉式部集全釈』[4]에는 다음과 같은 기술이 보인다.

> 어린 시절의 모습이 아름다웠다고 하는 다메타카 친왕과 그 동생인 아쓰미치 친왕은 오래도록 사랑하는 사람의 추억에 남을만한 아름다운 목소리의 소유자였던 것일까.
>
> 童姿が美しかったという為尊親王、及びその弟君の敦道親王は、永く恋人の思い出に残るような美しい声の持主達だったのであろうか。

사람목소리에 대한 이즈미시키부 인식의 특징을 다메타카 친왕과 아쓰미치 친왕 두 사람이 모두 아름다운 목소리의 소유자였을 것이라는 추정과 관련지어 설명하고 있다. 그러나 이것만으로는 사람목소리에 대한 애착과 소통을 전제로 한 '言ふ'에 대한 그녀의 의식을 설명하기에는 미흡한 감이 있다. 이즈미시키부가 간절하게 추구했던 '語らひし声ぞ恋しき(정답게 말 건네주던 그 목소리 그리워라)'(956), 그리고 일기작품 속에 보이는 연인의 목소리에 집착하는 그녀의 의식 속에는 보다 복합적인 의미에서의 '言ふ' 상황에 대한

국어 번역은 졸역(2014)『이즈미시키부 일기』지식을 만드는 지식, 을 따랐다.

4 佐伯梅友·村上治·小松登美(1977),『和泉式部集全釈』, 笠間書院. 이하『全釈』이라 약칭한다.

집착이었다고 사료된다. 따라서 본고에서는 이즈미시키부 와카 속에 사용된 '言ふ'와 그와 상반되는 '言はで思ふ', 그리고 '言ふ'와 유사한 의미를 지닌 '語らふ'라는 표현을 분석함으로써 이즈미시키부의 '言ふ'에 대한 인식과 그 변용을 고찰해보고자 한다.

1. 소통과 침묵 : '言ふ유'와 '言はで思ふ이와데오모'

앞서 언급한 바와 같이 이즈미시키부는 '言ふ'에 대해 각별한 의미를 부여하고 있다. 새삼스럽게 '言ふ'의 의미를 거론하면 ① 말로 하다. 말로 전하다. ② 관습적으로 말해 오다. ③ 명명하다. ④ 구애하다. 청혼하다. ⑤ (시가를)읊조리다. ⑥ (동물이)울다. ⑦ (구체적인 발언행위로서의 의미 없이 형식적으로)말하다. 등으로 되어있다.[5] 이에 따르면 '言ふ'는 단순히 '말하다'라는 의미와 더불어 보다 폭넓고 의미 있는 발언까지를 의미하며, 특히 '④ 구애하다. 청혼하다.'의 의미는 고전작품에서 연애관련 기사나 노래에 자주 등장하는 사랑과 관련된 의미이다. 고전 작품에서는 의미내용에 있어 포괄적이고 폭넓은 의미를 갖는 어휘를 선호하는 경향을 엿볼 수 있는데, 특히 연애나 성과 관련된 표현은 명확한 묘사보다 완곡하게 묘사하는 성향이 두드러진다. 이러한 어휘를 사용함으로써 직설적이고 노골적인 묘사를 피하고 우아한 분위기를 꾀할 수 있게 되는데 '言ふ'도 이

---

5 北原保夫 他編(1994), 『古語大辞典』, 小学館.

러한 부류의 동사에 속한다. 여기서는 완곡한 성과 관련된 의미가
아닌 사랑의 감정과 관련되어 사용된 '言ふ'의 노래를 살펴본다.

- 마음에 있는 생각을 말로 표현하면 너무나도 격정적이어서
  골짜기 흐르는 세찬 물살 같은 그 사람 향한 복받치는 마음을
  억누르고 있어라
  言に出でて言はばいみじみ山川の激つ心を塞かへたりけり

  (『古今六帖』2652)

- 가슴 저 밑바닥에서부터 억누르기 힘든 격정이 넘쳐나건만
  말로 표현하지 않고 그리워하는 마음은 훨씬 더 깊고 세차여라
  心には下ゆく水のわきかへり言はで思ふぞいふにまされる

  (『古今六帖』2648)

위에 예시한 노래는 절절한 사랑의 감정을 말로 표현하기보다는
어떠한 고통이 수반되더라도 견디며 마음속에 간직하리라는 내용
이다. 사랑하는 사람에 대한 격렬한 연정과 홀로 가슴 속으로만 사
모하는 짝사랑의 숨 막히는 괴로움을 호소하고 있다. 이러한 발상의
원류는 『만요슈万葉集』에서 찾아볼 수 있다. '입 밖으로 내서 말하면
자칫 여러 가지 곤란한 일이 생기므로 나팔꽃처럼 겉으로 드러내지
못하고 남몰래 홀로 사랑앓이를 하고 있어라. 言に出でて言はばゆゆしみ朝
顔のほには咲き出ぬ恋もするかな (2275)'라는 노래가 수록되어 있다. 당시 사
람들은 말에는 신령스럽고 기묘한 힘이 깃들어 있다고 믿는 고토다
마言霊 신앙을 가지고 있었다. 그리하여 다른 사람 앞에서 비밀스런

사랑을 함부로 입 밖에 내면 소문이 무성하여 두 사람의 사랑이 이루어지는데 방해가 된다고 믿어 말조심하였다. 이를 뒷받침하는 내용으로 '그립다하여 대 놓고 말하는 걸 삼가는 나라여라. 결코 얼굴에 드러내지 마세요, 그리워하다 죽는 한이 있더라도. 言ふことの恐き国そ紅の色にな出でそ思ひ死ぬとも(683)'라는 금기의 노래가 보인다. 이와 같이 시대를 거슬러 올라간 고대에는 '言ふ' 행위, 즉 표현하는 그 자체를 터부시하였다는 사실을 엿볼 수 있다.

2648의 하구下句는 『야마토 모노가타리大和物語』 152단에서 유래한 유명한 구절이다. 옛날 나라 시대奈良時代에 이와테磐手 마을에서 매사냥을 즐긴 천왕에게 매우 영리한 매를 헌상한다. 천왕은 그 매를 굉장히 마음에 들어 하였고, 매의 이름을 출생지와 동일하게 '이와테'라 지어 불렀다. 그런데 이와테를 맡아 관리하는 소임을 맡은 대납언大納言이 그만 매를 날려 보내고 말았다. 이 사실을 천왕에게 고하지 못하고 몇 날 며칠을 고심하다 결국 천왕에게 고하게 되는데, 이를 보고받은 천왕은 아무런 말도 하지 않는 것이었다. 이에 대납언이 연유를 여쭙자 '이와테에 대해서 입에 올리지 않고 마음으로 생각하는 편이 입 밖으로 말을 내는 것보다 백배나 더 고통스럽다. 言はで思ふぞいふにまされる'라 답한다. 여기서 '言はで이와데'가 매의 이름인 '이와테'와 동음이의어인 '입 밖에 내지 않는다'는 의미의 '言はで'임은 말할 필요도 없다.

그렇다면 자신의 감정을 말로 표현하는 것보다 마음속으로 생각하는 편이 훨씬 괴롭다는 사실을 인정하면서 어떤 연유로 입을 다물려 하는 것일까. 그것은 괴로운 심경을 말로는 다 풀어낼 수 없다는 언어

가 갖는 숙명적인 한계와, 말로 표현하면 할수록 대상을 향한 솟구치는 그리움을 주체할 수 없다는 극도의 슬픔 때문일 것이다. 흐르는 물의 표면은 잔잔한 듯 고요해 보여도 수면 아래에서는 물이 세차게 솟아나고 물살은 세차다. 이와 마찬가지로 천 마디 말로 괴롭다는 표현을 하지 않더라도 그 속내는 여기 함께 하지 못하는 상대방을 향한 그리움이 격렬하게 밀려와 견딜 수 없다는 극한의 그리움을 표현한 것이 '言はで思ふいわ데오모(말로 표현하지 않고 그리워하는 마음)'에 담긴 심경일 것이다. 한계를 지닌 언어 표현에 대한 거부감과 함께 내향적이고 자기 제어적인 자세를 읽어낼 수 있다. 또 다른 예를 들어보기로 한다.

- 그리워하지 않겠노라 다짐했건만

  연분홍 꽃잎처럼 쉽게 변하고 마는 내 마음이여!

  思はじと言ひてしものをはねず色の移ろひやすき我が心から

  (『万葉集』657)

- 기구한 내 운명 말로는 다 못하리

  그렇다 하여 마음에 묻어두자니 가슴이 터질 것 같아라

  身の憂きを言はばはしたになりぬべし思へば胸のくだけのみする

  (『伊勢集』218)

- 이내 속마음을 털어놓는 일이랑 그만 두어야겠다

  어차피 이 세상에는 나와 똑같은 마음을 가진 사람은 없을 테니

  思ふこといはでぞただにやみぬべき我と等しき人しなければ

  (『伊勢物語』124단)

- 말로 표현하려니 나의 마음을 온전히 전할 길 없고 그렇다고 해서

잠자코 있자니 그리움에 마음이 혼란스러워 오로지 마음속으로만
한숨짓네
言へばえに言はねば胸に騒がれて心一つに嘆く頃かな

(『伊勢物語』34단)

『만요슈』657은 사랑하는 사람을 향한 연정 앞에서 무너지는 이성
의 무력함을 노래하고 있다. 다시는 사랑하지도 생각하지도 말자고
다짐했건만 그런 자신의 결심은 한순간에 무너지고 또다시 사랑하는
사람을 그리워하게 된다는 내용이다. 이 노래에 사용된 '言ふ'는 다짐
한다는 의미로 해석되며, 그러한 굳은 다짐이 사랑 앞에서 허망하게
무너진다는 언어의 무력함에 빠져 허우적거린다는 노래다.

『이세슈』218도 언어표현의 한계를 지적하면서도 말로 표현하지
않고 참고 견디기는 더 이상 무리라고 아우성치는 심경의 고통을 하
소연하며 백기를 들고 있다. 여기서 한 가지 짚고 넘어가야 할 문제
는 '思ふ오모'라는 동사다. 의미 내용에 있어 폭넓은 동사의 일종인
'思ふ'는 일반적으로 자신의 연정을 입 밖으로 표현하지 않고 가슴
속에 묻어두고 번민하는 사랑에 관련된 행위를 의미한다. 그러나
『이세슈』218의 '思ふ'가 반드시 사랑에 관한 고민이라고 한정할 수
는 없다. 다만 무언가 인간관계에 있어 갈등하는 이세伊勢가 견딜 수
없을 정도의 고충을 마음속에 간직한 채 입 밖으로 내서는 안 되는
상황에 놓여있다는 것을 추정할 수 있을 뿐이다. 이 노래에는 이세
의 내향적이고 자기억제적인 자세와 자신의 슬픔을 언어로는 온전
히 표현할 수 없다는 안타까운 심정이 잘 드러나 있다. 또한 서로 상

반된 '言ふ'와 '思ふ' 행위의 틈새에서 이도 저도 할 수 없는 절박한 심정을 가능한 한 객관적인 태도와 담담한 어조로 표현하고 있다.

『이세 모노가타리』124단은 인간 고독에 근거한 노래로 풀이할 수 있다. '言ふ' 행위 자체가 인간과의 이해를 도모하기보다는 오해를 증폭시키는 요인이 되므로 대화 자체를 거부하겠다는 내용의 노래이다. 자신과 똑같은 생각을 지닌 사람은 이 세상에 존재하지 않는다는 인간의 절대 고독이 커뮤니케이션에 있어 필수적인 '言ふ' 행위조차도 거부하게 만들고 있다. 이 대목은 요시다 겐코吉田兼好의 『쓰레즈레구사徒然草』제12단을 연상시킨다. 요시다 겐코는 자신이 추구하는 이상적인 교우 관계와 현실과의 격차를 인식하고 '주위에 서로 이야기를 나눌만한 친구가 없을 때에는 차라리 자신의 생각을 마음속에 담아두는 편이 낫다'고 피력하였다. 일견『이세 모노가타리』124단의 노래와 유사하나 요시다 겐코는 마음속의 심상을 그대로 마음속에 담아두지 않고 집필행위로 승화시켜『쓰레즈레구사』라는 작품을 남겼다는 점에서『이세 모노가타리』124단에서 말을 아낀 주인공과는 구별된다. 이러한 태도는 언어의 한계를 실감한 이즈미시키부가 '言ふ' 행위를 포기하지 않고 '대성통곡으로서'라도 표현하겠다는 163번 노래에서 올 수 있었던 의사전달에 대한 이즈미시키부의 적극적이고 강력한 의지와도 일맥상통한다.

마지막으로『이세 모노가타리』34단은『이세슈』218과 유사한 발상의 노래이다. 그러나『이세슈』218번 노래와『이세 모노가타리』34단이 자신의 심정을 말하지 않고 가슴속에 담아두면 견딜 수 없는 수심이 생긴다고 토로한 데 반해, 앞에서 언급한 707번 노래(岩つつじ

いはねばうとしかけていへば物思ひまさる物をこそ思へ)는 말을 해버리면 수심(物思ひ)이 더욱더 커진다고 노래하고 있어 상반된 태도를 보이고 있다. 여기서도 언어(言ふ)의 효용성에 대한 이즈미시키부의 뿌리 깊은 회의와 부정적인 견해를 읽을 수 있다.

이와 같이 약간의 차이는 있지만 이즈미시키부를 비롯한 당시 가인들이 '言ふ' 용례를 사용하여 읊은 노래의 내용은 '言ふ' 자체로서의 의미보다는 '말을 하더라도 상대방에게 자신의 심정을 그대로 전할 수 없다'라든가, '자신의 심정을 말로 표현하지 않는 편이 낫다' 등, '言ふ' 행위의 부정적인 측면이 부각되어 읊어지고 있다. 이러한 까닭에 형태면에 있어서도 '言ふ'는 긍정보다는 '言はで'나 '言はねば'와 같은 부정의 형태, 또는 '言はねば'와 '言はば이와바(말하면)'와 같이 아직 실현되지 않은 가정의 형태로서 사용되고 있다는 사실을 확인할 수 있다. 이러한 경향은 이즈미시키부 노래에도 그대로 적용된다.

163   이렇다 저렇다 말하면 흔해빠진 설명이 되니
      대성통곡으로서 내 슬픔 표현하고파
      ともかくも言はばなべてになりぬべし音に泣きてこそ見せまほしけれ

276   썰물 때에 맞춰 여기저기 해변을 찾아 헤매도
      조개가 없듯 이제 나 살아갈 보람 없다
      潮の間に四方の浦浦もとむれど今はわが身のいふかひもなし

992   듣는 사람이 꺼려하니 세상 떠난 그에 관해 말 못하고 생각뿐
      마음속으로는 오늘도 잊지 못한 채
      聞く人の忌めばかけても言はで思ふ心のうちは今日も忘れず

　1173　버림받은 불운한 처지가 나 혼자만은 아니지만

　　　　일반적인 사랑이 아니기에 주변사람들에게 말할 수 없는 것들

　　　　忘らるる憂き身一つにあらずともなべての人にいはぬことごと

　1393　밤에 꾸는 꿈도 믿을만한 구석이 있건만

　　　　말할 가치 없어라 덧없는 내 신세는

　　　　見る夢もかかり所はあるものをいふかひなしやはかもなき身は

　1458　서로 만나 관계를 맺는 것이 그 무엇보다 중요하다면

　　　　이제 당신에게 아무런 말도 하지 않고 오로지 그것만 생각하리

　　　　逢ふ事によろづまさらぬ物ならば言ひには言はで思ひにぞ思ふ

　　163의 노래는 『정집正集』163번의 노래인 동시에 『속집續集』1114
번에도 중복되어 실려 있다. 또한 『센자이 와카슈千載和歌集』(恋五)
에도 수록된 이즈미시키부의 대표적인 노래 가운데 한 수이다. 상구
上句에서는 언어에 의한 의사전달의 어려움을 호소하고 하구에서는
통곡이야말로 유일하고 절대적인 표현법임을 시사하고 있다. 이 노
래에는 '言はば'와 '音に泣きて(대성통곡으로서)'와 같이 '목소리'와 '音
네(소리)' 등 청각적인 어휘와 '見せまほし 미세모시 (보여주고파)'의 시각적
인 어휘가 어우러져 언어의 한계와 신체에 의한 의사전달을 읊음으
로써 제한적인 언어전달의 공허함을 표현하고 있다.

　　언어 표현의 무력함에 관한 노래는 앞서 예시한 『이세 모노가타
리』(124단)의 '思ふこといはでぞただに止みぬべき…'에서도 볼 수 있었
다. 두 노래는 자신의 속내를 타인에게 온전하고 적확하게 전달할
수 없고 그렇기 때문에 자신의 속내를 완전히 이해받을 수 없다는

고독한 인간의 내면을 탄식한 내용이라는 공통점을 지닌다. 하지만 고독의 치유방법에 있어서는 차이점을 보인다. 즉 『이세 모노가타리』의 '思ふこといはでぞただに止みぬべき…'의 노래에는 아예 사람들과의 대화마저도 시도하지 않겠다는 '言ふ' 행위에 대한 거부와 함께 의사전달의 포기의사를 보인다. 이와는 달리 이즈미시키부의 163번 노래에는 '言ふ' 행위가 자신의 심정을 말로는 표현할 수는 없으나, 자신의 통곡의 울부짖음과 몸짓으로라도 자신의 심정을 표현하겠다는 의사전달에 대한 적극적인 자세를 보이고 있어 대조를 이루고 있다.

한편 163번 노래는 헤이안 중기 시대의 여류가인인 이세(872?~939)가 읊은 노래로 『이세슈』218번 노래 '身のうきをいはばはしたになりぬべし…'와 유사한 발상을 지니지만 한 발 더 나아간 태도를 보이고 있다는 점에서 색다르다. 다시 말해 언어로는 도저히 표현할 수 없는 슬픔 내지는 표현할 수 있는 언어의 한계를 초월한 슬픔을 육체에 의한 통곡으로밖에 표현할 길이 없다고 언어의 한계를 개탄하면서도 이즈미시키부는 여전히 언어를 초월한 슬픔을 언어인 와카로서 형상화하고 있는 것이다.

276번 노래는 『신고킨 와카슈新古今和歌集』1716에도 수록된 노래이다. '조개'를 의미하는 '貝가이'는 '보람'을 뜻하는 '甲斐가이'라는 말과 동음이의어이다. 자신의 기구한 운명을 말할 가치조차 없다는 자괴감을 노래한다. 1173과 1393은 모두 자신의 기구한 신세는 말할 가치조차 없다는 내용이며, 992는 죽은 아쓰미치 친왕을 그리는 마음을 다른 사람에게 말은 하지 않지만 마음속에서는 지금도 잊지 않

고 생각하고 있다는 '言はで思ふ이와데오모'의 심정을 읊고 있다. 1458
은 이즈미시키부가 사랑하는 사람과 어려운 상황 속에서 간신히 만
났지만, 이야기도 제대로 나누지 못한 채 헤어진 상황에서 읊은 노
래이다. '言ひには言はで'의 '言ふ'와, '思ひにぞ思ふ'의 '思ふ' 등 동일
한 어구를 반복한 중어표현으로, 이른바 '言はで思ふ'의 자세를 강조
하고 있다. 이와 같이 상기한 5례는 모두 '言ふ' 행위에 대한 이즈미
시키부의 부정적이고 소극적인 태도를 표현하고 있다. 한편, 이러한
태도와는 달리 극히 소수이나 『이즈미시키부 일기』에는 '言ふ' 행위
에 대한 긍정적인 태도가 엿보인다.

> '흘린 눈물에 눈조차 얼어붙어 뜰 수가 없네 괴롭고 긴 겨울밤 하얗게
> 지새운 밤'이라는 노래를 지어 보내는 사이에 언제나 그랬듯이 울적한
> 마음의 위안이 되었다. 하지만 이런 화답을 위안거리로 삼으며 지낸다
> 는 것은 참으로 헛되고 헛되어라.
> 冬の夜の目さへ氷にとぢられて明かしがたきを明しつるかな
> など、言ふほどに、例のつれづれなぐさめて過ぐすぞ、いとはかなき
> や。
>
> (p.81)

위에 예시한 '言ふ'는 이즈미시키부와 아쓰미치 친왕의 편지를 통
한 대화를 의미하며 이제까지 예시한 '言ふ'의 용례와는 달리 '言ふ'
행위에 대한 긍정적인 태도가 엿보인다. 이는 이즈미시키부가 '言
ふ' 행위를 통해 마음의 위안을 얻었다고 술회하고 있기 때문이다.
하지만 '言ふ'가 사용된 이즈미시키부의 대부분의 노래에는 '言ふ'

행위의 한계성에 대한 탄식과, 상대방에게 자신의 고충을 언어로서 전달하는 방법을 단념하고 '思ふ(마음속으로 삭이며 애태우다)'라든가 '泣く(울다)'라는 소극적인 태도로 변용되어 나타나고 있다는 것을 알 수 있었다.

2. 소통과 공감 : '言ふ유'와 '語らふ가타로'

'言ふ' 용례가 사용된 이즈미시키부의 노래는 대개 사랑의 고뇌와 그러한 괴로운 사랑으로부터 벗어날 수 없는 신세를 한탄하며, 남녀 사이의 사랑과 고달픈 삶의 감회를 읊고 있다. 이즈미시키부는 '言ふ' 행위에 대하여 '말을 하면 수심이 더욱 커진다. 岜つつじいはねばうとし…', '말로 하지 않고 마음속으로 생각하다.言はで思ふ(992, 1458)', '언어가 아닌 몸(통곡)으로 자신의 의사를 전달하다.(163)', '말해 보았자 아무런 소용이 없으므로 아예 말을 하지 않겠다.言ふかひなし(276, 1393)' 등 상황에 따라 다양한 대응을 보이고 있으나 '言ふ' 행위에 대한 부정적이고 소극적인 이즈미시키부의 기본적인 태도에는 변함이 없다. 또한 그녀의 노래 가운데 사용된 '言ふ'는 적극적인 의사 표시를 뜻하는 '言ふ'의 일반적인 의미보다는, 남에게 털어놓을 수 없는 사랑이나 불륜에 관한 내용을 그 누구에게도 털어놓을 수 없다는 안타까운 심정, 또는 말하더라도 소용이 없다는 체념, 이른바 '言はで思ふ'나 '言はば物思ひまさる' 등과 같이 '言ふ' 행위에 대한 소극적이고 부정적인 자세가 일관되어 나타나고 있다.

한편 '言ふ' 이외에 타인과의 의사전달을 의미하는 어휘에 '語らふ'가 있는데, 이즈미시키부는 이 어휘를 즐겨 사용하고 있다. 동시대의 여류가인 중 가장 많은 '語らふ'의 용례(75례)를 구사하고 있다[6]는 점에서도 그녀가 '語らふ' 행위에 부여한 의미의 크기를 미루어 짐작할 수 있다. 그런데 이즈미시키부가 사용한 '語らふ'는 '言ふ' 행위와는 달리 그 대응관계에 있는 사람과의 대화(語らひ)를 통해 마음의 위안을 얻었다는 긍정적인 노래가 대부분이다.

이즈미시키부는 '語らふ' 행위에 큰 의미와 비중을 두었으며 '語らふ' 대상이 연인이건 친구이건 간에 사람들과의 교제를 소중히 한 가인이었다. 앞에서 언급한 바와 같이 이즈미시키부는 목소리에 민감한 반응을 보이는데 이는 엄밀하게 따지면 친근하게 서로 이야기를 나눈다는 의미를 지닌 '語らふ声'를 중시했다고 말할 수 있다. 일률적으로 말할 수는 없지만 '語らふ'가 사용된 노래는 대부분이 '語らふ' 행위에 의해 울적한 마음의 위안이 되었다는 패턴을 보이고 있다[7]. 이에 해당하는 노래를 몇 수 들어보기로 한다.

174   당신과 이야기 나누며 위안으로 삼았었는데

       그대 나 잊고 말겠죠 사랑에 빠진 나머지

       語らへばなぐさむ事もあるものを忘れやしなん恋のまぎれに

---

6 졸고(1997.11), 「이즈미시키부의 '語らふ' 자세의 생성과 소치노미야(帥宮)와의 관계」, 『日語日文学』第8輯, 大韓日語日文学会, p.204

7 졸고(1999.12), 「'語らふ人 가타로 히토'로서의 이즈미시키부」, 『日語日文学研究』第35輯, 韓国日語日文学会.

702 시험 삼아 당신과 이야기 나눠보리 이 세상 괴로움
　　 당신과의 다정한 대화로 위안이 될지 어떨지
　　 こころみにいざ語らはん世の中にこれに慰む事やあるとも

966 슬픔 달래려 내가 앞장서 나가 이야기 나누리
　　 괴로운 이 세상 밖에 내 마음 알아줄 사람 있었으면
　　 慰めにみづからゆきて語らはん憂き世の外に知る人もがな

1349 저들은 이야기 나눴으니 위로가 되었으리
　　 아무도 모를 내 마음의 고통은 누구에게 털어놓아야하나
　　 語らへば慰みぬらん 人しれずわが思ふ事を誰に言はまし

　위에 예시한 노래는 모두 '語らふ' 행위에 대한 이즈미시키부의 긍정적이고 적극적인 태도가 잘 나타나 있다. 물론 '語らふ' 행위에 대해 회의적인 태도를 보이는 702번 노래와, '語らふ' 대상의 부재를 한탄하는 966번 노래 등 마이너스적인 면도 보이고 있다. 하지만 상기한 4례 모두 '語らふ'와 '慰む구사무(위안을 주다)'라는 어휘가 동시에 사용되고 있어 '語らふ' 행위에 대한 이즈미시키부의 긍정적인 태도가 저변에 내재되어 있음을 알 수 있다. 이러한 '語らふ' 행위에 대한 긍정적인 자세는 『이즈미시키부 일기』에서도 확인할 수 있다.

(宮)　나와 만나 이야기 나누면 마음의 위안 얻으리니
　　　나와의 대화를 가치 없다 여기지 마오
　　　語らはばなぐさむこともありやせむ言ふかひなくは思はざらなむ

（女）　위안된다니 당신과 만나 이야기 나누고 싶지만

　　　　기구한 내 처지는 말할 가치도 없네

　　　　なぐさむと聞けば語らまほしけれど身の憂きことぞ言ふかひもなき

(p.20)

　상기한 노래는 아쓰미치 친왕과 이즈미시키부가 주고받은 화답가다. '語らふ' 행위에 의해 미묘한 사랑의 심리적인 갈등과 위기가 해소되어 '위안이 되었다慰む'는 내용으로 앞서 고찰한 '言ふ'의 부정적인 측면과 좋은 대조를 이룬다. 더욱이 '당신과 이야기를 나누고 싶다.語らまほしけれ'와 '말할 가치도 없다.言ふかひなし'는 대목에서는 '語らふ'와 '言ふ'에 대한 이즈미시키부의 기본적인 견해가 가장 두드러지게 대비되어 나타나 있다.

　이즈미시키부 노래 가운데 '어떻게 살고 얼마나 이 세상을 살아가야만 한순간이나마 시름에 잠기지 않을까.いかにしていかにこの世にありへばかしばしも物を思はざるべき(1117)'와 '이렇게까지 힘겨운 세상 있는 힘껏 견디며 사노라면 그보다 깊은 시름만 가득.かくばかり憂き世を忍びてながらへばこれに増さりて物もこそ思へ(1118)'의 노래에서는 삶 그 자체가 시름物思ひ의 연속이며, 삶을 영위하는 만큼 시름도 깊어져 벗어날 수 없다고까지 술회한다. 그런데 『이즈미시키부 일기』에 수록된 다음 노래에서는 이와 전혀 상반된 태도를 보인다.

　　（女）　울적한 마음에 오늘 손꼽아 헤아려보니

　　　　　　당신과 보낸 어제 하루만은 아무 시름없었어라

> つれづれと今日数ふれば年月の昨日ぞものは思はざりける

(宮) 시름없이 당신과 지냈던 행복한 그저께와

어제라는 시간이 오늘도 이어졌으면

> 思ふことなくて過ぎにし一昨日と昨日と今日になるよしもがな

(p.73)

여기서 이즈미시키부는 아쓰미치 친왕과 대화를 나누면서 '함께 지낸 어제만큼은 시름이 전혀 없었다. 昨日ぞものは思はざりける'며 행복감을 노래하고 있다. 그에 대한 아쓰미치 친왕의 반응 또한 이즈미시키부와 취지를 같이 하면서 이즈미시키부의 기억(어제)을 보다 정확히 지적(어제와 그제)하여 화답하고 있다.

이와 같이 앞에서 예시한 '語らふ'의 용례들을 살펴보면 한결같이 '語らふ' 행위를 통해 시름에 젖은 마음을 달랠 수 있었다는 긍정적인 견해를 드러내고 있음을 확인할 수 있었다. 이는 '言ふ' 행위에서 보이는 태도와는 상반되며 더욱이 '語らふ' 대상을 찾아 자기 스스로 앞장서 대화를 나눌 상대방을 갈구하는 적극적인 자세를 보이고 있음을 알 수 있었다.

3. 언어의 한계와 영혼의 유리

이상에서 검토한 바와 같이, 이즈미시키부는 커뮤니케이션에 있어서 언어의 공허함과 한계에 근거한 노래를 읊고 있다는 사실을 확

인할 수 있었다. '言ふ'라는 단어가 사용된 노래에는 '言ふ' 행위가 무언가의 이유로 저지될 때 입 밖으로 표현하지 못한 연모의 정을 가슴속에 묻은 채 수심에 잠긴다는 '物思ひ'라는 동작이 취해진다는 것을 알 수 있다.

　원래 사려분별을 의미하는 '思ふ'라는 동사는『고지키古事記』와 『니혼쇼키日本書紀』에 보이는 신의 이름인 'おもひかねのかみ'에서 유래한 어휘로 이 신은 많은 일을 한꺼번에 생각하고 판단하거나 미리 어떤 일을 예견하는 능력을 의미하는 이름이었다.[8] 이러한 '思ふ'가 단순히 마음속으로 생각한다는 의미 이상의 내용을 지니게 되고 목적어를 동반하게 된 것이 바로 '物(を)思ふ'이며 그것이 명사화한 형태가 '物思ひ'이다. 이러한 '物思ひ'라는 어휘가 사랑 때문에 괴로워하거나 이것저것 수심에 잠긴다는 의미로 사용되게 된 것이다. 다시 말해서 '시름에 잠기다.ものを思ふ'는 누군가와의 사랑에 힘겨워한다는 의미로 이해할 수 있다.

　상대방에게 자신의 사랑의 감정을 전달하는 '言ふ' 행위에 대하여 소극적이고 부정적인 태도를 보인 이즈미시키부는 때로는 고독에 대한 처방으로 '語らふ' 대상을 갈구하며 때로는 채워지지 않는 텅 빈 마음을 메우기 위하여 자신과 영원히 마음을 나눌 수 있는 대상을 찾아 육체로부터 영혼이 분리되어 떠도는 유리혼(遊離魂)이 되는 것이다.

　'いはで思ふ'의 자세는 이른바 언어의 한계를 뼈저리게 느낀 이즈

8　西村亨(1972),『王朝恋詞の研究』, 慶応義塾大学言語文化研究所, p.111.

미시키부로 하여금 '言ふ' 행위를 멈추고 '物思ひ'의 단계를 거쳐 결국 '身미(신체)'에서 '心고코로(마음)·魂다마시(영혼)'가 분리되어 허공을 헤매는 유리혼의 상태에 이르게 한다. 이러한 의미에서 이즈미시키부의 다음 노래는 주목할 만하다.

시름에 잠기면 물가 떠도는 반딧불이 불빛이
내 몸에서 빠져나간 넋인가 하여 바라본다
物思へば沢の蛍も我が身よりあくがれいづる魂かとぞ見る

(『後拾遺和歌集』1162)

사랑하는 사람에 대한 연정을 오로지 마음속에 간직한 채 표현하지 못하고 이 생각 저 생각 하염없이 수심에 잠겨 있노라면 육체에서 빠져나간 영혼이 사랑하는 사람을 찾아 이리저리 허공을 헤매고 있다고 노래한다. 이 노래에는 '남자에게 버림받았을 때 기후네 신사에 참배하러 가서 미타라시가와 강변에서 반딧불이가 날아다니는 광경을 바라보며 읊은 노래. 男に忘られて侍ける頃、貴布禰にまいりて、御手洗川に蛍の飛び侍けるを見てよめる'라는 고토바가키詞書가 달려있다. 사랑하는 사람, 두 번째 남편인 후지와라노 야스마사藤原保昌와 헤어진 뒤 '言ふ' 내지는 '語らふ' 대상을 잃어버린 이즈미시키부의 영혼이 대화를 나눌 대상을 찾아 허공을 헤매게 된다는 처절한 노래이다. 이것이 이른바 유리혼이다. 그러나 이러한 유리혼 현상을 읊은 노래는 비단 이즈미시키부 노래만의 특징은 아니다.

- 사랑하는 사람이 너무나도 그리워 슬픔에 잠겨 번민에 잠겨 있노라면
  영혼이 빠져나간 빈껍데기 같은 육체가 소문으로 남으리
  恋しきに侘びて魂まどひなばむなしきからの名にや残らむ

(『古今和歌集』571)

- 요시노 산의 나뭇가지 끝에 달린 벚꽃 본 그 날부터
  마음은 몸을 떠나가 버렸다
  吉野山梢の花を見し日より心は身にも添はずなりにき

(『山家集』66)

- 산에 핀 벚꽃에 집착한 나머지 육체를 떠난 마음은
  산 벚꽃 다 떨어진 후에는 육체로 다시 돌아 올려나
  あくがるる心はさてもやまざくら散りなんのちや身にかへるべき

(『山家集』67)

- 내 몸을 벗어난 마음은 말을 듣지 않으니
  어찌되든 어찌할 도리 없어라
  うかれ出づる心は身にもかなはねばいかなりとてもいかにかはせん

(『山家集』912)

『고킨슈』571번 노래인 '영혼이 육체에서 떠나 허공을 헤매면. 魂まどひなば'과, 『산카슈』66번의 '마음(영혼)은 몸을 떠나버렸다. 心は身にも添はず'와 67번 노래의 '육체에서 빠져나가 허공을 헤매는 마음. あくがるる心', 912번 노래의 '내 몸을 벗어난 마음. うかれいづる心' 등은 모두 이즈미시키부의 유리혼 상태와 비슷한 양상을 보이고 있다.

그러나 유리혼 현상의 배경에는 각각 다른 요인이 작용하고 있다.

즉 작자미상의 『고킨슈』노래에서는 집착하는 대상이 사랑하는 연
인이며, 사이교西行(1118~1190)가 집착한 대상은 벚꽃이다. 그에 반하
여 이즈미시키부는 서로 이야기를 터놓을 수 있는 대상 ('言ふ' 내지는
'語らふ' 대상)에 대한 집착으로 마음(영혼)이 육체를 떠나버렸다는 점에
서 극명한 차이를 보인다.

'말로 표현하면 수심이 더욱 커진다. 言へば物思ひまさる'는 이즈미시
키부의 의식이 '말로 표현하지 않고 마음속으로 생각하는 言はで思ふ'
성향으로 나타나는데 이러한 '物思ひ'의 심각성이 곧바로 '物思へば
沢の蛍も我が身よりあくがれいづる魂かとぞ見る'에서 볼 수 있는 유리
혼 상태로 나타난 것으로 해석할 수 있다. 다시 말해 '言ふ' 행위에
대한 부정적이고 소극적인 태도가 유리혼 상태로 변용된 것이라 사
료된다.

이즈미시키부 와카 표현론

제2장

'語らふ가타로'와 '物思ふ모노오모'

　와카和歌라는 문학 장르는 일본 문학사상 고대부터 근·현대에 이르기까지 유일하게 존재해 온 표현이다. 각 시대마다 개성 있는 가인이 출연하였으나 그 중에서 이른바 헤이안 시대平安時代는 수많은 여류 가인이 배출된 시기로서 널리 인식되고 있다. 그들 여류 가인의 대부분은 일상생활의 소양으로서 와카를 읊었는데, 그러한 사적인 세계와 병풍가屛風歌·와카 모임歌会 등을 통한 공적 세계의 양면에 걸쳐 활약한 가인중의 한 사람이 이즈미시키부和泉式部다. 그녀와 관련된 작품으로는 가집인『이즈미시키부 가집和泉式部集』이외에 일기 작품으로『이즈미시키부 일기和泉式部日記』가 있다.

　주지하는 바와 같이『이즈미시키부 일기』는 이즈미시키부가 레이제이 천황冷泉天皇의 넷째아들인 아쓰미치 친왕敦道親王과 관계를 맺으며 사랑하는 사이가 되면서 느끼게 되는 질투와 상대방을 향한 불신, 그리고 주위 사람들의 비난 등 갖가지 장애를 극복하여 결국

함께 살게 되기까지의 과정을 그린 10여 개월에 걸친 일기작품이다. 『이즈미시키부 일기』와 『이즈미시키부 가집』의 아쓰미치 친왕 관련 만가군挽歌群은 모두 '物思ふ모노오모' 자세를 근저로 한 작품이라는 공통분모를 가지고 있다. 그러나 구체적인 내용으로 들어가면 일기작품에서는 아쓰미치 친왕과의 만남에 의한 사랑의 기쁨을, 한편 가집에서는 아쓰미치 친왕과의 사별로 인한 슬픔을 주제로 하고 있다. 또한 일기에서는 이즈미시키부의 '語らふ가타로' 세계를, 후자는 '物思ふ人모노오모 히토(슬픔에 잠겨 있는 사람)'로서의 이즈미시키부를 각각 표백하고 있다는데 그 특질을 달리하고 있다.

어떤 한 작품을 고찰할 때 그 작품의 특질을 결정짓는 어휘는 많겠지만 이즈미시키부라는 가인의 일생을 생각할 때 인간관계 또는 타인과의 만남이 그녀에게 다대한 영향을 미쳤으리라는 것은 쉽게 상정할 수 있다. 그러한 의미에서 '語らふ'와 '物思ふ'는 이즈미시키부의 작품, 나아가 그녀의 일생을 고찰하는 데 있어 중요한 의미를 갖는다 하겠다.

이즈미시키부는 삶 자체가 '物思ひ'의 연속이라 규정했으며 그런 사고를 반영한 듯 '物思ふ'라는 어휘를 빈번하게 사용하였다.

(예1)　287　이럴 때 엄마는 곧잘 꾸짖었는데 허공 바라보며

　　　　　　하염없이 수심에 잠겨도 염려하는 이 없네

　　　　　　たらちめのいさめしものをつれづれと

　　　　　　眺むるをだに問ふ人もなし

　　　　294　어찌 예전엔 이 세상 떠나는 걸 애석타 여겼을까

사노라면 이리도 기구한 신세인데

惜しと思ふ折りやありけむあり経れば

いとかくばかり憂かりける身を

1117 어떻게 살고 얼마나 이 세상을 살아가야만

한순간이나마 시름에 젖지 않을까

いかにしていかにこの世にあり経ばか

しばしも物を思はざるべき

1324 이렇게까지 힘겨운 세상 있는 힘껏 견디며

사노라면 그보다 깊은 시름만 가득

かくばかり憂きを忍びてながらへば

これに増さりて物もこそ思へ

278번 노래는 어린 시절부터 이즈미시키부의 '物思ふ' 자세가 일상생활 속에서 습관화되어 있었다는 것을 알 수 있다. 즉 예전에는 선잠을 자고 있으면 곧잘 어머니가 타이르곤 해주었지만, 나를 사랑해주는 사람을 모두 잃어버린 지금은 비통한 수심에 잠겨 침울해 있을 때조차 어느 누구도 말을 걸어 주지 않는다고 읊고 있다. 294번과 1117번 노래는 사노라면 더욱더 힘들기만 한 이 세상에서 목숨을 끊는 것이 아깝다고 생각한 적이 있었을까 하고 새삼 자문하는 작자의 모습과, '物思ひ'가 끊이지 않는 이 세상에서 어떠한 마음가짐과 처세로 살아가면 좋을지를 모색하며 고뇌하는 작자의 모습이 각각 잘 나타나 있다. 1324번 노래는 힘든 이 세상을 인내하며 겨우겨우 사노라면 힘겨운 만큼 이상의 '物思ひ'가 생긴다고 노래하고 있어 이

즈미시키부의 정신적인 고충이 담겨져 있다. 하지만 『이즈미시키부
일기』에 보이는 '物思ふ'의 용례는 그와는 그 성격을 달리한다.

　(예2) (宮) 사랑한다는 나의 고백을 흔한 사랑이라고 생각마시오

　　　　　오늘아침 그대 향한 내 마음 무엇과도 견줄 데 없네

　　　　　恋と言へば世のつねのとや思ふらむ

　　　　　今朝の心はたぐひだになし

　　　(여) 그렇고 그런 사랑이라 여기지 않네

　　　　　생애 처음 경험한 오늘아침의 이 혼란스러움

　　　　　世のつねのこととともさらに思ほえず

　　　　　はじめてものを思ふあしたは　　　　　　　　　　(p.22)

　(예3) (女) 울적한 마음에 손꼽아 헤아려보니

　　　　　당신과 보낸 어제 하루만은 아무 시름없었어라

　　　　　つれづれと今日数ふれば年月の

　　　　　昨日ぞものは思はざりける

　　　(宮) 시름없이 당신과 지냈던 행복한 그저께와

　　　　　어제라는 시간이 오늘로 이어졌으면

　　　　　思ふことなくて過ぎにし一昨日と

　　　　　昨日と今日になるよしもがな　　　　　　　　　　(p.73)

　전술한 (예1)에서 이즈미시키부는 끊임없는 '物思ひ'를 호소한 데에
반하여, 그녀가 가장 사랑했던 아쓰미치 친왕과의 첫 만남을 기술한
대목에서 이즈미시키부는 난생 처음으로 경험한 혼란스러움はじめてもの

を思ふ이라고 노래하고 있다. 생에 있어 진실한 의미의 '物思ひ'를 경험했다던 이즈미시키부는 아쓰미치 친왕과 수차례의 만남을 거듭하는 가운데 이번에는 (예3)에 제시한 바와 같이 아쓰미치 친왕과 함께 지낸 어제만은 '아무런 시름없었다. ものは思はざりける'고 토로하고 있다.

삶 그 자체가 '物思ひ'의 연속이라 단정했던 이즈미시키부가 'はじめてものを思ふ' 단계에서 '昨日ぞものは思はざりける'의 경지에 이르기까지 과연 어떠한 과정이 있었는지를 '物思ふ' 자세와 대립되는 '語らふ' 라는 가어를 통해 분석해 보고자 한다.

1. '語らふ가타로'와 '物思ふ모노오모' 자세

'語らふ'의 사전적 의미는 '서로 이야기하다. 친하게 교제하다. 남녀관계를 맺다.'라고 되어 있다. 한편 '物思ふ'는 '수심에 잠기다·슬픔에 잠기다'로 되어있다. 다시 말해 전자는 '끊임없이 상대를 의식하고 타자를 갈망하는 적극적인 자세'를 보이는 어휘로, 후자는 '홀로 수심에 잠기는 내성적인 자세'를 보이는 어휘로 해석할 수 있다. 이와 같이 서로 상반되는 듯이 보이는 의미를 갖는 '語らふ'와 '物思ふ'는 『이즈미시키부 가집』에 거의 동수가 사용되고 있다. 가집 속에 사용된 각각의 용례수를 가군별[1]로 표시하면 (도표 1)과 같다.

---

1 가군 분류는 다음 논문에 따른다.
　清水文雄(1975), 「和泉式部正集の 成立」, 『国文学攷』第1輯
　＿＿＿＿＿(1975), 「和泉式部続集の成立」, 『鈴木知太郎博士古稀記念論攷』, 桜楓社

　가집에는 '語らふ'와 '物思ふ'가 각각 75례, 80례 사용되고 있다. 이 수치는 헤이안 시대 초기부터 중기까지, 대략 20인의 여류 가인 와카집私歌集과 비교하면 수량 면에서 압도적으로『이즈미시키부 가집』의 사용도가 높다. 이즈미시키부에 이어 '語らふ'라는 단어의 용례를 많이 사용한 가인의 가집은『우마노나이시 가집馬内待集』16례,『사가미 가집相模集』7례이다. 한편, 이즈미시키부의 '物思ふ'의 용례에 있어 두 번째로 많은 용례를 보이는 여류가인의 가집은『사가미 가집』15례,『이세 가집伊勢集』11례에 불과하다. 의미에 있어서도『이즈미시키부 가집』의 '語らふ'와 '物思ふ'는 타 가집에 비해 다양한 표현에 있어 색채를 발한다.

(도표 1)『이즈미시키부 가집』에 보이는 '語らふ'와 '物思ふ'의 가군별 분포도

어휘 ＼ 가군	A	B	C	D	E	F	G	H	I	J	計
語らふ	/	10	/	/	20	2	4	26	10	3	75
物思ふ	2	8	2	2	30	1	14	9	5	7	80

　전술한 바와 같이 가집 속에 '語らふ'와 '物思ふ'는 거의 같은 수의 용례를 보이고 있다. 그러나 가군별 분포도를 살펴보면 '語らふ'의 경우는 전혀 용례가 보이지 않는 가군(예를 들면 A·C·D가군)이 있는데 반해 '物思ふ'는 전체 가군에 걸쳐 두루 사용되고 있다. '語らふ' 용례가 전혀 사용되지 않은 가군은 A가군과 C, D가군이다. 각기 일정한 수의 노래를 연작형태로 읊은 '백수가白首歌'와, 미리 정해진 제목에 따라 시가를 읊는 '제영 가군題詠歌群'이라는 가군의 성격상 당연한

결과로 해석할 수 있으나 엄밀하게 말하면 가군 성립 시 이즈미시키부 내면에 아직 '語らふ'를 희구하는 자세가 싹트지 않았다고 사료된다.

우선 '백수가'인 A가군은 이즈미시키부가 아직 사별이나 인생무상을 경험하지 않은 소녀시절부터 첫 남편인 다치바나노 미치사다橘道貞와 결혼했을 당시까지의 노래를 모은 것이라 알려져 있다.[2] '백수가'에 보이는 사랑에 관한 노래를 예시하면,

> 81　애가 타도록 하늘만 바라보네
> 　　사랑하는 이 하늘에서 내려올 리 만무하건만
> 　　つれづれと空ぞ見らるる思ふ人天降り来ん物ならなくに
>
> 82　나 봐라봐 주고 나 또한 보고픈 사람이 아침마다
> 　　일어나 마주하는 거울이면 좋으련만
> 　　見えもせむ見もせん人を朝ごとに起きては向ふ鏡ともがな
>
> 98　이 세상에 사랑이라는 빛깔 있을 리 없지만
> 　　천을 물들이듯 몸 구석구석 짙게 물드는 것이었구나
> 　　世の中に恋といふ色はなけれども深く身にしむ物ぞありける

한결같이 내성적인 노래 일색이다. 이러한 연유로 이 A가군에 '語らふ'라는 가어와 끊임없이 타자를 갈구하는 '語らふ' 자세는 찾아 볼 수 없으며 전체적으로 '物思ふ' 자세가 눈에 띈다. 이것은 A가군이

2　吉田幸一(1971), 『和歌文学講座 王朝の歌人』, 桜楓社, p.263

미리 제목을 정해 놓고 읊은 제영題詠이라는 점과 혼자서 읊는 독백과도 같은 노래라는 성격으로 보면 당연한 결과로 해석할 수도 있지만 다른 가군에 독백의 형태를 띠면서 타자를 갈구하는 '語らふ' 자세를 읊은 예는 얼마든지 있다.

166 그리운 그 사람을 베개라 생각하고파
　　 밤잠 설친 침상에 있어 달라 부탁하리
　　 語らはん人をまつらと思はばや
　　 寝覚の床にあれとたのまむ　　　　　　　　　 (B가군)

613 내게 정답게 말 걸지 않더라도 그대여 가끔
　　 산 뻐꾸기처럼 목소리라도 들려주오
　　 我をこそ語らはざらめ足引の
　　 山郭公鳴き聞かせなん　　　　　　　　　　　　 (E가군)

913 내게 정답게 말 건네는 이 없어 쑥과 덩굴풀로
　　 무성해진 집이건만 찾는 이 하나 없네 [3]
　　 語らはむ人声もせずしげれども
　　 蓬のもとは訪ふ人もなし　　　　　　　　　　　 (F가군)

966 슬픔 달래려 내가 앞장서 나가 이야기 나누리
　　 괴로운 이 세상 밖에 내 마음 알아주는 이 있었으면

---

3 쑥은 넝쿨풀과 마찬가지로 들판에 무성하게 자라는 식물로 연인에게 버림받아 아무도 찾아주지 않아 황폐해진 여인의 집을 암시한다. 또한 이 노래는 '나도 나이 들고 쑥이 무성하게 자라 황폐해진 내 집 문 두드리며 찾아온 이는 대체 누구일까. 我もふり蓬も俗に茂りにし門におとする人は誰ぞも(『고킨로쿠죠古今六帖』六)'를 염두에 둔 작품이다.

　　　　慰めにみづからゆきて語らはん

　　　　憂き世の外に知る人もがな　　　　　　　　　　　　(G가군)

1161　내게 정겹게 말 건네는 이 하나 없고 뜰은 황폐해졌구나

　　　　대체 누구 집에 와 이리 시름에 젖는가

　　　　語らはん人声もせず荒れにける

　　　　たが故里に来て眺むらん　　　　　　　　　　　　(H가군)

1349　저들은 이야기 나눴으니 위로가 되었으리 아무도 모를

　　　　내 마음의 고통은 누구에게 털어놓아야하나

　　　　語らへば慰みぬらん人しれず

　　　　わが思ふ事を誰に言はまし　　　　　　　　　　(I가군)

이와 같이 A·C·D가군 이외에는 홀로 읊는 독백과도 같은 노래이면서 '語らふ'라는 어휘를 넣어서 읊은 노래가 보인다. 따라서 용례의 사용 유무는 가군의 성격 문제가 아니라, 인생의 어느 시기를 기점으로 이즈미시키부에게 '語らふ' 자세가 생성되었을 가능성을 상정할 수 있다.

한편 '제영 가군'인 C가군은 '観身岸額離根草, 論命江頭不繋舟'[4]

4　후지와라 긴토藤原公任가 선집한 『와칸 로에이슈和漢朗詠集』의 '무상' 부분에 라유
　羅維의 작으로 수록되어 있다. 이를 '사람의 신세를 가만히 생각해 보면 뿌리가 끊
　겨 물가를 떠돌아다니는 부초와 같이 헛되고 사람의 목숨을 논할 것 같으면 강가
　에 매어두지 않아 언제 떠내려갈지 알 수 없는 흔들리는 나룻배와 같이 미덥지 않
　다. 身を観ずれば岸の額に根を離れたる草、命を論ずれば江のほとりに繋がざる舟'로 훈독
　하고 각각의 음절을 43수 첫머리에 차례로 두어 읊은 연작시(『이즈미시키부 가집』
　268-310)이다. 연작이라고는 하지만 한 수 한 수가 모두 독립적인 와카이다. 그러나
　43수는 우주와 현세, 인간의 목숨, 그리고 허망한 자신의 처지나 비애를 읊고 있어
　전체적으로는 '무상'이라는 주제에 맞춰져 있다.

라는 고토바가키 아래 269번부터 311번까지의 43수로 구성되어 있다. 생에 있어 가장 사랑했던 아쓰미치 친왕과 사별한 슬픔을 읊은 노래로, 가군의 성립 시기는 일주기를 맞이한 무렵일 것이라는 주장이 정설로 되어 있다.[5] 아직 아쓰미치 친왕의 죽음으로 인한 슬픔에 잠겨있던 시기인 만큼 타자에 대한 적극적인 '語らふ' 자세는 보이지 않고 '物思ふ人'로서의 자기 인식만이 두드러지게 표백되어 있다.

또 다른 '제영 가군'인 D가군(312-399)은 사계절에 관한 노래와 함께 아쓰미치 친왕이 정해준 주제에 맞춰 읊은 제영가, 그리고 C가군에서 발췌한 와카 32수로 구성된 총 88수로 이루어진 가군이다. 전술한 C가군과 마찬가지로 이 가군에서 타자를 희구하는 이즈미시키부의 '語らふ' 자세는 보이지 않는다.

그에 반해 어린 시절부터 '物思ふ'의 습성이 있었던 이즈미시키부는 가군 전반에 걸쳐 '物思ふ'라는 어휘를 사용하고 있다. 특히, 앞에 제시한 (표1)에서 주목하고자 하는 것은 '소치노미야 만가군帥宮挽歌群'이라 불리는 G가군(940-1061)이다. 이 가군에 '語らふ'라는 어휘는 4례 사용되고 있는데 비해 '物思ふ'는 14례나 사용되고 있어 대조적이다.

    (예4) 956 정답게 말 건네던 목소리 그리워라

         당신 모습은 예전 그대로인데 아무 말도 않기에

         語らひし声ぞ恋しき俤はありしそながら物も言はねば

---

5 森元元子(1972),「和泉式部の作─「観身岸額離根草」の歌群に関して─」,『武蔵野大学』
   19号, p.20

957 눈앞에 어려 서글프게 하는 건 정겹게 말하던

　　　당신 모습이 아닌 내 눈물이어라

　　　目に見えて悲しき物は語らひし其の人ならぬ涙なりけり

(예5)　966 슬픔 달래려 내가 앞장서 나가 이야기 나누리

　　　괴로운 이 세상 밖에 내 마음 알아주는 이 있었으면

　　　慰めにみづからゆきて語らはん憂き世の外に知る人もがな

　(예4)는 아쓰미치 친왕과 사별한 이즈미시키부가 생전의 아쓰미치 친왕을 그리워함에 있어 자신에게 부드럽게 말을 건네주던 아쓰미치 친왕을 회상하며 읊은 노래이다. 이즈미시키부는 사별한 아쓰미치 친왕을 회상함에 있어 '語らひし声정겹게 말 건네주던 목소리'를 제일 먼저 떠올리고 있으며 심지어 아쓰미치 친왕을 '語らひし其の人정겹게 말 건네주던 그 사람'으로 표현하였다. 생애 가장 사랑한 연인을 회상하고 표현함에 있어 이즈미시키부는 수많은 수식어 가운데 '語らふ' 음성과 모습을 떠올리고 있는 것이다. 그러나 (예5)에서는 아쓰미치 친왕과 사별한 슬픔을 '위로慰め'받기 위하여 이즈미시키부 스스로가 '語らふ'를 적극적으로 추구하는 자세를 보이고 있다. (예4)와 (예5)는 모두 '소치노미야 만가군'이라 불리는 연작시에 포함된 노래이다. 전자는 '語らふ' 주체가 아쓰미치 친왕이며, 후자의 '語らふ' 주체는 이즈미시키부로 되어 있다. 또한 그 자세에 있어서도 취향을 달리한다. 첫 만남에서 아쓰미치 친왕에게서 '語らふ'가 마음의 '위로'가 될 것이라는 제안에 이즈미시키부는 반신반의의 태도를 보였다.[6] 그러나 아쓰미치 친왕과의 만남을 거듭하면서 서서히 '語ら

ふ’ 자세를 갖추게 되는 것이다. 이러한 체험이 아쓰미치 친왕이 죽은 후 그를 그리워함에 있어 생전의 그의 모습이 아닌 정겹게 말 건네주던 목소리‘語らひし声’를 회상하는 결과를 초래했다고 볼 수 있다. 그 후 아쓰미치 친왕과의 대화에서 얻은 마음의 위안은 그의 죽음으로 인해 예전 위로를 받은 마음의 평온함만큼 커다란 빈 공허감과 그의 부재로 인한 극도의 슬픔에 빠지게 되는데 어쩌면 이는 당연한 귀결인지도 모른다. 아쓰미치 친왕과의 진솔한 대화를 향한 갈망이 절실하면 할수록 이즈미시키부는 아쓰미치 친왕을 잃은 공허감을 채워줄 수 있는 ‘語らふ’ 사람을 적극적으로 추구하는 자세를 보이게 되는 것이다. 그럼 이번에는 ‘소치노미야 만가군’ 중에 보이는 ‘物思ふ’의 용례를 살펴본다.

> (예6)　971　天照す神も心ある物ならば物思ふ春は雨な降らせそ
>
> 　　　　974　物をのみ乱れてぞ思ふ誰にかは今はなげかんむばたまの筋
>
> 　　　　997　手折どもなに物思ひもなぐさまじ花は心の見なしまりけり
>
> 　　　1014　昼偲ぶ事だにことはなかりせば日を経て物は思はざらまし
>
> 　　　1034　来ぬ人を待たましよりも侘しきは物思ふ此の宵居なりけり
>
> 　　　1035　宵ごとに物思ふ人の涙こそ千々の草葉の露とおくらめ

6　이즈미시키부는 소치노미야와 첫 만남이 있기 직전 다음의 노래를 주고받는다.
(宮) 語らばなぐさむこともありやせむ言ふかひなくは思はざらなむ
(女) なぐさむと聞けば語らまほしけれど身の憂きことぞ言ふかひもなき
여기서 이즈미시키부는 ‘語らふ(이야기를 주고받다)’→‘慰め(마음의 위안)’을 얻을 수 있다는 소치노미야의 제의에 자신의 처지야말로(身の憂きこと) 이야기할 가치가 없다고 일축한다. 여기서 이즈미시키부의 ‘語らふ’ 자세에 대한 소극적인 태도를 읽을 수 있다.

1037 月にこそ<u>物思ふ</u>ことは慰むれ見まほしからぬ宵の空かな

1038 人しれず耳にあはれと聞ゆるは<u>物思ふ</u>宵の鐘の音かな

1039 悲しきはただ宵の間の夢の世にくるしく<u>物を思ふ</u>なりけり

1041 起きゐつつ<u>物思ふ</u>人の宵の間にぬるとは袖の事にぞありける

1043 <u>物をのみ思ひ</u>寝覚の床の上にわが手枕ぞありてかひなき

1046 夢にだにも見るべきものをまれにても<u>物思ふ</u>人の寝をねま
　　 しかば

1049 寝をしねば夜の間も<u>物は思は</u>ましうちはへ覚むる目こそつら
　　 けれ

　위에 예시한 바와 같이 '소치노미야 만가군' 중에는 '物思ふ'라는
어휘가 집중적으로 사용되고 있다. 더욱이 자신을 '物思ふ人'라고
인식하기에 이르며, 아쓰미치 친왕을 상실함으로서 그녀가 평소 느
끼던 '物思ふ' 인식이 극한에 달하게 되고, 그의 부재로부터 야기된
극심한 고통에 빠지게 된 것이다. 바꿔 말하면 이즈미시키부의 '物
思ふ' 습성이 아쓰미치 친왕의 죽음을 경계로 정점에 도달했다고 말
할 수 있다. 그런데 '소치노미야 만가군' 이외에 아쓰미치 친왕과 관
련된 노래로서 E가군 속에 '일기가군'이 있는데 여기에 '物思ふ'라
는 용례가 2수에 보인다.

　(예7) 877 흔하디흔한 사랑이라고 결코 생각지 않네
　　　　　　이제껏 경험 못한 시름에 잠긴 오늘 아침
　　　　　　世の常の事ともさらにおもほへず初めて<u>物を思ふ</u>あしたは

49

416 울적한 마음에 오늘 헤아려보니

어제 단 하루만은 아무 근심 없었네

つれづれと今日かぞふれば年月に昨日ぞ<u>物は思</u>はざりける

(예7)의 2수 모두 『이즈미시키부 일기』에 수록된 노래이다. 이즈미시키부와 첫날밤을 지낸 아쓰미치 친왕은 다음날 아침 그녀에게 '사랑이라고 하면 이즈미시키부 당신은 흔히 있는 사랑이라고 생각하시겠죠. 하지만 당치도 않습니다. 오늘 아침 당신을 생각하는 나의 마음은 그 어느 것에도 견줄 수가 없습니다. 恋といへば世よつねのとや思ふらむ今朝の心はたぐひだになし'라는 사랑의 노래를 보낸다. 그에 대한 이즈미시키부의 회답이 위에 예시한 877번 노래이다.

416번 노래는 아쓰미치 친왕과 밀회를 거듭하는 사이 아쓰미치 친왕과 함께 보낸 시각만큼은 아무런 '物思ひ'도 없는 평온한 상태였다고 읊고 있다. 이 노래에 대하여 아쓰미치 친왕은 '시름없이 당신과 지냈던 행복한 그저께와 어제라는 시간이 오늘로 이어졌으면. 思ふことなくて過ぎにし一昨日と昨日と今日になるよしもがな'이라고 읊어 '그제'와 '어제'라고 구체적인 날짜를 헤아려 그날의 행복을 되새기고 있다. 한편 877번 노래는 『이즈미시키부 일기』에서는 이즈미시키부와 아쓰미치 친왕의 첫 만남이 이루어졌던 4월에 삽입된 노래이며 416번 노래는 두 사람의 사랑이 굳게 결속된 10월에 지어진 것이다. 이 두 노래 사이에 해당되는 5월경에 읊어진 노래가 있다.

(예8) 기나긴 세월 눈물로 소매 적신 처량한 신세

이제껏 단 하루도 편히 잠든 적 없네

よとともに物思ふ人は夜とてもうちとけて目のあふ時もなし

　두 노래가 시기에 있어서도 차이를 보이나, 더 중요한 사실은 '物思ふ' 습성을 지닌 이즈미시키부가 877번 노래와 (예8)에 예시한 바와 같이 '初めて物を思ふ' → '物思ふ人' → '物は思はざりける'의 경지에 다다른 점이다. 그 과정을 본 여기에서는 '語らふ'라는 어휘로 해명하고 싶다. 그것은 이즈미시키부가 '소치노미야 만가군' 속에서 생전의 아쓰미치 친왕을 회상하면서 '語らひし声'(예1의 956번 노래)를 듣고 있기 때문이다. '語らひし声ぞ恋しき'(예4의 956번 노래)와 '語らひし其の人'(예4의 957번 노래)와 같이 이즈미시키부는 아쓰미치 친왕의 생전 모습이 아니라 자신에게 말을 건네주던 목소리, 다시 말해 친밀하게 이야기를 건네주던 때의 그의 다정다감함을 못내 그리워하고 있다.

　또 다른 이유는 『이즈미시키부 일기』에도 소수지만 '語らふ'의 용례가 사용되고 있는데, 그것이 주로 아쓰미치 친왕과 관련된 대목에 사용되고 있다는 점이다.

(예9)　(宮) 나와 만나 이야기 나누면 마음의 위안 얻으리니

　　　　　　나와의 대화를 가치 없다 여기지 마오

　　　　　　語らはばなぐさむこともありやせむ

　　　　　　言ふかひなくは思はざらなむ

　　　(女) 위안된다니 당신과 만나 이야기 나누고 싶지만

> 기구한 내 처지는 말할 가치도 없네
>
> なぐさむと聞けば語らまほしけれど
>
> 身の憂きことぞ言ふかひもなき   (p.20)

(예10) 지난밤 하늘의 풍정과 여자의 애잔한 모습이 마음에 남아 황자
님의 마음이 흔들리셨는지 그 후로는 염려되어 자주 여자를 방
문하셔서 여자의 모습을 지켜보는 사이에, 세상 사람들이 말하
듯 닳고 닳은 여자가 아니라 오히려 어디 하나 의지할 데 없는
가엽고 애처로운 여자라는 생각에 그녀에 대한 사랑이 커져만
갔다. 그러던 어느 날 황자님께서는 여자와 사랑을 나눈 뒤 이
런 말씀을 하셨다.

> 一夜の空の気色のあはれに見えしかば、心からにや、それより
> のち心苦とおぼされて、しばしばおはしまして、ありさまなど御
> 覧じてゆくに、世に馴れたる人にはあらず、ただいとものはか
> なげに見ゆるも、いと心苦しくおぼされて、<u>語らはせたまふに、</u>

> (p.55)

(예11) 그로부터 이틀 후, 황자님께서는 여성이 타는 우차처럼 꾸미시
고는 여자를 방문하셨다. 이제껏 훤한 대낮에 만나 뵌 적이 없
었기에 부끄러워 얼굴을 대할 수가 없었지만, 그렇다고 보기
흉하게 민망스러워하고 있을 수만도 없었다. 게다가 황자님께
서 제안하신 대로 황자님이 사시는 곳으로 들어가게 된다면 이
처럼 마냥 부끄러워하며 피할 수도 없다는 생각에 무릎걸음으
로 나아가 뵈었다. 황자님께서는 요즘 들어 자주 오지 못했던
사정을 들려주시며 잠시 누워 계시다가 말씀하셨다.

二日ばかりありて、女車のさまにてやをらおはしましぬ。昼など
はまだ御覧せねばはづかしけれど、さまあしうはぢ隠るべきにも
あらず、またのたまふさまにもあらば、はぢきこえさせてやはあ
らむずるとて、いざり出でぬ。日ごろのおぼつかなさなど<u>語らは
せたまひて</u>、しばしうち臥させたまひて、 (p.62)

일기에는 노래와 지문을 합쳐 총 5례의 '語らふ'의 용례가 보인다. 그 중 3례가 아쓰미치 친왕 관련 묘사에 사용되고 있으며 이즈미시키부 관련 기사에 1례 사용되고 있다.[7] '語らふ'의 용례가 다용되고 있지는 않지만 소수의 용례 가운데 절반 이상이 아쓰미치 친왕 관련 묘사에 보인다는 것은 특기할 만하다.

(예9)는 일기가 시작되는 시점인 4월에 아쓰미치 친왕과 주고받은 노래이다. 일 년 전 사별한 다메타카 친왕爲尊親王을 그리워하며 슬픔에 잠겨있는 이즈미시키부에게 아쓰미치 친왕은 '서로 이야기를 나누면語らはば' 슬픔에 가득 찬 마음이 '위로가 될 것이다. なぐさむこともある'라고 설득한다. 이에 이즈미시키부는 아직 '語らふ'에 대해 소극적이고 부정적인 태도를 보이고 있다. 그러나 이즈미시키부는 서로 친밀하게 이야기를 나누자는 아쓰미치 친왕의 제안을 받은 이후 조금씩 변화를 보이기 시작한다.

(예10)은 아쓰미치 친왕과 이즈미시키부가 사랑에 수반되는 불신과 의구의 마음, 갈등의 시기를 거쳐 사랑의 절정에 이르는 시기인

---

7 나머지 1례는 '小舍人童来たり。桶洗童例も<u>語らへば</u>、ものなど言ひて'로 이즈미시키부의 하녀와 관련된 대목에 사용되고 있다.

10월의 한 장면이다. 인용되지 않은 뒷부분에서 아쓰미치 친왕은 이즈미시키부에게 '아직 맞아드릴 준비는 되어 있지 않으나, 자기의 집으로 들어 올 것'을 제안하게 된다. 그러한 의미에서 (예10)에 사용된 '語らふ'는 중요한 의미를 갖는다 하겠다.

(예11)도 (예10)과 마찬가지로 10월의 어느 날을 그린 장면이다. 여기서도 두 사람의 화제는 두 사람의 사랑의 결실인 이즈미시키부를 아쓰미치 친왕의 저택으로 맞아들이는 일에 집중된다. 이러한 계획은 남의 눈을 피해 은밀한 만남을 거듭하던 두 사람의 사랑을 결국 세상에 알리려는 시도이기도 하다. 물론 이 제안을 받아들이는 이즈미시키부는 신중을 기하며 고민하지만 제안을 한 아쓰미치 친왕에게도 결의가 필요했다. 실현하기까지는 두 사람 모두가 많은 어려운 장애를 극복하지 않으면 안 된다.

이러한 중요한 시점에서 (예10)과 (예11)에서는 모두 아쓰미치 친왕의 대화 장면을 '語らふ'라는 어휘로 표현한 점은 특기할 만하다. 왜냐하면 이것은 이즈미시키부가 아쓰미치 친왕의 죽음을 애도한 '소치노미야 만가군'에서 생전의 아쓰미치 친왕을 회상함에 있어 '語らひし声ぞ恋しき', '語らひし其の人'라고 읊고 있는 점과 일맥상통하기 때문이다. 즉 아쓰미치 친왕에 대해 이즈미시키부가 갖는 이미지는 그가 '語らふ人'라는 것이다. 그만큼 아쓰미치 친왕의 '語らふ' 자세가 이즈미시키부의 사고에 지대한 영향을 미쳤다는 사실을 뒷받침하고 있다고 말할 수 있다.

그럼 과연 이즈미시키부와 아쓰미치 친왕은 '物思ひ'가 해소되기까지 무엇을 이야기(語らふ)했을까. 다음 절에서는 '初めて物を思ふ

あしたは' → '物思ふ人' → '昨日ぞ物は思はざりける'에 이르기까지 어려운 장애를 넘어 마음의 결속을 다지게 된 두 사람의 '語らふ'의 내용을 살펴보기로 한다.

2. '物思ひ모노오모이'를 '語らふ가타로' 두 사람

1) 사랑의 고뇌와 공감대의 확인

사랑하는 사람들에게 있어 최대의 관심사이자 고뇌의 원인은 상대방이 자신을 얼마나 사랑하고 있는지를 확인하고자 하는데서 비롯된다고 하겠다. 이즈미시키부는 물론 아쓰미치 친왕도 이즈미시키부의 사랑을 요구하기도 하고 심지어는 그녀의 사랑의 정도를 의심하기도 한다.

> (예12) (女) 내님도 지금 나와 한마음으로 바라볼 저 구월
> 　　　　　새벽달 운치 단연 으뜸이어라
> 　　　　　我ならぬ人もさぞ見む長月の有明の月にしかじあはれは
> 　　　　(宮) 내님도 지금 구월 새벽달만을
> 　　　　　나와 같은 맘으로 바라보았구나
> 　　　　　我ならぬ人も有明の空をのみ同じ心にながめけるかな
>
> (pp.50-51)
>
> (예13) (女) 다른 곳에서 나와 한마음으로 저 새벽달을
> 　　　　　보고 있는지 대체 누구에게 물어야하나

よそにても同じ心に有明の月を見るやとたれに問はまし

(宮) 다른 곳에서 나와 한마음으로 저 새벽달을

보고 있을 것이라 여겨 새벽녘 찾아갔던 내가 후회스러워

よそにても君ばかりこそ月見めと思ひてゆきし今朝ぞくやしき

(pp.50-51)

(예14) (宮) 의심 않으리 원망하지 않으리 다짐하건만

의심도 원망도 하니 내 안에 다른 두 마음

うたがはじなほ恨みじと思ふとも心に心かなはざりけり

(女) 원망의 마음 언제나 간직해 주오 소중한 당신

나 또한 의심하고 의심하기도 하니

恨むらむ心は絶ゆなかぎりなく頼む君をぞわれもうたがふ

(p.71)

(예15) (宮) 나 혼자서 당신 그리는 사랑 의미 없어라

나와 같은 맘으로 그대 함께 해주오

われひとり思ふ思ひはかひもなしおなじ心に君もあらなむ

(女) '당신은 당신 나는 나'라는 생각 한 적 없으니

우리 두 사람 마음 구별할 수 없어라

君は君われはわれともへだてねば心々にあらむものかは

(p.74)

(예12)와 (예13)의 '我ならぬ人'나 'よそにても'에 나타나 있듯이 이즈미시키부는 항상 아쓰미치 친왕을 의식하며, 아쓰미치 친왕도 또한 '同じ心' 즉 자신과 같은 마음을 갖고 이즈미시키부가 달이나 하

늘을 바라볼 것을 요구하고 있다. (예12)의 '我ならぬ人'는 말 그대로 '나 자신이 아닌 타인', 즉 이즈미시키부에게는 아쓰미치 친왕, 아쓰미치 친왕에게 있어서는 이즈미시키부를 의미한다. 또한 (예13)의 'よそにても'도 '몸은 비록 떨어져 있어도 마음만은 나 자신과 같은 생각을 가진 사람, 일심동체인 사람'을 뜻한다. 두 사람은 사랑에 있어서나 마음의 공허함에 있어서 서로 같은 마음임을 확인하면서 줄곧 두 사람만의 사랑의 징표로서 '같은 마음同じ心'이라는 어휘를 노래 속에 담아 읊게 된다.

　(예14)에서는 이즈미시키부를 사랑하기 때문에 맛보아야 하는 아쓰미치 친왕의 고통이 솔직하게 표현되어 있다. 상대방을 원망하거나 의심하는 마음은 상대방을 진실로 사랑한다는 반증인 것이다. 이즈미시키부도 또한 노래 속에서 자신의 결백과 아쓰미치 친왕에 대한 한없는 신뢰의 정을 주장하고 있다.

　(예15)는 이즈미시키부와 아쓰미치 친왕이 서로의 사랑을 재확인하는 장면이다. 서로의 '同じ心'를 확인하게 된 두 사람은 마음의 평온을 얻었으며, 그러한 마음의 여유가 노래 속에도 배어있다.

2) 염세관의 표출과 동질의식

　'우키요憂き世'는 '허무한 세상' 또는 '슬픔이나 걱정이 많은 인생'이란 의미를 뜻한다. 이와 같은 '우키요' 의식이 이즈미시키부와 아쓰미치 친왕 두 사람에게 공통적으로 보인다.

　　(예16) (女) 살아가노라면 이 세상 괴로움만 더해 가나니 불어난 장맛

비에 몸을 던지고파라 불어난 강물에 떠내려가는 저를 구
원해 줄 둔치는 있는 걸까요?

여자의 편지를 보신 황자님께서는 곧바로 답가를 보
내오셨다.

(宮) 어찌해 당신 목숨 버리려 하오

이 세상 오직 당신만이 힘겹다 여기지 말아주오

누구에게나 이 세상은 고통스럽습니다.

(女) ふれば世のいとど憂さのみ知らるるに今日のながめに水ま
さらなむ

待ちとる岸や」と聞こえたるを御覧じて、たちかへり、

(宮) なにせむに身をさへ捨てむと思ふらむあめの下には君の
みやふる

たれも憂き世をや」とあり。 (pp.28-29)

(예17) 집에서 불도 수행을 할 때도 나 홀로 외로이 불공을 드리고 있
으니 나와 같은 생각을 지닌 당신과 이야기를 나눌 수 있다면
마음의 위안을 얻을 수 있을 것 같소.

おこなひなどするにだに、ただひとりあれば、おなじ心に物語
聞こえてあらば、慰むことやあると思ふなり。 (p.56)

(예18) 그날 밤 황자님께서 여자의 처소로 오셨다. 황자님께서는 여느
때와 같이 이렇다 할 내용도 없는 종잡을 수 없는 이야기를 하
시고는 '당신을 나의 집으로 모신 뒤 내가 어디론가 가버리거
나 승려가 되어 당신을 볼 수 없게 된다면 실망하시겠죠?'라며
왠지 허전하게 말씀하시는 거였다.

その夜おはしまして、例のものはかなき御物語せさせたまひて
も、「かしこにゐてたてまつりてのち、まろがほかにも行き、法師
にもなりなどして、見えたてまつらずは、本意なくやおぼされむ」
と心細くのたまふに、   (p.77)

(예16)은『이즈미시키부 일기』속 비 내리는 5월 어느 날의 기사이
다. 연일 장맛비가 내리는 가운데 아쓰미치 친왕의 방문도 뜸해진
요즈음 이즈미시키부의 수심도 깊어만 간다. 게다가 '이즈미시키부
는 바람기 있는 여자'라는 소문이 나돌자 더한층 염세적인 성향을
띠게 되는데 심지어 (예16)에서는 강물 속에 투신자살하고 싶다는
의향을 암시하는 비관적인 노래를 아쓰미치 친왕에게 보내게 된다.
또한 '나를 기다려 줄 강 언덕待ちとる岸や'이라는 대목에서 그녀의 출
가에 대한 희구를 읽을 수 있다. 실제로『이즈미시키부 일기』에는
이즈미시키부의 불도 지향의 표현으로서 무료함을 해소하고 자신
을 구제하기 위한 방편으로 불교에 마음을 쏟는 장면이 빈번하게 기
술되어 있다. 또한『이즈미시키부 가집』에도 법화경의 어구를 이용
하여 일정한 주제로 읊은 연작도 보여 그녀의 종교적 성향을 엿볼
수 있다.

이즈미시키부의 한탄 섞인 노래에 대해 아쓰미치 친왕은 '누구에
게나 힘겨운 세상誰も憂き世'이라며 이즈미시키부를 위로한다. 이 장
면에서 아쓰미치 친왕은 일반적인 경우를 예로 들면서 말하고는 있

---

8 小松登美(1995), 「和泉式部と漢学」, 『和泉式部の研究 日記·歌集を中心に』, 笠間書院,
   p.159

으나 실제로는 자신이 마음속으로 은밀히 품고 있는 염세적인 심정을 표백하고 있다고 해석할 수 있다.

또한 (예16)은 남편은 남편대로 이즈미시키부 이외의 여성과 연인 관계를 맺고 있었고 이즈미시키부는 이즈미시키부대로 다메타카 친왕과의 애정관계가 성립된 상태로 부부는 기어코 파경에 이르게 된다. 게다가 부친으로부터는 의절을 당하게 되는 시기와도 맞물리는 시점에 해당한다. 모든 것을 걸고 오직 다메타카 친왕만을 선택했으나 그는 악성 유행병도 무릅 쓴 잦은 밤 외출로 1002(長保초호 4)년 26세의 젊은 나이로 사망하게 된다. 모든 것을 건 사랑이었으나 너무나도 순식간에 모든 것을 잃어버린 이즈미시키부는 인생에 대한 무상감과 부친으로부터 버림받은 고독감과 적료함, 그리고 첫 남편인 다치바나노 미치사다를 향한 미련 등으로 힘겨운 경험을 한 시기에서부터 일기 작품을 기술하고 있다. 그렇기 때문에 아쓰미치 친왕이 직접 만나 이야기를 나누어 보자는 제안에 견디기 힘든 자신의 처지로 인한 상심과 죽음에 대한 두려움을 이유로 소극적인 태도를 취한 것이다(예9 참조).

한편 아쓰미치 친왕도 권력 쟁취를 꿈꾸는 후지와라藤原 집안의 희생물이 된 가잔인花山院과 마찬가지로 불행한 인물이었다. 모친과 형, 그리고 부모 대신 귀여워 해 주던 조부 후지와라노 가네이에藤原兼家의 사망 등을 경험한 아쓰미치 친왕은 이 세상의 무상함을 누구보다도 뼈저리게 느꼈을 것이다. 더욱이 부친(레이제이 천황)의 광기와 잇따른 정략결혼과 실패로 인한 충격은 아쓰미치 친왕을 고독의 심연 속으로 빠뜨렸음에 틀림없다. 그렇기 때문에 아쓰미치 친왕은

(예16)에 있는 바와 같이 염세관과 출가를 지향하는 이즈미시키부의 생각에 동조를 표시한 것이다.

(예17)은 이제까지 이즈미시키부의 고독과 어려움을 달래주던 위치에 있던 아쓰미치 친왕이 자신의 고독감을 솔직히 내보임으로써 이즈미시키부에게 다가서는 장면이다. 아쓰미치 친왕은 자신의 마음을 이해하고 공감할 수 있는 유일한 사람이라 인식한 이즈미시키부에게 함께 살며 서로의 속내를 이야기하다보면 두 사람 마음속 깊이 잠재한 염세관과 달랠 길 없는 고독감도 치유될 것이라고 말한다. 결국 아쓰미치 친왕은 두 사람 내부에 공통적으로 강하게 자리한 무상함과 고독감, 그리고 출가에 대한 희구를 같이 살면서 '같은 마음同じ心'으로 '이야기語らふ'함으로써 해결하자고 제안하는 것이다. 이것은 남녀관계로서 상대방을 원하는 것과는 달리 성을 초월한 인간으로서의 깊은 공감에 근거하는 것이라는 것을 알 수 있다.

이즈미시키부가 사랑하는 사람(아쓰미치 친왕의 친형인 다메타카 친왕)을 상실한 아픔을 갖고 있듯이 아쓰미치 친왕도 거듭되는 가까운 사람의 죽음(모친, 조부, 형 등)으로 생에 대한 무상감과 죽음에 대한 공포와 고독감을 안고 있었다. 그러기에 정신적 고독감을 치유해 줄 수 있는 '같은 마음'을 가진 이즈미시키부와 사랑에 빠지게 되었고 나아가 정신적인 연대감을 통해 마음의 평온을 추구했던 것이다.

그런데 (예16)에 인용한 아쓰미치 친왕의 출가를 바라는 마음을 보다 여실하게 드러낸 것이 (예18)의 인용문이다. 하루라도 빨리 자신의 집으로 들어와 같이 살 것을 독촉하던 아쓰미치 친왕이 돌연 출가를 희망하는 발언을 한 것이다. 이 발언의 배후에는 여러 가지 요인이 있겠으나 그 중에서 다음과 같은 요인을 상정할 수 있다.

> '세상이 언제 어떻게 변할지 알 수 없는 시기이고 또 대감마님께서 마음속으로 결정하고 계신 것도 있을 터이니 향후 정세를 관망하신 연후에 차기 동궁자리가 확정될 때까지는 한밤중 외출을 삼가시는 것이 좋을 듯합니다.'라고 유모가 충언을 드리자
>
> 世の中は今日明日とも知らず変りぬべかめるを、殿のおぼしおきつることもあるを、世の中御覧じはつるまでは、かかる御歩なくてこそおはしまさめ」と聞こえたまへば、　　　　　　　　　　(p.31)

위에 인용한 바와 같이 아쓰미치 친왕의 운명은 후지와라 집안의 정치적 의도에 따라 부침[9]하는, 말 그대로 '들떠있는 세상浮きたる世'을 살아가는 처지이다. 이를 배경으로 한 (예18)의 아쓰미치 친왕의 심정 표명에 대해 노무라 세이이치野村精一[10]는 '지금까지의 아쓰미치 친왕의 정치적 역할 –맏형인 이야사다 친왕居貞親王의 뒤를 이을 황태자=천황후보자적 존재– 을 이미 상실하였기에 그와 같은 공적인 생활에 대한 실망에 기인할 지도 모른다. 帥宮のいままでの政治的役割——長兄居貞親王のあとを継いで東宮＝天皇候補的存在——をもはや喪失していて、そのような公的生活の失望に起因するのかもしれない'라고 추론하고 있다.

(예18)에 대한 또 다른 해석으로 스즈키 가즈오鈴木一雄는 '〈두 사

9　円地文子·鈴木一雄(1983),『全講和泉式部日記』, 至文堂, p.136
10　野村精一(1981),『和泉式部日記 和泉式部集』, 新潮社, p.170

람만의 세상)속에 똑같이 겹쳐있던 〈고독한 혼자만의 세상〉을 드러 내 보이고 있다. 〈二人だけの世の中〉の奥にぴったりと重ねられている〈たったひとりの世 の中〉をどうしてものぞかせてしまう'라고 언급하고 있어 두 사람의 사랑의 본질 에 기인한다고 분석하고 있다. 출가할 의향이 있다는 아쓰미치 친왕 의 의사 표명에 대해 각각 물리적 요인과 정신적 요인을 들고 있는 데 어느 쪽 의견도 타당하다고 사료된다.

전술한 사랑의 고뇌에 있어서도 똑같은 마음가짐임을 보였던 이 즈미시키부와 아쓰미치 친왕은 (예16)과 (예17), 그리고 (예18)에 인 용한 바와 같이 종교에 있어서도 한마음이라는 사실을 확인한다. 출 가를 희망하는 아쓰미치 친왕의 의사 표명이 다소 돌발적인 감은 없 지 않으나 그것은 단지 일기에 묘사되지 않았을 뿐 아쓰미치 친왕의 정신적 고독감과 염세관은 줄곧 마음속에 내재되어 있었다고 볼 수 있다. 그 점은 스즈키 가즈오가 주장한『이즈미시키부 일기』의 특징 인 '초월적 시점의 한계超越的視点の限界'[11]와 관계가 있다고 보인다.

이즈미시키부와 같은 중류계층의 여류 가인인 무라사키시키부紫 式部는 화려한 궁중 생활과 비교할 수 없는 자신의 초라한 처지에 커 다란 마음의 갈등을 느낀다. 이와 마찬가지로 고귀한 황족인 아쓰미 치 친왕이 화려한 황실의 실상과 허상 속에서 얼마나 자신의 처지를 괴로워했던가를 (예18)을 통해 추정할 수 있다. 심지어 아쓰미치 친 왕은 너무 충격적이라 감당하기 어려울 만큼 진솔한 자신의 속내를 이즈미시키부에게 토로한다.

---

11 鈴木一雄(1964),「『和泉式部日記』に描かれた帥の宮の出家の意志」,『国文学 言語と文 芸』, 大修館書店

(예19) 그러던 어느 날 무슨 생각이 드신 것인지 자꾸 약한 말씀을 하시면서 '아무래도 나는 이 세상을 꿋꿋이 살아갈 수 없을 듯하오.'라는 편지를 보내오셨다. 여자는 걱정이 되어 노래를 지어 보냈다.

(女) 먼 옛날부터 전해 내려온 듯한 우리의 사랑

이제부터는 홀로 이어 가야 하나요?

이에 친왕은,

(宮) 이 풍진 세상 한시라도 살고픈 마음 없어라

모든 괴로움에서 벗어나고 싶어라

いかにおぼさるるにかあらむ、心細きことをのたまはせて、

「なほ世の中にありはつまじきにや」とあれば、

(女) 呉竹の世のふるごとおもほゆる昔がたりはわれのみやせむ

と聞こえたれば、

(宮) 呉竹の憂きふししげき世の中にあらじとぞ思ふしばしばかりも

などのたまはせて、   (p.81)

　(예19)에 인용한 아쓰미치 친왕의 염세적 성향도 (예18)에서 언급한 바와 같은 여러 가지 요인에 의한 것이리라 추정된다. 그러나 두 사람의 사랑의 성취라 할 수 있는 동거를 코앞에 둔 시점에서 (예18)의 출가 의지의 표명과 (예19)의 염세관을 토로할 수 있었던 것은 이즈미시키부를 연인이자 자신의 인간적인 내면을 이해해 줄 수 있는 유일한 존재라는 사실을 전제로 하고 있었기 때문이라고 말할 수 있다.

　전술한 (예17)에 인용한 바와 같이 아쓰미치 친왕은 이즈미시키부에게 '집에서 불도 수행을 할 때도 나 홀로 외로이 불공을 드리고 있으니 나와 같은 생각을 지닌 당신과 이야기를 나눌 수 있다면 마음의 위안을 얻을 수 있을 것' 같다며 호소한다. 이를 볼 때 아쓰미치 친왕은 이즈미시키부에게 사랑에 있어서 뿐만 아니라 구도에 있어서도 한마음이기를 절실히 원했다는 것을 알 수 있다. 이와 같이 연애와 불심에 있어서 한마음을 확인한 이즈미시키부와 아쓰미치 친왕의 강한 정신적 연대감이 있었기에 두 사람이 함께 있는 순간만은 모든 세상사의 번다함에서 온전히 자유로울 수 있는 평온한 시간이될 수 있었던 것이라고 사료된다.

3. 공감과 위안 : '語らふ가타로'와 '慰さむ나구사무'

현존하는 이즈미시키부의 노래는 이천여 수를 넘으며 그녀의 노래 가운데 아쓰미치 친왕과 관련된 노래는 대략 사백 수에 달한다. 노래수로 볼 때 이즈미시키부의 노래 중 아쓰미치 친왕과 관련된 노래의 비중은 결코 작지 않다. 기무라 마사나카木村正中[12]는 '아쓰미치 친왕의 생활을 밝히는 것은 이즈미시키부의 인생과 문학의 본질에 가장 깊이 접근하기 위한 코스가 될 수 있을 것이다. 敦道親王の生活を追究することは、和泉式部の人生と文学の本質に最も深く触れるための道筋となりうるであろう'라고 언급하고 있다. 이러한 의미에서 이즈미시키부의 와카에 사

---

12 木村正中(1981), 「和泉式部と敦道親王―敦道挽歌の構造―」, 山中裕編『平安時代の歴史と文学 文学編』, 吉川弘文館, p.369

용된 어휘는 물론 문학 작품의 취향, 인생관 그리고 사고방식에도 당연히 아쓰미치 친왕의 영향을 받았을 가능성을 배제할 수는 없다. 이러한 추론에 근거하여 본 논문에서는 '語らふ'와 '物思ふ'라는 어휘를 중심으로 아쓰미치 친왕이 이즈미시키부의 와카와 의식의 변화에 끼친 영향을 고찰하였다. 그 결과를 도식화하면 (도표 2)와 같다.

　아쓰미치 친왕과의 만남에 의해 생긴 '物思ふ'는 지금까지 경험하지 못한 '物思ひ'이었으나, 그것이 아쓰미치 친왕과의 '語らふ'를 거듭하는 가운데 말끔히 사라져 '物思ひ'가 전혀 없는 경지에까지 도달하는 것이다. 그러나 그러한 행복의 순간도 잠시, 아쓰미치 친왕의 죽음에 의해 다시금 이즈미시키부의 내면에 '物思ふ' 습성이 나타나게 된다. 또한 아쓰미치 친왕과의 '語らひ'에 의해 위로받았던 마음의 평온은 아쓰미치 친왕을 잃은 시점에서 그 무엇에 의해서도 채울 수 없는 커다란 공허감으로 그녀를 슬프게 하는 '物思ふ'의 원인이 된다. 그래서 아쓰미치 친왕과 사별한 이후에는 이즈미시키부 스스로가 지금까지의 소극적인 자세를 버리고 '語らふ'를 적극적으로 희구하는 자세를 보이게 되는 것이다. 즉 이즈미시키부의 '語らふ' 자세의 발현은 전적으로 아쓰미치 친왕에 의한 것으로 추정된다.

　아쓰미치 친왕과 이즈미시키부는 사랑에 있어서나 불교 신앙에 있어서도 서로가 '한마음 한뜻(同じ心)'으로 완전 동체가 되기를 갈망했다. 결국 그들의 마음은 아쓰미치 친왕의 스스럼없는 대화를 통해 마음의 위안을 얻었으며('語らふ'→'慰さむ'), 노래의 증답과 진솔한 대화를 거듭하는 가운데 괴로운 상념(物思ひ)이 전혀 없는 행복한 순간을 맞이하게 됐던 것이다. 더욱이 이즈미시키부와 아쓰미치 친왕이 나누었던 대화 내용이 애정에 관련된 것은 물론이거니와 인간의 본질적인 비애나 무상감에 관한 고뇌를 내용으로 한다는데 주목하고 싶다. 예를 들면 '누구에게 있어서도 이 세상은 힘겹다(誰も憂き世)'라는 의식과, 출가를 희구하면서도 실현하지 못하는 데서 발생하는 비애를 근저로 하는 내용이다. 이와 같이 인간 본연의 고독감 고뇌를 진솔하게 이야기함으로써 이즈미시키부와 아쓰미치 친왕 두 사람에게는 인간으로서의 동질 의식이 생겼다고 생각된다. 결국 그들의 결속은 단순히 사랑하는 연인으로서의 관계를 초월하여 남녀 사이의 관계를 넘어 인간애로까지 심화된 사랑이었다고 볼 수 있다.

(도표 2)

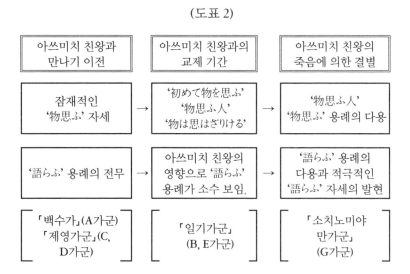

이즈미시키부 와카 표현론

제3장

'語らふ人가타로 히토'로서의
이즈미시키부

 이즈미시키부和泉式部는 『이즈미시키부 일기和泉式部日記』속에서 레이제이 천황冷泉天皇의 넷째 아들인 아쓰미치 친왕敦道親王과의 사랑을 백오십수에 이르는 증답가를 중심으로 기록하고 있다. 작품 내용이 철저하게 개인적인 아쓰미치 친왕과의 애정에 제한되어 있음에도 불구하고 이즈미시키부는 자신을 규정함에 있어 지극히 객관적인 태도를 취하고 있다. 즉 작품 속에서 이즈미시키부는 자신을 '女온나(여자)'·'人히토(사람)' 등 3인칭으로 표현하고 있는 것이다. 물론 작품 내에는 '我が와가(나의)'·'我が身와가미(내 처지)'·'我와레(나)' 등 주관적인 자기규정도 보이지만 이들은 주로 와카에 사용되고 있으므로 주된 자기규정은 '女'·'人' 등의 객관적인 표현이라 할 수 있다.
 일기 내의 구체적인 용례수를 살펴보면 '女'·'人'라는 객관적인

자기규정이 18례[1], '我が'·'我が身'·'我' 등 주관적인 자기규정이 20 례이다.[2] 주관적인 자기규정이 자기 자신의 위상차에 의하여 조형된 것이라면 객관적인 자기규정은 '타자'와의 관계성 속에 나타나는 존재이다.[3]

아쓰미치 친왕과 이즈미시키부 사이에는 고귀한 천황의 아들과 수령층의 처라는 현격한 신분 차가 있다. 그러나 두 사람은 이러한 사회적 현실을 넘어 한 사람의 남자와 여자라는 대등한 사랑의 인간 관계를 쌓아간다. 작품 속에서 이즈미시키부는 아쓰미치 친왕에 대한 상대로서의 자신을 '나'가 아닌 '여자'로 규정하였다. 자신을 삼인 칭으로 표현하고 있는 의도에 대해서는 여러 가지 의미로 해석되고 있는데 여기에서 특히 주목하고자 하는 것은 이즈미시키부의 자기 규정 표현이다.

이즈미시키부는 이상적인 대상으로서의 타자인 아쓰미치 친왕의 존재에 대하여 자신을 '원래 사려가 깊지 않은 사람もとも心ふかからぬ人'· '시름에 잠긴 사람物思ふ人'으로 규정하고 있다.

　(예1)　원래 사려 깊지 못한 사람으로 이제껏 경험하지 못한 외로움에 견딜 수 없던 터라 황자님이 보내온 부질없는 사랑 노래에 그

1　객관적인 자기규정은 女(16례)·人(87례)로 총 103례이지만 그 주체가 이즈미시키부 인 경우에 한정하면 女(16례)·人(2례)로 18례가 된다.
2　주관적인 자기규정은 我が(6례)·我が身(3례)·我(23례)로 도합 32례이지만 그 주체 가 이즈미시키부인 경우에 한정하면 我が(3례)·我が身(3례)·我(14례)로 총 20례가 된다.
3　石坂妙子(1997),『平安期日記文芸の研究』, 新典社, p.10.

만 마음을 빼앗겨 답가를 드렸다.

오늘 하루 당신의 힘겨움은 비할 바 아니어라

지난 일 년 간 수심에 잠긴 내 괴로운 심경은

<u>もとも心ふかからぬ人</u>にて、ならはぬつれづれのわりなくおぼゆ

るに、はかなきことも目とどまりて、御返、

今日のまの心にかへて思ひやれながめつつのみすぐす心を

(p.19)[4]

(예2) <u>매일 밤 시름에 잠겨 괴로워하는 사람은</u> 밤이라 하더라도 편안

하게 눈감고 잠드는 적없습니다.

世とともに<u>もの思ふ人</u>は夜とてもうちとけて目のあふときもなし(p.25)

(예1)에서 이즈미시키부는 자신을 '사려 깊지 못한 사람もとも心ふか
からぬ人'이라는 제삼자의 방관자적인 태도로 표현하고 있다. 이 부분
은 그녀의 자성적이고 술회적인 어조의 일기적인 요소와 모노가타
리적인 태도를 동시에 보여주고 있다. 레이제이 천황의 셋째아들이
자 아쓰미치 친왕의 형인 다메타카 친왕為敬親王과 사별한 후 처음으
로 겪는 적적함에서 헤어나지 못하던 이즈미시키부는 아쓰미치 친
왕의 출현으로 고독감에서 벗어나는 계기를 맞이하게 되고 그의 관
심에 반응을 보이게 된다. 그러한 속에서 그녀는 자기 환멸을 느낌

---

4 藤岡忠春校注(1994),『和泉式部日記·紫式部日記·更級日記·讚岐典侍日記』新編日本
古典文学全集26, 小学館. 이하『이즈미시키부 일기』의 인용은 新編全集의 쪽수를
표기한다. 일기 작품의 한국어 번역은 졸역『이즈미시키부 일기』(2014.지식을 만드는
지식)을 참조하였다.

과 동시에 아쓰미치 친왕의 관심에 동요되는 자신을 가리켜 '사려 깊지 못한 사람'이라는 자성적인 어조로 규정하고 있다.

(예2)에서는 자기 자신을 '시름에 잠긴 사람物思ふ人'으로 규정하고 있다. 이는 사별한 다메타카 친왕에 대한 그리움과 죄책감, 그리고 아쓰미치 친왕과의 새로운 사랑에 대한 기대와 불안 등에 괴로워하며 잠 못 이루는 자신을 객관적으로 표현한 것이다. 이즈미시키부의 '수심에 잠긴 사람'이라는 자기규정은 『이즈미시키부 가집和泉式部集』[5]에서도 찾아볼 수 있다.

주지하는 바와 같이 『이즈미시키부 가집』은 복수의 가군으로 구성되어 있다.[6] 그 가운데 이즈미시키부가 일생에 있어서 가장 사랑했던 아쓰미치 친왕의 죽음을 애도하는 940번부터 1061번에 이르는 방대한 만가군挽歌群에는 그와의 사별을 애달파하는 슬픔과 상실감이 가군 전체에 표백되어 있다. 이 가군에 '시름에 잠긴 사람'이라는 자기규정이 두드러지게 나타난다.

1035　초저녁마다 <u>시름에 잠긴</u> 내가 흘린 눈물이

　　　　온 세상 풀잎위에 이슬 되어 맺히리

　　　　宵ごとに<u>物思ふ人</u>の涙こそ千々の草葉の露とおくらめ

5　본문 중에 인용한 노래 번호와 노래의 원문은 清水文雄 校注(1988) 『和泉式部集・和泉式部続集』(岩波文庫)에 따른다.

6　清水文雄는 『和泉式部集』를 A・B・C・D・E・F・G・H・I・J의 10개 가군으로 분류하였는데 여기서는 이 분류방법에 따른다(「和泉式部集の成立」 『国文学攷』제1집, 1934年11月. 「和泉式部続集の成立」 『鈴木知太郎博士古希記念国文学論攷』桜楓社, 1975年10月).

1041　잠 못 이루며 <u>수심에 잠긴 나</u>는 초저녁 내내

당신 그리는 눈물에 옷소매만 젖어라

(나에게 '누루ぬる'라고 하는 것은 '잠자다寝る'는 것이 아니라 내

가 흘린 눈물에 옷소매가 '젖는다濡る'는 의미란 걸 이제야 알았

습니다.)

起きゐつつ<u>物思ふ人</u>の宵の間にぬるとは袖の事にぞありける

1046　꿈에서나마 볼 수 있을 텐데 간혹이라도

<u>시름에 잠긴 내</u>가 잠들 수만 있다면

夢だにも見るべきものを<u>物思ふ人</u>の寝をねましかば

　위에 예시한 용례는 모두 이즈미시키부가 아쓰미치 친왕과의 사
별을 슬퍼하며 시름에 잠긴 자신을 '物思ふ人'라 규정한 노래이다.
인용한 노래 중 1035의 '物思ふ人'는 '이즈미시키부 자신을 포함하
여 시름에 잠긴 모든 일반적인 사람들'까지도 포함시키고 있다.

　그러나 1041의 노래는 이즈미시키부 자신의 직접 체험이나 영탄
을 의미하는 'けりᄀᆌ리'로 끝맺고 있어 '物思ふ人'의 주체가 그녀 자신
을 가리키고 있다는 것을 알 수 있다. 이제는 기다려도 돌아올 수 없
는 죽은 아쓰미치 친왕의 부재를 애달파하는 이즈미시키부의 심정
이 여실히 나타나 있다. 그리고 이러한 이즈미시키부의 '物思ふ人'
로서의 자기 인식은 1046에도 계속 이어져 '物思ふ人'로서의 그녀의
절망의 깊이가 잘 드러나 있으며 동시에 그녀 자신이 그 절망의 깊
이를 명료하게 인식하고 있음을 드러낸다. 이러한 사실에 주목하여
히라타 요시노부平田喜信는 특히 『이즈미시키부 일기』와 『이즈미시

키부 가집 』내 아쓰미치 친왕 관련 만가군을 '시름에 잠긴 여인의 기록物思ふ女の記'[7] 이라고까지 평가하고 있다. 아쓰미치 친왕 관련 만가군의 또 다른 연작에서 이즈미시키부는 자신을 다음과 같이 표현하고 있다.

> 953 출가하려는 마음만 먹어도 가슴 시리어라
>
>   당신 손길 닿았던 내 몸이라 생각하면
>
>   捨てはてんと思ふさへこそ悲しけれ君に馴れにし我が身と思へば
>
> 954 예전엔 몰랐어라 살아서 당신 못 잊는 나의 육체를
>
>   당신이 남긴 유품으로 여기게 될 줄이야
>
>   思ひきやありて忘れぬおのが身を君が形見になさむ物とは

위에 예시한 바와 같이 이즈미시키부는 자신을 '당신 손길 닿았던 내 몸君に馴れにし我が身', '당신이 남긴 유품君が形見'이라고 규정하고 있다. 953번 노래에 보이는 '당신 손길 닿았던 내 몸'은 아쓰미치 친왕 생전에 사랑받아 그의 손길에 익숙해진 나의 육체가 그대로 아쓰미치 친왕을 떠오르게 하는 존재가 되어 있어 아쓰미치 친왕과 이즈미시키부가 일체화되고 있다. 더욱이 954번 노래에 보이는 '당신이 남긴 유품'이라는 이즈미시키부의 자기규정은 주목할 만하다. 이러한 발상은 앞서 기술한 바와 같이 생전의 아쓰미치 친왕이 사랑에 있어서나 종교적인 구도에 있어 이즈미시키와 '같은 마음同じ心'을

---

7 「和泉式部日記の成立─もの思ふ女の記」(久保朝孝編『王朝女流日記を学ぶ人のために』世界思想社, 1996年8月) p.113

지녔다는 확신에서 오는 것이라 볼 수 있다. 한편 일기 작품에서 이즈미시키부는 자기 자신이 아닌 아쓰미치 친왕을 규정함에 있어 다음과 같이 '위안이 되는 그대慰さむる君'라고 표현하고 있다.

(예3) 위안이 되는 그대 곁에 있지만 그래도 역시

해 질 무렵이 되면 왠지 모를 서글픔

なぐさむる君もありとは思へどもなほ夕暮はものぞかなしき

(p.73, 『정집』417)

위와 같은 '아쓰미치 친왕 = 위안이 되는 그대'라는 등식은 일기에 수록된 아쓰미치 친왕의 다음 노래에서 비롯되었다고 보여진다.

(예4) (宮) 이야기 나누면 마음의 위안 얻을 수 잇으리

말상대도 되지 않는 사람이라 여기지 말아주오

語らはば慰さむこともありやせんいふかひなくは思はざらなん

(女) 마음의 위안이 된다니 이야기를 나누고 싶지만

기구한 내 신세는 말할 가치 없어라

慰さむと聞けば語らまほしけれど身のうきことぞいふかひもなき

(p.20)

자신과의 대화를 통해 마음의 위안을 얻을 수 있다는 아쓰미치 친왕의 제안에 이즈미시키부는 처음에 반신반의했지만 시간의 경과에 따라 아쓰미치 친왕이 제안한 거듭되는 대화를 통하여 마음의 위

안을 얻게 된다. 결국 이즈미시키부에게 있어 아쓰미치 친왕은 '이 야기를 나누는 사람語らふ人'인 동시에 '마음의 위안을 주는 사람慰むる 君'으로 자리 잡게 된다. 이외에도 일기 작품에서 이즈미시키부는 아 쓰미치 친왕과 만나 이야기를 나눔으로써 마음의 위안을 얻었다고 심정을 토로한다.

(예5) 이와 같이 여러 번 아쓰미치 친왕으로부터 편지가 있었고 이쪽 에서도 그때마다 답장을 올렸다.

풀 길 없는 쓸쓸함도 아쓰미치 친왕과의 편지왕래로 약간은 위 안이 되는 듯한 기분으로 지냈다.

かくて、しばしばのたまはする、御返も時時聞えさす。つれづ れもすこしなぐさむここちしてすぐす。　　　　　　(p.20)

(예6) '이렇게 당신이 저를 찾아 주시지 않는 날이 계속되어도 그다 지 불안하게 생각되지 않습니다. 불안함을 느끼지 않는 것도 돌아가신 당신 형님과의 인연으로 당신과 내가 맺어졌기 때문 이니까요. 하지만 그래도 역시 당신이 위로해 주시지 않으면 도저히 살아갈 수가 없습니다.'라고 편지에 적어 올렸다.

かかれどもおぼつかなくも思ほへずこれも昔のえにこそあるらめ と思ひたまふれど、なぐさめずはつゆ」と聞こえたり。　　(p.24)

(예7) 정말로 종잡을 수도 없고, 믿을 수도 없는 이와 같은 덧없는 아 쓰미치 친왕과의 화답가에 삶의 의미를 부여하며 살아가는 나 를 돌이켜 생각해보면 한심한 생각이 든다.

あはれにはかなく、頼むべくもなきかやうのはかなしごとに、世

の中をなぐさめてあるも、うち思へばあさまし。　　　　　(p.43)

(예8) 이러한 상태로 지내는 사이 어느덧 9월이 되었으므로 이즈미
　　　시키부는 채워지지 않는 기분도 달랠 겸 이시야마에서 일주일
　　　정도 불공을 드릴 생각으로 참배 길에 나섰다.

かかるほどに八月にもなりぬれば、つれづれもなぐさめむと
て、石山に詣でて七日ばかりにもあらむとて、詣でぬ。　(p.43)

(예9) 지금까지보다는 아쓰미치 친왕이 찾아 주시는 횟수가 잦아졌
　　　기에 달랠 길 없는 외로움도 한결 나아진 듯하다.

ありしよりは時々おはしましなどすれば、こよなくつれづれも慰
むここちす。　　　　　　　　　　　　　　　　　　　(p.64)

(예10) 아쓰미치 친왕이 계신 집으로 들어가더라도 특별히 기대한 것
　　　도 없고 다만 달랠 길 없는 적적함을 달래보려 결심한 것인데
　　　이제 와서 속세를 등지고 출가하신다고 하시면 나는 어찌해야
　　　할지몰라 혼란스러운 마음에 아쓰미치 친왕에게 말씀드렸다.

なにの頼もしきことならねど、つれづれのなぐさめに思ひ立ち
つるを、さらにいかにせましなど思ひ乱れて、聞こゆ。　(p.78)

(예11) '겨울밤 추위로 눈물에 젖은 눈까지 얼어붙어 뜨기조차 어려운
　　　눈을 겨우 떠가며 지새기 힘든 겨울밤을 하얗게 지새웠습니
　　　다.'라는 편지를 보내면서도 이러한 편지 왕래에 무료함을 달
　　　래는 자신을 생각하니 정말로 허망하였다.

冬の夜の目さへ氷にとぢられて明かしがたきを明しつるかなな
ど、言ふほどに、例のつれづれなぐさめて過ぐすぞ、いとはか
なきや。　　　　　　　　　　　　　　　　　　　　　(p.81)

『이즈미시키부 일기』에 보이는 13례의 '慰む' 용례 가운데 이즈미시키부가 아쓰미치 친왕과의 대화나 편지 속의 와카 또는 만남을 통해 마음의 위안을 얻었다는 기사가 7례로서 전체 용례의 절반 이상을 차지하고 있어 주목된다. 물론 이 같은 위안을 원하면서도 이즈미시키부는 자신의 행위에 대해 스스로를 (예7)의 '한심하다ぁさましう', (예11)의 '정말로 허망한 일이 아닌가. いとはかなきや'와 같이 자책하고 있다. 이러한 자책 속에서도 그녀는 아쓰미치 친왕과의 만남과 대화를 계속하는 이중성(예5, 예6)을 보이는데 이러한 부조리는 그녀가 언어의 한계를 인식하면서[8], 여전히 자신의 감정을 언어로서 상대방에게 전달하려는 부조리와도 일맥상통하며 이점이 또한 이즈미시키부의 '語らふ人'로서의 면모가 확연히 드러나는 대목이기도 하다. 이와 같이 이즈미시키부는 아쓰미치 친왕과의 대화를 통하여 마음의 위안을 얻으며 (예3)에서 언급한 바와 같이 아쓰미치 친왕을 '慰さむる君'라 규정하게 된다.

956   정겹게 말 건네던 목소리 그리워라

당신 모습은 예전 그대로인데 아무 말도 않기에

<u>語ひし声ぞ恋しき俤はありしそながら物も言はねば</u>

957   눈앞에 어려 서글프게 하는 건 정겹게 말하던

당신 모습이 아닌 내 눈물이어라

---

8 이즈미시키부는 '이렇다 저렇다 말로하면 흔해빠진 설명이 되니 대성통곡으로서 내 슬픔 표현하고파. ともかくも言ははなべてになりぬべし音に泣きてこそ見せまほしけれ(『정집』163번 수록)'라는 노래에서 언어표현의 한계에 대한 통찰을 극명하게 보여준다.

目に見えて悲しき物は語ひし其の人ならぬ涙なりけり

더욱이 이러한 그녀의 태도는 아쓰미치 친왕과 사별한 후에도 줄곧 자기와 동질 의식을 지녔고 그로 인해 마음의 위안을 주었던 아쓰미치 친왕을 회상함에 있어 '정겹게 말 건네던 목소리 그리워라. 語らひし声ぞ恋しき(956번)'라든지, '정겹게 말하던 당신 모습語らひし其の人(957번)'으로 규정하고 있다. 일반적으로 사별한 사람을 떠올릴 경우 생전의 모습을 회상할 경우가 대부분이다. 그런데 이즈미시키부는 생전의 아쓰미치 친왕을 회상함에 있어 '정겹게 말 건네던 목소리語らひし声'가 그립다고 표현한 점은 특기할 만하다. 그것은 자신과 정답게 이야기를 나누던 때의 아쓰미치 친왕의 모습이 가장 강렬하게 그녀의 마음속에 각인되었고, 따라서 그녀에게 있어 아쓰미치 친왕은 '정겹게 말 건네던 사람語らふ人'으로 각인되었기 때문일 것이다.

여기에서도 이즈미시키부는 아쓰미치 친왕을 규정함에 있어 자신과의 관계성 속에서 규정지었다. 따라서 자신과 똑같은 마음으로 이야기하고 위안을 주는 사람으로서 아쓰미치 친왕을 '정겹게 말 건네던 사람語らふ人'·'위안을 주는 그대慰むる君'라 표현한 것이다. 다시 말하면 이즈미시키부가 자신이나 타인을 규정함에 있어 상대방과의 관계성에 초점을 맞추고 있다는 것을 알 수 있다. 즉 타자인 아쓰미치 친왕과의 관계성 속에서 자신을 '시름에 잠긴 사람物思ふ人'·'원래 사려 깊지 못한 사람もと心ふかからぬ人'·'당신이 남긴 유품君が形見'·'당신 손길 닿았던 내 몸君に馴れにし我が身' 등으로 규정짓고 있는 것이다.

그러나 이즈미시키부의 와카를 음미하면 홀로 자신의 내부에 몰입하는 소극적이고 내향적인 '시름에 잠긴 사람物思ふ人'으로서의 모습과는 달리 끊임없이 상대를 의식하고 타자를 추구하는 '정겹게 말 건네는 사람語らふ人'으로서의 면모가 두드러지게 나타난다. 이미 언급한 바와 같이 언어의 한계를 인식한 그녀가 끊임없이 언어로서 자기의 심정을 노래하였다는 점, 그리고 동시대의 가인 중 가장 많은 '語らふ' 용례를 구사[9]하고 있다는 점 등을 고려할 때 그녀에게 있어 아쓰미치 친왕이 '정겹게 말 건네던 사람語らひし人'이었듯 그녀 또한 '정겹게 말 건네는 사람語らふ人'으로서 규정할 수 있다고 사료된다.

생애에 있어서 그녀가 가장 사랑했던 아쓰미치 친왕과의 만남, 사랑 그리고 사별로 이어지는 짧은 행복, 긴 슬픔으로 이즈미시키부는 '시름에 잠긴 사람物思ふ人'으로서의 인상이 부각되지만 그녀는 많은 사람과의 만남과 사랑을 지향한 '정겹게 말 건네는 사람語らふ人'이라 규정할 수 있다. 따라서 여기서는 가집에 보이는 '語らふ'라는 어휘를 단서로 이즈미시키부의 '語らふ人'으로서의 자세와 그 대상을 살펴봄으로써 그녀의 '語らふ人'으로서의 면모에 접근하고자 한다.

---

9 헤이안 시대 여류가인의 사가집에 사용된 '語らふ' 용례는 『이즈미시키부 가집』 (75례), 『우마노나이시 가집馬内侍集』(16례), 『사가미 가집相模集』(7례), 『아카조메에몬 가집赤染衛門集』(6례), 『히가키노오나 가집桧垣嫗集』(5례)의 순으로 사용되고 있다.

1. 이즈미시키부와 '語らふが타로'

이즈미시키부의 '語らふ人'로서의 자질은『이즈미시키부 일기』에서 알 수 있듯이 아쓰미치 친왕의 영향에 기인한다. (예8)에서 언급한 바와 같이 '語らふ' 자세에 대하여 소극적인 자세를 보였던 이즈미시키부는 조금씩 적극적인 자세를 보이기 시작하며 심지어는 다음 예문과 같이 '語らふ人'로서 자부심을 갖는 단계로까지 발전하게 된다.

808　말 상대로 치면 나도 뒤지지 않거늘 무슨 말들을
　　　그리도 정겹게 나누고 있는 걸까
　　　語らはば劣らじものを何事をいふともいふと言ひ交はすらん

966　슬픔 달래려 내가 앞장서 나가 이야기 나누리
　　　괴로운 이 세상 밖에 내 마음 알아주는 이 있다면
　　　慰めにみづからゆきて語らはん憂き世の外に知る人もがな

1349　이야기 나눴으니 위로가 되었으리 아무도 모를
　　　내 마음의 고통은 누구에게 털어놓아야하나
　　　語らへば慰みぬらん人しれずわが思ふ事を誰に言はまし

702　시험 삼아 당신과 이야기 나눠보리 이 세상 괴로움
　　　당신과의 다정한 대화로 위안이 될지 어떨지
　　　こころみにいざ語らはん世の中にこれに慰む事やあるとも

808은 '친하게 지내는 남자친구 두 서너 명이 만나 이야기를 나누

고 있다.語らふ友だち二三人来合ひたり'는 연락을 받은 이즈미시키부가 지어 보낸 노래이다. 노래 속의 '말상대로 치면 나도 뒤지지 않거늘語らはば劣らじものを'에서 이즈미시키부의 '語らふ人'으로서의 자세와 자부심을 읽을 수 있다.

966은 아쓰미치 친왕의 죽음을 애도한 연작시에 포함된 노래이다. 이 연작시에도 이즈미시키부의 '語らふ'에 대한 적극적인 자세와 진정한 '語らふ'의 상대였던 아쓰미치 친왕의 죽음으로 인한 비통함과 커다란 상실감이 오롯이 표출되어 있다. 동시에 아쓰미치 친왕을 대신할 만한 진정한 의미의 '語らふ人'의 부재를 절감하고 있다.

1349는 여자 친구 두, 세 명이 이야기하는 것을 이즈미시키부가 조금 떨어진 곳에서 바라보며 읊은 노래이다. 이 노래는 '여자 친구 두 서너 명이 이야기를 나누고 있는 모습을 보고 女ともだちの、ふたりみたりと物語するを見やりて'라는 고토바가키詞書가 명기되어 있다. '이야기 나눴으니 위로가 되었으리. 語らへば慰みぬらん'라는 내용에서 '語らふ(대화)＝慰む(마음의 위안)'이라는 이즈미시키부의 인식을 다시 한 번 확인할 수 있다.

702는 '나와 다정하게 이야기 나눠 봅시다.'라 말하는 남자에게 이즈미시키부가 보낸 노래이다. '시험 삼아こころみに'와 '당신과의 다정한 대화로 위안이 될지 어떨지. なぐさむ事やあるとも'라는 대목에서 위에 제시한 3개의 예문과는 달리 이즈미시키부의 '語らふ＝慰む'라는 신념에 대한 회의와 의구심이 드러나 있다.

이 노래가 언제 제작되었는지는 알려진 바가 없다. 그러나 시미즈 후미오의 가군 분류[10]에 따르면 이 노래는 E가군(400~902)에 해당된다. E가군은 가군의 앞부분(400~430)과 끝부분(877~902)에『이즈미시키부 일기』에 수록된 노래가 포함되어 있는 점, 그리고 702의 노래를 전후로 하여 일기의 서두 부분을 연상케 하는 노래가 위치[11]하는 등의 정황으로 미루어 702의 노래가 아쓰미치 친왕의 죽음 이후에 제작되었으리라 추정된다.

따라서 이 노래는 아쓰미치 친왕과 사별한 후 이즈미시키부의 '語らふ＝慰む'라는 정신적인 세계가 그의 죽음으로 인하여 붕괴됨으로써 오는 회의와 의구심으로 해석할 수 있다. 그러나 이 문제는 가집의 성립과 그 시기, 편집자의 의도, 그리고 노래의 배열 등과 같은 근본적이고 복잡한 문제가 얽혀 있으므로 이에 대한 보다 구체적인 검증을 필요로 한다. 그럼에도 위의 용례에서 알 수 있는 것은 이즈미시키부가 '語らふ＝慰む'라는 정신적인 세계에 대하여 확고한 신념을 보이는 한편, 때로는 그에 대한 회의와 의구심을 보이면서도 결국 그녀가 언제나 타인과의 '語らふ' 행위를 추구하였다는 사실에 변함이 없다는 것이다.

---

10 주 6번 참조.

11 702노래의 전후에는 '人に'라는 고토바가키를 갖는 'たぐひなく憂き身なりけり思ひ知る 人世にあらば問ひもしてまし(701)'라는 노래와 '四月ばかりに、橘の咲きたるを'라는 고토바가키를 갖는 '橘の花咲く里に住まへども昔 を来問ふ人のなきかな(703)'라는 노래가 있다.

2. '語らふ가타로' 대상

어느 가집이나 그 속에는 작가의 인생과 생활이 반영되어 있다. 『이즈미시키부 가집』도 그 예외는 아니며 작품 내에는 이즈미시키부 본연의 모습이 잘 드러나 있다. 그 중에는 그녀의 인간관계를 짐작할 수 있는 고토바가키와 노래가 있으며 교제 대상과 사랑의 형태, 교우관계, 그리고 가족애 등을 엿볼 수 있다. 특히 남녀관계에 있어서 다채로운 사랑을 경험한 것으로 알려진 이즈미시키부는 상대방 남자의 호칭에 있어서 그녀의 다채로운 사랑의 형태만큼이나 다양한 표현을 구사하고 있다.

예를 들면 '나를 연모하는 남자 懸想する男(434)', '나를 사랑하다가 이제는 다른 여자에게 눈을 돌린 남자 異心つきたる男(632)', '언제까지나 깊이 사랑하자고 언약한 사람 いみじう物思はむと契りたりし人(778)', '남의 눈을 피해 몰래 사귀고 있는 사람 忍びたる人(1156)', '나는 사랑하고 있는데 그는 자기를 사랑하지 않는다며 나만 원망하는 사람 思へども思はず恨むる人 (1179)', '내 과실로 관계가 끊긴 남자 わが過ちにて絶えたる男(1171)' 등 상대방과의 심리적 거리와 관계에 따른 표현을 구사하고 있다.

이 외에 여기에서 주목하고자 하는 '語らふ人'로 표현된 연인이 있다. 『이즈미시키부 가집』의 와카와 고토바가키에 사용된 '語らふ' 용례(75례) 가운데 그 대상이 남자인 경우(41례)의 절반에 해당하는 21례가 이즈미시키부의 연인의 의미로 사용되고 있다. 그럼 '語らふ' 대상이 연인인 용례 중 일부를 다음에 예시한다. 다만 편의상 고토바가키만을 인용한다.

185 世の中さわがしき頃、語らふ人の久しう音せぬに

1172 語らふ人、「亡くならむ事は忘れじ」といふを、心地なやむ
　　　頃、久しう問はぬに

1173 世の常ならぬ契りして語らふ人の、音づれぬに

1282 近き所に語らふ人ありと聞きて、いひやる

1303 語らふ人の、「山里になむ行く」と云ひたるに

1435 語らふ人の音せで、「日来山寺になむある」と云ひたるに

263 忍びて語らふ人の、煩ひて、「今宵はえ過ぐすまじ」といへ
　　　りければ、またつとめて

724 忍びて語らひたる人の、ただ顕はれに顕はるるを、「かかる
　　　をばいかが思ふ」と人のいひたるに、八月ばかりに

185・1172・1173・1435의 4례는 모두 '사랑하는 사람 語らふ人'과 소식이 두절되어 읊은 노래들이다. 이 가운데 185번과 유사한 내용의 고토바가키가 『무라사키시키부 가집 紫式部集』에 보인다.[12] 고토바가키가 유사한 두 노래는 長保쵸호 2(1000)년 겨울에서 다음해 7월경 전염병이 유행하던 시기에 제작되었으며 특히 185번은 이즈미시키부가 다메타카 친왕에게 보낸 노래로 알려져 있다.[13]

1172번은 친하게 교제하는 남자가 '죽은 후에도 계속 당신을 사랑

---

12 '世の中の騒がしきころ、朝顔を、同じ所にたてまつるとて'라는 고토바가키에, 노래는 '消
　 えぬまの身をも知る知る朝顔の露とあらそふ世を嘆くかな'로 되어 있다. 이 노래의 제작시
　 기에 대한 견해는 新潮日本古典集成『紫式部日記・紫式部集』(新潮社, 1980年) p.135
　 두주(頭注)에 따른다.
13 寺田透『日本詩人選8 和泉式部』(筑摩書房, 1971年) p.148

할 것입니다.'라고 맹세한 후 이즈미시키부가 정신적으로 힘들 때 찾아와 주지도 않았다는 내용이다. 185번과 마찬가지로 '語らふ人'의 무심함을 나타내고 있다.

1173번은 '語らふ' 바로 앞에 '세상에서 일반적으로 하는 사랑과는 다른 형태의 사랑을 하는 世の常ならぬ契りして'이라는 수식구로 미루어 '남편이 있는 몸으로 다른 사람과 남몰래 관계를 가지고 정을 통하는 것과 같은 타인에게는 말할 수 없는 사랑'[14]으로 해석된다. 이처럼 위험을 수반한 예사롭지 않은 관계를 맺은 이즈미시키부는 자신의 적극성과는 달리 상대방 남성이 좀처럼 자신을 방문하지 않는 데 대한 불만을 토로하게 된다.

1282번 고토바가키는 친밀한 관계에 있는 남자가 이즈미시키부 집 가까이까지 왔으면서도 자신을 방문하지 않고 그냥 지나치자 상대방 남자에게 노래를 보냈다는 내용이다.

1303번과 1435번은 사랑하는 사람이 산촌으로 들어가겠다는 전 갈을 보내왔거나, 연락도 없이 산촌에 들어가 버렸다는 전갈을 보내왔다는 내용으로 상대방에 대한 서운함과 야속함이 묻어난다. 특히 1435번은 '당신 혼자만 혐오스러운 것이 보이지 않는 산사에 들어가다니 너무합니다. 언제나 당신과 한마음이 되어 한탄하던 세상이었거늘 이제는 저 혼자만이 쓸쓸히 슬퍼하고 있습니다. ひとりやは見えぬ山路も尋ぬべき同じ心になげく憂き世を'라는 노래이다. 다만 이 노래가 누구에게 보내졌는지는 명기되어 있지 않다.

---

14 佐伯梅友・村上治・小松登美編(1977)『和泉式部集全釈 続集編』, 笠間書院, p.178. 이하, 『全釈』이라 약칭한다.

가집에는 1435번을 포함하여 '한마음同じ心'이라는 표현이 사용된 노래가 6수[15] 보인다. 이 가운데 제영가題詠歌 1수(341)와 일기가日記歌 2수(898, 1501)를 제외한 나머지 3수에 등장하는 '한마음'을 가진 사람이 누구인지는 확실치 않으나 '한마음'이라는 표현을 통해 그 상대가 아쓰미치 친왕일 것으로 추정된다. '한마음'이라는 표현은 일기에서 아쓰미치 친왕과 이즈미시키부가 서로의 사랑을 확인하는 가운데 즐겨 사용하던 사랑의 밀어였다.[16] 따라서 제영가 1수를 제외한 5수를 아쓰미치 친왕 관련 노래로 간주하고자 한다.

263번과 724번에서 이즈미시키부는 '다른 사람의 눈을 피해 사귀고 있는 애인 忍びて語らふ(ひたる)人'이라고 표현하고 있다. 두 용례 모두 세상의 이목을 꺼리는 부담스럽고 조심스런 사랑의 힘겨움에 더해 그런 상대방이 자신에게 매정하게 대하거나 이즈미시키부의 입장을 전혀 배려하지 않은 채 행동하고 있는 데 대한 서운함을 읽어낼 수 있다.

1173 · 1282 · 1303의 '忍びて'와 '世の常ならぬ契りして'라는 수식어

---

15 ・みな人を同じ心になしはてて思ふ思はぬなからましかば (341, 제영가)
　　・さらばいかに我もおもふや絶えぬべき同じ心に契りてきとて (631)
　　・よそにても同じ心に有明の月を見るやとたれに問はまし (898, 일기가)
　　・よそにても同じ心に有明の月見ば空ぞかき曇らまし (1501, 일기가)
　　・きたりとぞよそに聞かまし身に近く同じ心のつまといふとも (1506)

16 (女) もの思はぬさまなれ、おなじ心にまだ寝ざりける人かな (심중어, p.48)
　　(女) よそにてもおなじ心に有明の月を見るやとたれに問はまし (p.50)
　　(宮) われならぬ人も有明の空をのみおなじ心にながめけるかな (p.51)
　　(宮) おこなひなどするにだに、ただひとりあれば、おなじ心に物語聞こえてあらば、なぐさむことやある思ふなり。(대화, p.56)
　　(宮) われひとり思ふ思ひはかひもなしおなじ心に君もあらなむ (p.74)

는 '語らふ'라는 어휘와 더불어 이즈미시키부가 현재 교제하고 있는 사람의 관계와 성격을 구체적으로 제시해준다. '忍びて語らふ人', '世の常ならぬ契りして語らふ人'라는 표현을 통하여 그녀의 다채로운 연애 형태와 상대방과의 관계를 구체적으로 묘사하는 태도는 주목할 만하다. 이러한 표현은 다른 여류가인의 가집에서는 볼 수 없는 그녀만의 독특한 표현양식이라 할 수 있다.

다음은 '語らふ' 대상이 교우인 경우이다. '語らふ' 대상이 교우인 경우는 그 대상이 남성인 경우와 여성인 경우로 나눌 수 있다. 일반적으로 이즈미시키부는 '정열적인 가인情熱の歌人' 내지는 '연애 경력이 많은 여인恋多き女', '바람기 많은 여인 多情の歌人' 등 성실하지 못한 애정관을 지닌 사람으로 인식되어지는 경향이 강하다. 하지만 '語らふ'라는 어휘를 통하여 그녀가 남녀관계에만 국한하지 않고 폭넓은 교우관계를 가졌다는 사실을 확인할 수 있다. 가집에는 단순한 남자 친구와 동성 친구와의 교제를 알 수 있는 '단지 친근하게 이야기를 나누는 남자 ただに語らふ男',라든가 '친근하게 지내는 여자친구 語らふ女ともだち' 등과 같은 표현에서 이즈미시키부의 다채로운 인간관계와 그녀가 추구했던 삶의 모습을 가늠할 수 있는 실마리를 찾을 수 있다. 그럼 먼저 연인 관계를 떠난 단순한 이성 친구와의 교우관계를 보이는 용례를 들어 보기로 한다.

> 174　ただに語らふ男のもとより、女のがりやらん歌と乞ひたる、やる
> とて
>
> 1407　ただに語らふ人の、物へゆくに

    1411 だに語らふ男、「なほこの世の思ひ出でにすばかりとなん思ふ」
          といひたるに

     808 語らふ友だち二三人来合ひたりと聞くに、いひやる

  174의 '語らふ'의 대상을 살펴보기에 앞서 'ただに'의 의미를 살펴
보면 '각별히 취급하는 상태가 아닌 모습, 특별히 내세울 것이 없는
모양, 보통인 상태'(『日本国語大辞典』)로 되어 있다. 이에 따르면 'ただ
に語らふ'는 '특별한 관계가 아닌 단순한 남자 친구'라고 해석할 수
있다.[17] 따라서 174는 자기의 애인에게 보낼 노래의 대작代作을 부탁
한 남자친구(남녀관계를 떠난 단순한 이성의 친구)에게 이즈미시키부가 대
작한 노래와 함께 별도로 첨부하여 노래를 보내는 상황이다. 노래는
'연인이 아닌 단순한 이성친구인 당신과 이렇게 서로 이야기를 나누
다 보면 어느 사이엔가 기분이 풀려 위안이 되곤 하였는데, 이제부
터 당신은 내가 대작한 노래를 받을 이 여성과의 사랑에 빠져 나와
의 관계는 완전히 잊어버리지는 않나 하는 생각에 서글퍼집니다. 語
らへばなぐさむ事もあるものを忘れやしなん恋のまぎれに'라는 내용이다. 여기서 이
즈미시키부에게 육체적인 관계를 갖는 연인과는 다른 정신적인 남
자친구가 존재했으며, 연인관계인 '語らふ人'와의 관계보다는 'ただ
に語らふ男', 즉 '특별한 관계가 아닌 다만 친근하게 이야기를 나누는

---

17 'ただに語らふ'에 대하여 『全釈』은 'この時代、男女の一つのつきあひとして、〈ただにかた
   らふ〉と表現される交友関係があった'라고 설명하고 있다. 또한 清水文雄(『岩波』, p.37
   각주)와 岡田希雄(「和泉式部の恋愛生活(一)」『国語国文の研究』第23号, 1928년8월)
   는 각각 '恋仲ではなく、普通につきあっている男友達の意', '情的関係がないただの交際の
   場合を指している。'라 해석하고 있다.

남자 친구'와의 관계를 보다 소중히 여기는 모습을 읽을 수 있다.

1407번은 174번과 마찬가지로 이즈미시키부의 이성 친구와의 정신적인 교류를 전제로 한 우정을 엿볼 수 있다. 그녀가 읊은 노래는 '당신과 나와는 특별히 친한 사이는 아니었으나, 이렇게 헤어짐을 앞두고서야 비로소 깨달았습니다. 오히려 이와 같은 친구사이의 이별이 더 많이 힘들다는 사실을. いかばかりむつましくしもなくはあれど惜しきはよその別れなりけり'이라는 내용으로 174번과 마찬가지로 '단지 친근하게 지내는 남자친구 ただに語らふ男'와의 '語らふ' 관계를 언제까지나 지속시키고자 하는 이즈미시키부의 열망이 잘 드러나 있다.

1411번은 단순한 친구관계인 남자가 '당신과 평생 기억에 남을 만한 경험을 하고 싶다.'라고 말하자 '내가 대화할 만한 가치도 없다 여겨서 단지 추억거리로 남녀관계를 가진 후에 깨끗이 잊어버리려고 그런 말을 하는 것 같다. 語らふにかひもなければ大方は忘れなむとぞ言ふとこそ見れ'는 노래를 보낸다. 이 노래에서도 역시 이즈미시키부가 연인사이와는 별도로 'ただに語らふ男', 즉 친근하게 지내는 남자친구와 교류했으며 이러한 육체관계를 떠난 단순한 남자친구와의 인간관계를 사랑을 전제로 한 교제보다 더 소중히 여겼다는 사실을 알 수 있다. 808번도 정신적인 교류를 전제로 한 남자친구와의 교류를 보이는데 이에 대한 설명은 앞서 언급하였으므로 생략하기로 한다.

여기서 잠시 이즈미시키부가 구사한 'ただに語らふ'의 용례는 헤이안시대의 다른 가인의 가집에도 사용되고 있는지 살펴보았다. 오노노 고마치小野小町부터 사가미相模까지 『신편국가대관 新編国歌大観』에 수록된 순서에 따라 19명의 가집을 조사한 결과 '語らふ'라는 가어는 보이지만 'ただに語らふ'라는 표현은 1례도 발견되지 않았다. 이 사실로 미루어 'ただに語らふ'라는 표현이 이즈미시키부의 독특한 표현양식이라는 것을 확인할 수 있다. 결국 위에 예시한 4례에서도 그녀가 연인관계의 '語らふ人'와는 별도로 단순한 친구관계인 'ただに語らふ人'와도 교제하였으며 육체적인 관계보다 우정을 보다 중시하였다는 사실을 알 수 있다.

다음은 '語らふ' 대상이 동성의 친구인 경우이다. 가집 중에 '語らふ' 대상이 여성이라고 판단되는 용례는 도합 11례이다. 그 가운데 '여자 친구'라는 의미로 사용된 경우는 6례이다.[18]

> 179 語らふ女ともだちの、「世にあらんかぎりは忘れじ」といひしが、
> 　　　音もせぬに
> 1116 語らひし人の、受領の妻になりて行きし、来たりと聞きて
> 1283 又、同じ事、語らふ女どもが許に
> 1333 早う語らひし女ともだちの、近き所に来てあるを見て

179번 노래는 『속집』 1153번에도 중복 수록되어 있다. 고토바가키와 노래의 본문에 약간의 이동異同이 보이나 같은 작품으로 추정된다. 전자의 고토바가키는 '語らふ女ともだちの'로, 후자는 단순히 '語

---

18 『이즈미시키부 가집』의 179・904・1116・1153・1283・1333번의 6례이다. 단 179번과 1153번, 그리고 904번과 1116번은 각각 『이즈미시키부 정집和泉式部正集(1~902)』과 『이즈미시키부 속집和泉式部続集(903~1549)』에 중복 수록되어 있으므로 실제로는 4례이다.

らふ人'로 되어 있어 1153번보다는 179번 쪽 고토바가키가 훨씬 더 구체적이어서 이즈미시키부와 노래를 주고받은 사람과의 관계를 보다 명확하게 파악할 수 있다. 이렇게 같은 노래이면서 고토바가키에 차이를 보이는 것은 가집의 성립과 가군의 성격에 기인한다. 이 두 노래는 중출가로서 179번은『정집正集』에 속한 B가군, 1153번은『속집続集』의 H가군에 수록되어 있다. 비설명적이고 간결한『속집』에 비해『정집』의 고토바가키가 보다 구체적이고 상세하게 설명되어 있다. 그러나 모든 중출가가 이에 해당하지는 않아 일률적으로 판단하기는 어려우며 이러한 현상은『정집』과『속집』이 원래 한 권이었으리라 추정되는 이유가 되기도 한다.[19]

만일 1153의 고토바가키와 같이 '語らふ女ともだちの'라는 설명이 없다면 그 대상이 연인으로 오인될 수 있는 대목이다.『全釈』에서도 지적한 바와 같이 '語らふ人'라 하면 헤이안 시대에는 일반적으로 연인을 의미하지만 여자 친구로 사용되고 있음을 이즈미시키부의 표현에서 확인할 수 있다. 가집 전체에 걸친 사항은 아니나 이와 같이 이즈미시키부는 교제하는 대상과의 관계를 구체적으로 명시하고 있다. 고토바가키는 친하게 교제하는 여자친구가 '살아 있는 동안은 너를 잊지 않을 거야.'라고 말한 후 전혀 소식을 주지 않으므로 이즈미시키부가 노래를 읊었다는 내용이다.

노래도 5구가 '人のありやと'(179)와 '人はなきかと'(1153)로 되어있어 본문 상 약간의 이동異同은 보이나 역시 같은 노래가 서로 다른 가군

---

19 藤岡忠美(1966),『平安和歌史論―三代集時代の基調―』, 桜楓社, p.304

에 수록될 때 노래 어구에 있어 약간의 첨삭이 이루어졌으리라 추정된다. 노래는 '언젠가는 사라져 버릴 덧없는 목숨일지라도 부지하고 싶다. 그러면 이 세상에 살아있는 동안은 "어떻게 지내고 있니?"라 소식이 있으련만 아무런 소식도 없는 것을 보면 내가 이미 이 세상에 없다 생각한 때문이겠지. 消えはつる命ともがな世の中にあらば問はまし人のありやと'라는 의미이다. 영원한 우정을 약속한 여자 친구와의 정신적인 유대감의 결여에 대한 한탄이 표백되어 있다.

1116도 역시 여자친구를 '語らふ人'로 표현하고 있어 이즈미시키부의 교우관계를 짐작할 수 있게 한다. 특히 '수령의 부인이 되어(受領の妻になりて)'라는 설명이 '語らふ'가 지닌 의미의 모호성을 보완해 주고 있다. 노래는 '만일 예전 친하게 지냈던 여자 친구가 "아직 살아 있니?"라 물으면 답하리. "도대체 누구를 위해 이다지도 힘든 세상을 살아가고 있는지 아느냐?"고. ありやとも問はば答へん誰ゆゑと憂き世の中にかくてある身ぞ'이다. 지금은 헤어져 각각 한 가정의 부인이 되어 있으나 그 여자 친구와 변함없이 '語らふ人'로서의 관계를 유지하고자 소망하는 이즈미시키부의 모습이 드러나 있다.

1283은 '똑같은 심정을 친하게 지내는 여자친구[20]에게 읊은 노래'로 되어 있다. 1283번 고토바가카키의 '똑같은 기분同じ事'은 1282번의

---

20 고토바가카키의 '女ども'에 대한 해석이 연구자에 따라 엇갈린다. 『全釈』은 '女ともだち'의 'たち'가 탈락되었을 가능성을 시사했으며 나아가 'ども'가 보통은 복수표현에 사용되나 『오카가미大鏡』의 용례를 들어 단수의 경우에도 일종의 완곡한 표현에 사용됨을 예시하였다. 한편 『岩波』는 '상대방 남자가 친하게 지내는 여자들その男が親しくしている女ども'이라 풀이하면서도 'ども'의 의미는 설명하지 못했다. 이에 본고에서는 『全釈』의 해석에 따라 '여자 친구'로 해석하였다.

'近き所に語らふ人ありと聞きて、いひやる'를 의미한다. 『마쿠라노 소시枕草子』(三卷本)에서 세이쇼나곤清少納言은 '남녀관계는 말할 필요도 없고 사이좋게 지내자고 굳게 맹세한 여자 친구와도 언제까지나 계속 관계를 유지하기는 어렵다. 男女をばいはじ、女どちも契り深くして語らふ人の末までなかよき人難し(71단「있기 어려운 일」)'라고 기술하고 있다. 그것이 남녀관계이든 사랑이 배제된 친구사이이든 간에 인간관계가 변함없이 지속되기는 지극히 어렵다는 부서지기 쉬운 인간관계의 한계를 파악한 날카로운 통찰력이 돋보이는 대목이다. 세이쇼나곤의 이러한 인간관계의 나약함에 대한 인식은 이즈미시키부도 통감한 것으로 보인다. 그러나 끝까지 '語らふ女友だち'와의 단절을 개선하고자 애쓰는 모습이 이즈키시키부의 '語らふ人'로서의 면모를 더욱 두드러지게 한다.

1333번의 '어릴 적 친하게 지냈던 여자 친구 무う語らひし女ともだち'에게 보내는 노래에서 이즈미시키부의 교우관계의 단면을 엿볼 수 있다. 노래는 '교제하는 대개의 사람들로부터 나는 미움을 받을지도 모릅니다. 하지만 옛날 일을 잊지 못하는 나는 이렇게 편지를 띄웁니다. おほかたはうらみられなむいにしへを忘れぬ人はかくこそは問へ'라는 의미이다. 자신을 '옛날 일을 잊지 못하는 사람いにしへを忘れぬ人'이라 규정하고 어릴 적부터 친하게 지냈던 여자 친구와의 우정을 언제까지나 소중히 여기는 이즈미시키부의 성향을 알 수 있다.

이상에서 이즈미시키부의 연인관계와 육체관계를 배제한 남자친구, 그리고 여자 친구와의 교우관계를 확인함과 동시에 그러한 사랑과 우정의 지속을 희망하며 소중히 간직하고자 한 이즈미시키부의

자세를 '語らふ'라는 어휘를 통해 확인할 수 있었다. '語らふ人'와의 관계에서 상호교류적인 대화를 통하여 마음의 위안을 얻은 이즈미시키부는 언제까지나 변치 않는 '語らふ人'를 추구하며 때로는 여자친구와의 우정, 육체관계를 배제한 순수한 남자친구, 그리고 언젠가는 이별을 맞이하게 되는 연인사이인 '語らふ人'와의 교제를 끊임없이 시도한 '語らふ人'임을 확인할 수 있었다.

특히 우정을 기반으로 한 교우관계의 두절을 우려한 174번, 남자친구와의 이별로 인하여 대화의 단절을 아쉬워하는 1407번, 사랑을 전제로 한 남녀관계보다 남자친구로서의 우정을 소중히 하는 1411번, '語らふ'에 대한 누구 못지않은 자부심을 보이는 808번, 그리고 소식이 끊어진 여자 친구에게 자신이 앞장서서 대화의 계기를 만들어 가는 1153·904·1282·1333번에서 그녀의 '語らふ人'로서의 모습이 돋보인다.

3. 언어의 한계와 소통

『이즈미시키부 일기』에 가장 커다란 영향을 미쳤으리라고 추정되는 『청령 일기蜻蛉日記』는 미치쓰나 모친道綱母이 후지와라노 가네이에藤兼原家의 소실이 된 후 그의 사랑을 상실하여 가는 경과를 기록하고 있다. 당시 막강한 정치가를 꿈꾼 후지와라노 가네이에의 소실이었던 까닭에 미치쓰나 모친은 후지와라노 가네이에에 대한 개인적인 문제뿐만 아니라 미나모토노 다카아키라源高明의 정치적 실각과 일가의 이산 등과 같은 사회적인 커다란 사건에 대해서도 언급하고 있다.

그러나 객관적인 사실에도 민감하게 반응한 미치츠나 모친은 자기규정에 있어서 객관적 자기규정인 '사람人'(5례)보다는 주로 '나わ れ·わが'라는 주관적인 자기규정(33례)을 사용하고 있다.[21] 이중 미치츠나 모친의 객관적인 자기규정은 타자인 후지와라노 가네이에와의 부부관계 속에서 자신의 존재를 '남편과 오랜 세월 부부로서 같이 살아온 사람 年月見し人'(고호康保 원년元年, 964년), '깊은 산 속에 들어가 버리려는 사람 山の末と思ふやうなる人'(덴로쿠天禄 2년, 971년) 등으로 규정짓고 있다. 미치쓰나 모친은 자신을 '남편과 오랜 세월 부부로서 같이 살아온 사람'으로서 규정하였다. 그리고 자신이 한적한 산중의 절에 은거했을 당시 남편인 후지와라노 가네이에로부터 호화로운 물건을 선사받고 화려한 도읍지로부터 전달된 멋진 선물과 대비되는 초라한 자신을 가리켜 '깊은 산 속에 들어가 버리려는 사람'으로 규정함으로써 사회적으로 눈부시게 활약하는 남편과 그가 보내온 호화스러운 물건에 대비되는 자신의 초라한 처지가 더욱 극명하게 드러난다.

한편 작품 내용에 있어 『청령 일기』와는 달리 사회적이고 주변적인 내용을 배제한 채 작품 내용에 있어 철저하게 개인적인 아쓰미치 친왕과의 애정에 제한하고 있는 『이즈미시키부 일기』에서 이즈미시키부는 자신을 규정함에 있어 『청령 일기』와는 달리 지극히 객관

---

21 岡田博子(1991), 「蜻蛉日記作者の自己規定」, 二松学舎大学大学院文学研究科 『二松』 第五集, p.116

적인 태도로 일관하고 있다. 이즈미시키부는 일기 작품 속에서 자신을 '여인女' 또는 '사람人' 등 삼인칭으로 표현하고 있어 대조적이다.

본고에서는 특히 '物思ふ人'라는 규정에 주목하였다. '物思ふ人'라는 자기규정은 『이즈미시키부 가집』에도 일관되고 있다. 그러나 이미 검토한 바와 같이 이즈미시키부 자신이 파악한 자기규정과는 달리 그녀는 '語らふ人'로서의 모습이 두드러진다. 언어는 언어 스스로의 체계와 논리를 가지고 있으며 동시에 의사소통의 매개체인 언어에는 합리적인 사고와 효과적인 행동을 추구하는 인간정신이 반영되어 있는 것이다. 다시 말해 언어는 그 사람의 내면의 반영이라는 전제 하에 헤이안시대의 여류 가인 가운데 가장 많은 '語らふ' 용례를 구사한 이즈미시키부를 '語らふ人'로서 평가하였다.

주지하는 바와 같이 고전문학에 사용된 '語らふ'는 현대어와는 달리 보다 넓은 의미로 사용되고 있으며 '言ふ'나 '語る'와 같은 일방적인 대화라기보다는 상호적인 교류로서의 대등한 대화를 의미한다. 이즈미시키부가 연인과의 대화나 그 이상의 남녀관계, 그리고 이성·동성 간 우정을 기반으로 한 대화나 관계를 묘사함에 있어 '言ふ'나 '語る'라는 언어를 사용하지 않고 '語らふ'를 사용한 의도는 주목할 만하다.

결국 '語らふ'를 즐겨 사용한 이즈미시키부의 모습에서 어느 한편의 일방적이고 적극적인 관계보다는 상대방과의 상호 교류관계를 중시하는 그녀의 '語らふ人'로서의 면모를 읽을 수 있다. 나아가 이즈미시키부의 '語らふ' 대상과 의미를 종합하여 볼 때 이즈미시키부가 '語らふ' 대상을 구사함에 있어 '사랑하는 남자 語らふ男'와 '남의 눈을 피해 몰래 사귀는 사람 忍びて語らふ人’, 그리고 ‘친한 여자 친구 語らふ女友だち’와 ‘단순히 친한 남자 ただに語らふ男’등과 같이 어떤 의식을 갖고 교제 대상의 성격과 종류에 따라 자기만의 독특한 언어로 구사하고 있음을 알 수 있었다. 언어의 한계를 누구보다도 실감한 그녀다운 언어 구사라 할 수 있다.

‘정열적인 가인 熱情の歌人’, ‘천부적인 가인 天性の歌人’이라 일컬어지는 이즈미시키부에 대한 후인의 평가와 더불어 그녀의 도덕성과 관련지은 평어評語가 있다.[22] 그리고 이즈미시키부 자신이 규정한 ‘物思ふ人’라는 자기규정에 덧붙여 여기에서는 ‘語らふ’라는 어휘를 통하여 그녀의 ‘語らふ人’로서의 면모를 밝혔다.

---

22 예를 들면 ‘상식을 벗어난 사람けしからぬ方’, ‘바람기 많은 여인多情の女·恋多き女’·‘浮かれ女’ 등이다.

제 2 부

연인이란 이름의 타자

제1장

이즈미시키부의 타자규정

본 연구는『고슈이 와카슈後拾遺和歌集』연가恋歌에 나타난 '~人히 토' 표현의 유형과 양상을 살펴봄으로써 사랑의 진행과정과 타자他者 규정의 상관관계를 분석하는데 그 목적이 있다. 특히 필자의 주된 연구 테마인 이즈미시키부의 타자규정과 비교, 분석함으로써 그녀 의 언어 사용의 특성과 감성을 보다 명확히 하는데 본 연구의 목적 이 있다.

'~人'라는 표현은 대개 헤이안平安시대의 와카和歌나 모노가타리 物語 등에서 '나我'에 대한 상대방의 의미로써 사용되었다. 헤이안시 대의 '世の中요노나카'는 '이 세상'이라는 의미와 더불어 '남녀사이'라 는 의미를 지닌다. 결국 그 시대의 사회에서는 남녀관계가 곧 세상 이었던 것이다. 따라서 남녀사이가 큰 비중을 차지하는 그런 한정된 사회관계 속에서의 타자는 결국 삼인칭이 아닌, 자신이 사랑하는 연 인을 지칭하는 이인칭이었다고 사료된다.

101

그러나 이즈미시키부는 자기 자신을 곧잘 '~사람人'으로 표현하였는데 필자는 이러한 점에 착목하여 '시름에 잠긴 사람 物思ふ人모노오모 히토', '대화를 나누는 사람 語らふ人가타로 히토' 등 이즈미시키부의 자기규정에 관한 연구 논문을 발표한 바 있다.[1] 이러한 연구를 토대로 하여 금번 연구에서는 이즈미시키부의 타자규정을 비롯하여『고슈이 와카슈』연가에 보이는 '~人' 표현의 유형과 양상을 분석함으로써 이즈미시키부의 타자규정의 특징을 보다 명확히 하고자 한다.

1.『고슈이 와카슈後拾遺和歌集』연가恋歌에 보이는 '~人'

제4대 칙찬 와카집勅撰和歌集인『고슈이 와카슈後拾遺和歌集』는 삼대 가집三代歌集(『고킨 와카슈古今和歌集』·『고센 와카슈後撰和歌集』·『슈이 와카슈拾遺和歌集』)이 편찬된 뒤로부터 80년이 흐른 뒤에 편찬되었다. 80년이라는 공백 기간을 거쳐 완성된『고슈이 와카슈』는『고킨 와카슈』를 비롯한 삼대 가집의 속박에서 벗어나 새로운 양상을 보여줌으로써 와카 문학 역사상 전환기에 위치하게 된다. 다시 말해『고슈이 와카슈』는 삼대 가집의 전통을 이어나가면서도 헤이안 시대 와카 역사상 굴절과 변모된 형태를 보이는 혁신적인 가집으로 주목된다. 칙찬 와카집에 있어 새로운 변화를 가져온『고슈이 와카슈』의 가장 큰 요인은 여류 가인이 차지하는 비중이 전대의 어떠한 가

---

1 졸고(1999),「〈語らふ人〉로서의 和泉式部」,『日語日文学研究』第35輯, 韓国日語日文学会.

집과 비교가 안 될 정도로 증가하였다는 점을 지적할 수 있다. 이것은 이치조 천황一条天皇 시절의 후궁을 중심으로 한 궁정여류문학이 융성한 시기를 반영한 것이라 해석된다.

『고슈이 와카슈』에 기재된 작자는 총 312명이며 이 가운데 여류가인의 수는 84명으로 전체의 약 30%를 차지한다. 여류 가인 중에서는 특히 이즈미시키부和泉式部 67수, 사가미相模 40수, 아카조메에몬赤染衛門 32수 등, 『고슈이 와카슈』에 있어서 여류가인의 위치는 가히 결정적이라 할 수 있다. 특히 哀傷·恋二·恋四·雑一·雑二 등에서는 여류가인의 작품이 40~50%나 달하는 높은 비율을 보이고 있다.

여류가인의 활약과 더불어 노래 수에 있어 사계四季에 관한 자연을 읊은 노래가 사랑 노래보다 더 많은 수를 차지하게 되기 시작한 것도 『고슈이 와카슈』부터이다.[2] 『고슈이 와카슈』의 사랑에 관한 노래의 수록 노래 수에 있어서 종래의 삼대 가집에 비해 감소했으며[3] 내용면에서도 섬세한 사랑의 감정에 따른 배열을 보이는 『고킨 와카슈』에 비해 대략적으로 된 것이 사실이다. 이러한 변화를 보이는 『고슈이 와카슈』는 일반적으로 삼중구조로 이루어져 있는 것으로 파악된다. 즉 「사랑 1」[4]에서 「사랑 3」까지의 사랑의 진행과정에 따

---

2 사계절을 노래한 四季歌(1~424)는 228수가 수록된 사랑 노래(604~831)보다 무려 197수나 더 많은 424수가 수록되어 있다.

3 『고킨 와카슈』사랑 노래는 「사랑 1」부터 「사랑 5」까지 360수(469~828)이며, 『고센 와카슈』는 「사랑 1」에서 「사랑 6」까지 568수(507~1074), 그리고 『슈이 와카슈』는 「사랑 1」부터 「사랑 5」까지 379수(621~999)를 수록하고 있다. 이에 비해 주 2에서 밝힌 바와 같이 『고슈이 와카슈』에 수록된 사랑 노래는 228수에 불과하다.

4 이하 노래 주제에 따라 분류한 명칭(부다테 部立)을 이와 같은 식으로 표기한다. 단 노래 인용부분에서는 편의상 '恋一', '雑一' 등과 같이 표기함을 원칙으로 한다.

른 배열과 사랑의 본질을 응시한 노래를 수록한 사랑 4, 그리고 일상생활에서 읊어진 사랑 노래를 집성한 「잡가 2」로 구성된 삼중구조이다.

「사랑 1」에서 「사랑 4」까지 수록된 총 228수 가운데 '~人' 표현은 총 24수에 보인다.[5] 그리고 도합 68수가 수록된 「잡가 2」에는 8수에 '~人'라는 타자규정이 보인다. 우선 「사랑 1」(604~663)권을 살펴보면 총 60수 가운데 '~人' 표현이 사용된 노래는 11수이다. 「사랑 1」에는 사랑의 진행과정 중 초기단계의 노래들이 배열되어 있다. 예를 들면 맨 처음 고백의 편지에서 시작하여 자신의 연정을 알아주길 바라는 애틋한 심정과 사랑하는 연인을 만나고 싶다는 절절한 심정을 읊은 노래가 사랑의 진행과정에 따라 배열되어 있다. 이와 같은 「사랑 1」에는 다음과 같은 타자 규정의 노래들이 보인다.

初めの恋をよめる   実源法師

613 なき名立つ<u>人</u>だに世にはあるものを君恋ふる身と知られぬぞ憂き

心かけたる人につかはしける   藤原長能

615 <u>汲みて知る人</u>もあらなん夏山の木のした水は草がくれつつ

題しらず   西宮前左大臣

652 須磨の海人の浦こぐ舟のあともなく<u>見ぬ人</u>恋ふるわれやになり

---

5 24례 가운데 620번 노래(「사랑1」)의 'われ思ふべき人'와 727번 노래(사랑3)에 사용된 '待つ人', 그리고 794번 노래(「사랑4」)에 보이는 '物思ふ人'는 자칭(自称)이므로 이들 3수는 고찰 대상에서 제외시킨다. 또한 이즈미시키부의 5례는 제3절에서 고찰하므로 본 절에서 이들 8례는 분석에서 제외시켰다.

題しらず   小弁

655 思ひ知る人もこそあれあぢきなくつれなき恋に身をやかへてむ

먼저 613번 노래에는 자기규정과 타자규정이 동시에 묘사되고 있어 흥미롭다. '있지도 않은 염문이 도는 사람 なき名立つ人'과 '그대를 사랑하는 나 君恋ふる身'의 대비 속에서 짝사랑하는 상대방에게 자신의 존재와 진심이 전달되지 않는 사실에 대한 안타까움이 자기규정과 타자 규정 속에 잘 드러나 있다. 다만 613번의 'なき名立つ人'는 본 논문에서 고찰하고자 하는 타자이기는 하나 엄밀하게 말해서 이인칭(사랑하는 사람)이 아닌 삼인칭이므로 논외로 하고자 한다.

고대 귀족의 여성들이 집 깊숙이 기거하면서 다른 사람에게 얼굴을 보이는 경우가 거의 없다는 사실은 주지하는 바와 같다. 『다케토리 모노가타리竹取物語』에도 많은 귀공자들이 평판만을 듣고 가구야히메かぐや姫에게 사랑을 느끼고 자신의 목숨을 걸어 구애하는 대목에서도 알 수 있듯이, 만나지도 않은 사람에 대한 사랑을 노래한 것이 바로 652번이다. 사랑의 초기 단계에서 보여지는 '아직 만난 적도 없는 사람 見ぬ人'에 대한 그리움과 이에 대한 허망함을 노래하고 있다. 한편 이러한 사랑이 평탄하지 않으리라는 것은 당연하며 이렇듯 자신의 마음을 알아주지 않는 것에 대한 원망의 노래가 사랑의 초기 단계에서 보여 진다. 615번과 655번은 자신의 연정을 외면하는 연인을 '汲みて知る人(615)'와 '思ひ知る人(655)'로 묘사하고 있다. '汲みて知る人'의 부재로 인한 안타까움과, '思ひ知る人'의 부재를 비관한 죽음을 각각 노래하고 있다. 615번은 짝사랑하는 상대방을 '汲みて知る

人’로서 표현했으며, 이는 곧 고토바가키詞書의 ‘心かけたる人’와 호
응하고 있다. 이러한 사랑의 가슴앓이 속에서 상대방을 원망하는 노
래들이 사랑의 초기 단계에서 읊어지는데 다음 2수에도 잘 나타나
있다.

うれしきといふわらはに文通はし侍けるに、異人に物言はれて
ほどもなく忘られにけりと聞きてつかはしける　　　源政成
637 うれしきを忘るる人もある物をつらきを恋ふるわれやなになり

女のもとにつかはしける　　　藤原道信朝臣
644 近江にかありといふなるみくりくる人くるしめの筑摩江の沼

637번 노래는 ‘うれしきを忘るる人’와 ‘つらきを恋ふるわれ’라는 현란
한 어휘의 대비와 함께, 자신의 사랑을 알아주지 않는 연인에 대한
원망과 자신에 대한 회한을 자·타자 규정 속에 잘 드러내고 있다. 그
러나 ‘うれしきを忘るる人’라는 타자 규정은 전술한 613번과 마찬가지
로 이인칭이 아닌 삼인칭을 지칭하고 있으므로 논지에서 벗어난다.

644번 노래는 ‘近江’와 ‘筑摩江の沼’라는 우타마쿠라歌枕를 사용
하여 ‘逢ふ日’와 ‘苦しめる’라는 의미를 내포하고 있다. ‘나를 괴롭히
는 그 사람’이기는 하나, 그럼에도 불구하고 그 사람과 만날 날을 고
대하는 심정을 읊은 노래이다. 사랑의 초기 단계에서 느낄 수 있는
타자 규정이라 사료된다. 이 시기에 가장 일반적인 타자 규정은 역
시 다음에 열거한 ‘つれなき人’이다.

題しらず　　　　　　　　　　　　　　　永源法師

645　恋してふことを知らでややみなまし<u>つれなき人</u>のなき世なりせば

題しらず　　　　　　　　　　　　　　　赤染衛門

646　<u>つれもなき人</u>もあはれといひてまし恋するほどを知らせだにせば

長久二年弘徽殿女御家の歌合し侍りけるによめる　　永成法師

657　恋死なむいのちはことの数ならで<u>つれなき人</u>のはてぞゆかしき

俊網朝臣の家に題を探りて歌よみ侍りけるに、恋をよめる　中原政義

658　<u>つれなくてやみぬる人</u>にいまはただ恋死ぬとだに聞かせてしがな

関白前左大臣家に人々、経年恋といふ心をよみ侍りける　　右大臣

662　年をへて葉がへぬ山の椎柴や<u>つれなき人</u>のこころなるなん

「사랑 1」에 보이는 11례의 '~人' 표현 가운데 5례가 'つれ(も)なき人'이다. 상기한 5수는 모두 자신이 사랑하는 사람을 'つれなき人'로 묘사하고 있다. 'つれなし'의 의미에는 본심은 사랑하는 상대방의 심정을 알면서도 외면한 채 일부러 냉담하고 쌀쌀맞은 태도를 취하는 경우도 엿보인다.[6] 그러나 사랑에 관한 노래에 사용된 'つれなし'는 대개 자신의 마음이 사랑하는 상대방에게 전달되지 않는 것을 의미한다. 자신의 연인을 'つれ(も)なき人'로 묘사하면서도 그러한 냉담한 연인에 대하여 긍정적인 태도를 보이고 있다. 에이겐 법사永源法師의 645번 노래는 자신에게 냉담한 연인이지만 그녀가 있었기에 애절한 사랑의 감정을 알게 되었다고 읊고 있어 역시 'つれなき人'에 대한 사

6　西村亨(1972), 『王朝恋詞の研究』, 慶応義塾大学言語文化研究所, p.373

랑을 노래하고 있다. 646번의 아카조메에몬 노래도 'つれもなき人'에 대한 기대감과 전폭적인 신뢰를 읊고 있어 사랑의 초기 단계에 있어서 부정적인 타자규정에도 불구하고 사랑과 신뢰의 감정이 노래 전체에 표현되고 있어 흥미롭다. 이 두 노래와는 대조적으로 657번과 658번은 'つれなき人'에 대한 원망과 회한을 상사병으로 인한 죽음이라는 소재로 각각 우타아와세歌合와 제영가題詠歌로서 읊고 있다. 662번 노래는 나의 한결같은 사랑에도 불구하고 변함없이 냉정한 연인의 마음을 몇 해가 지나도 색깔이 변치 않는 상록수인 메밀잣밤나무에 비유하고 있다.

이상과 같이 사랑의 초기 단계인 「사랑 1」에는 11례의 '~人'라는 타자 규정이 보이는데 성별 비율을 살펴보면 남성과 여성이 각각 9명과 2명으로 남성 가인의 노래가 두드러진다. 사랑 노래를 통틀어 여성가인의 노래가 더 많이 수록되어 있다는 점을 감안할 때 유독 타자규정이 보이는 연가에서 남성 가인의 활약이 큰 것은 어떤 연유일까.

이에 대하여 논자는 그 당시 연애와 결혼의 형태에서 그 해답을 찾고자 한다. 고대에 있어 연애와 결혼에 관한 용어는 'よばふ요보'와 'つまどふ쓰마도' 등으로 요약되는데,[7] 'よばふ'는 남자가 결혼을 신청하는 것, 즉 구혼을 의미한다. 한편 'つまどふ'는 결혼이 성립된 후 남자가 별거하고 있는 여자 집을 왕래하는 것을 의미한다. 즉 그 당시 연애와 결혼은 모두 남자가 시작하여 남자가 끝낼 수 있는 조건 하

---

7 古橋信孝(1990), 『古代の恋愛生活 万葉集の恋歌を詠む』, 日本放送出版協会, p.13

에 놓여 있었던 것이다. 물론 남자의 방문을 거절할 수 있는 권한은
여자 쪽에 있지만 여자는 대부분 남자의 방문을 기다리는 입장을 취
할 수밖에 없으며 초기단계에서 여자의 노래가 적은 것도 그러한 연
유에서 기인한다. 이에 반해 남자는 소문으로만 들은 여인에게 자신
의 사랑을 알리려 한다. 또는 용기 내어 찾아간 자신을 거부하는 여
인의 냉담함을 한탄하며 노래를 읊기도 하고 때로는 자신의 연정을
몰라주는 여인을 원망하는 노래를 읊어 보내기도 한다. 따라서 자
기 생각대로 되지 않는 안타까움과 초조한 사랑의 괴로움을 노래한
「사랑 1」에 남자의 노래가 더 많은 것은 어찌 보면 당연한 귀결이라
할 수 있다.

　다음은 「사랑 2」(664~714)에 보이는 '~人' 표현이다. 여기에는 1수
의 타자규정이 보일 뿐이다.

　　　題しらず　　　　　　　　　　　　　　　　永源法師
　674　그 사람과의 만남이후 내 사랑은 더욱 더 커져만 가는구나
　　　　내게 냉담한 그 사람을 이제는 원망 않으리
　　　　逢ひみてののちこそ恋はまさりけれつれなき人をいまはうらみじ

『고슈이 와카슈』「사랑 2」에는 고대하던 연인과의 첫 만남 직후
더욱 더 불타오르는 고조된 사랑 노래를 비롯하여 연인을 애타게 기
다리는 노래와 파국을 앞둔 위태로운 사랑이 시작된 후 연인과 좀처
럼 만날 수 없음을 슬퍼하는 노래들이 배열되어 있다. 674번 노래는
이러한 일련의 내용 가운데 'つれなき人'에게 가졌던 원망에 대한 회

한을 토로하고 있다. 애타도록 그리던 연인과의 만남 후에 밀려드는 더 큰 그리움의 고통을 호소하며 예전 자신에게 냉담했던 'つれなき人'에 대한 원망과 미움의 감정을 걷어 들이려 하고 있다. 『슈이 와카슈』에 수록된 후지와라노 아쓰타다藤原敦忠의 '사랑을 나눈 뒤에 느끼는 애절한 사모의 마음에 비교하자면 애정을 나누기 이전에 품었던 고통은 근심거리에 들지도 않았구나. 逢ひ見ての後の心にくらぶれば昔は物も思はざりけり(710)'라는 노래를 떠올리게 하는 내용이다. 한편 『고킨로쿠조古今六帖(第四·恋)』에는 '사랑의 아픔과 괴로움, 이 서글픔을 도대체 누구에게 하소연하라고 그 사람은 내게 냉담하기만 하네. よのなかのうきもつらきもかなしきもたれにいえとかひとのつれなき(2097)'와 '사랑하지 않는다면 그 사람이 내게 냉담한들 괴롭지 않으리. 사랑하기에 그 사람을 원망도 하여라. おもはずはつれなきこともつらからじたのめば人をうらみつるかな(2100)'라는 이세의 노래가 수록되어 있다. 두 수 모두 자신에게 냉담하기만 한 연인을 향한 한없는 사랑과 기대, 그리고 그 사랑의 기대치만큼 커다란 고통과 원망을 드러낸 노래이다. 사랑하기에 상대방을 원망한다는 이 역설적인 슬픔은 이 세상의 모든 사랑에 빠진 사람의 고통을 대변하는 듯하다. 그런데 앞서 인용한 에이겐 법사의 674번은 역설적으로 자신을 만나주지 않아 애달프게 했던 무정한 연인을 향한 원망을 걷어 들이려 결의를 다진다. 이는 곧 만남 이후 충족되지 않고 커져만 가는 그리움의 무게와 고통을 예견하고 상대방이 내게 그토록 냉담했던 것이라며 현재의 사랑의 고통을 호소한 노래로 감상할 수 있을 것이다.

　이어지는 「사랑 3」(716~769)과 「사랑 4」(770~831)에는 파국의 색채가 짙은 노래와, 사랑의 종말을 한탄하는 내용의 노래들이 각각 수록되어 있다. 아울러 「사랑 4」에는 그러한 상황 하에 놓인 자신을 응시하는 노래와 사랑에 대한 인식을 표현한 노래들이 함께 배열되어 있다. 다음에 인용한 바와 같이 각각 2수씩의 타자규정의 노래가 보인다.

父の供に越の国に侍りける時、重く煩ひて、京に侍りける
斎院の中将が許につかはしける　　　　　　　藤原惟規
764　都にもこひしき人のおほかればなほこのたびはいかむとぞ思ふ
題しらず　　　　　　　　　　　　　　　　　曾禰好忠
775　あぢきなしわが身にまさるものやあると恋せし人をもどきしものを

男の絶えて侍りけるに、ほどへてつかはしける　中原頼成妻
787　思ひやるかたなきままに忘れゆく人の心ぞうらやまれける
題しらず　　　　　　　　　　　　　　　　　西宮前左大臣
805　よそにふる人は雨とや思ふらんわが目にちかき袖のしづくを

전술한 바와 같이 「사랑 3」은 파국을 맞이하기 직전의 연인관계를 읊은 노래들이 대부분인데 764번과 775번의 노래는 이러한 범주에서는 약간 벗어난 노래들이다. 먼저 764번 노래는 후지와라노 노부노리藤原惟規가 부친인 다메토키藤原為時의 부임지에 함께 내려가 있는 동안 중병에 걸렸을 때 연인이었던 재원 중장斎院中将에게 보낸 노래이다. 교토에는 그녀를 포함하여 사랑하는 사람이 많이 있기에 이번에는 제발 살아서 다시 돌아가고 싶다고 간절하게 노래하고 있다. 변심에 의한 사랑의 종말이 아닌 생사의 갈림길에서 맞이하는 사랑의 종말을 읊고 있다.

775번 노래는 사랑의 고통을 노래하고 있다. 예전에 자신의 생명보다 연인이 더 소중하다고 생각하는 사랑에 빠진 사람들을 비난했는데 이제는 자신이 그런 처지가 되었음을 인식하고 자신의 지난날의 어리석음에 대한 회한을 노래하고 있다. 이는 '나를 사랑하는 사람을 사랑하지 않은 응보일까. 내가 사랑하는 이가 나를 사랑하지 않는 것은. 我を思ふ人を思はぬ報ひにや我が思ふ人の我を思はぬ『고킨슈』雑体 1041·작자미상'이라는 노래와 취지를 같이한다. 그러나 엄격히 말하면 이 노래 속에 나타난 '恋しき人'는 작자의 연인이 아닌 삼인칭을 가리키고 있어 본 논문의 논지에서 벗어난다. 즉 현재 작자가 사랑하고 있는 대상이 아니라 이 세상에 존재하는 사랑에 빠진 모든 사람을 의미하고 있으며 동시에 그것은 현재의 자신의 모습이기도 한 것이다. 그러한 의미에서 타자 규정과 자기규정이 동시에 묘사되고 있다.

다음으로 787번과 805번은 「사랑 4」에 보이는 타자규정의 용례이다. 그에 앞서 「사랑 4」 첫머리는 다음과 같은 노래로 시작된다.

心変りて侍りける女に、人に代りて　　　　藤原元輔

770　契りきなかたみに袖をしぼりつつ末の松山波こさじとは

변심하지 말자고 굳게 맹세한 연인의 변심을 원망하는 노래로 시작되고 있다. 그러한 일련의 노래들에 이어 787번은 변심한 연인이

자신을 완전히 잊어버린 데 대한 원망과 함께 그렇게 자신을 잊을 수 있는 연인의 태도에 대한 선망을 노래하고 있다. 805번은 헤어진 연인을 'よそにふる人'로서 규정한다. 이제는 아무런 연관도 없게 된 옛 연인은 옛사랑을 잊지 못해 흘리는 나의 눈물을 비가 내리고 있는 것으로만 여길 것이라고 한탄하고 있다. 그런데 이 노래는『이즈미시키부 가집和泉式部集』에 '어떤 사람이었는지 기억나지 않지만 보낸 노래 いかなる人にか言ひ侍る'라는 고토바가키 하에 읊어진 총 8수로 구성된 연작連作(548~555) 가운데 한 수(554)로 이즈미시키부가 읊은 것으로 수록되어 있다. 이 가운데 이 554번 노래를 포함한 552번부터 555번까지의 4수가,『고슈이 와카슈』「사랑 4」에는 미나모토노 다카아키라源高明의 노래로 되어있다. 이에 대한 많은 논란 가운데 히라타 요시노부平田喜信는 이즈미시키부의 노래일 것이라 주장하고 있으며 논자도 이에 따른다. 이에 대하여서는 3절에서 상술하고자 한다.

2. 이즈미시키부 노래에 보이는 '~人'

전술한 바와 같이『고슈이 와카슈』에는 총 67수의 이즈미시키부의 노래가 수록되어 있다. 주제별로 수록된 노래를 살펴보면 사계절 노래 17수·사랑 노래 21수·잡가 23수·애상가 5수·기행 노래 1수를 기록하고 있다. 그러나『고슈이 와카슈』의 잡가는「잡가 1」에서「잡가 6」까지 총 386수가 수록되어 있어 사계절 노래와 거의 비슷한 수

준으로 되어 있는 실정이다. 이와 같이 칙찬집에서 잡가가 차지하는 비율이 커진 것은 왕조 와카의 하나의 경향이었던 것으로 해석되어지고 있다. 『고킨 와카슈』에 있어서 잡가는 상하上下 2권이며 별도로 「잡체雑体」부가 만들어져 있는데 그친다. 그 후 『고센 와카슈後撰和歌集』에서는 「잡가 1」에서 「잡가 4」까지 총 4권으로, 다시 『고슈이 와카슈』에서는 「잡가 1」에서 「잡가 6」까지 총 6권으로 확대되는데 앞서 언급한 바와 같이 「잡가 2」는 사랑 노래에 가까운 내용의 노래들이 수록되어 있어 연가의 성격을 지니고 있다. 따라서 「잡가」부에 총 23수가 채택 수록된 이즈미시키부 노래 가운데 「잡가 2」에 수록된 13수는 연가로 취급하여도 무방하리라 사료된다. 이와 같은 입장에서 보면, 이즈미시키부의 노래 중에서 『고슈이 와카슈』에 수록된 사랑 노래 21수와 「잡가 2」의 13수를 합쳐 도합 34수가 연가로, 『고슈이 와카슈』에 채택된 이즈미시키부의 총 67수의 절반을 넘는 수준에 달하고 있다. 이처럼 이즈미시키부의 노래 가운데 많은 수의 노래가 사랑 노래 부문에 채택되어 있는 사실을 감안할 때 사랑 노래의 맨 마지막에 이즈미시키부의 다음의 노래가 채택된 것은 당연한 귀결이라 생각된다.

831 白露も夢もこの世もまぼろしもたとへていへば久しかりけり　(恋四)

사랑의 여러 단계에서 나타나는 각가지 미묘한 감정을 읊은 노래의 말미에 수록되어 있는, 이즈미시키부의 위의 노래는 시사하는 바가 크다. 허망함의 대명사로 불리는 이슬과 꿈, 그리고 이 세상보다

더 덧없는 것이 사랑이었다는 이즈미키부의 절규는 연가의 말미를
장식하기에 충분하다. 그러한 사랑의 허망함을 충분히 인지하면서
도 끊임없이 누군가를 사랑했던 이즈미시키부는 연애시인이라 부
르기에 모자람이 없다. 그녀가 사랑하는, 그리고 사랑했던 사람들은
노래 속에서 과연 어떻게 표현되고 있는지를 살펴본다.『고슈이 와
카슈』사랑 노래에 수록된 이즈미시키부 노래 가운데 '~人' 표현은
총 5수에 보인다.

> 635　したきゆる雪間の草のめづらしくわが思ふ人に逢ひ見てしがな
>
> (恋一)
>
> 703　見し人に忘られてふる袖にこそ身を知る雨はいつもをやまぬ
>
> (恋二)
>
> 755　黒髪のみだれも知らずうちふせばまづかきやりし人ぞこひしき
>
> (恋三)
>
> 776　われといかでつれなくなりて心みんつらき人こそ忘れがたけれ
>
> (恋四)
>
> 800　たぐひなくうき身なりけり思ひ知る人だにあらば問ひこそはせめ
>
> (恋四)

인용한 바와 같이 이즈미시키부의 노래 가운데 사용된 '~人' 표현
은「사랑 1」에서「사랑 4」까지 사랑 노래 전반에 걸쳐 골고루 분포
되어 있다.『고슈이 와카슈』사랑 노래가운데 '~人' 표현은 총 19인
24수이며 이 가운데 이즈미시키부를 포함하여 4인이 읊은 9수가 여

류가인의 노래이다. 각 가인이 1수씩의 용례를 보이고 있는 가운데 이즈키시키부의 6례는 용례 수에 있어서도 특기할 만하다. 더욱이 미나모토노 다카아키라의 노래는 652번과 805번의 2수이지만 제 2 절에서 언급한 805번 노래의 경우 『이즈미시키부 가집』 554번에도 수록되어 있어 이즈미시키부의 노래일 가능성이 거론되어져 온 사실[8]을 인정한다면, 이즈키시키부의 용례는 6수로 최다를 기록하고 있다. 『고슈이 와카슈』에 작자명이 이즈미시키부로 수록된 5수 가운데 1수(703번)를 제외하고는 '題知らず'의 노래로 전하고 있다.[9]

635번 노래에 고토바가키는 없지만 『이즈미시키부 가집』에는 겨울 노래(76번)로 분류되어 있다. 이 노래에서 이즈미시키부는 연인을 'わが思ふ人'로 규정하고 있는데 타자규정인 'わが思ふ人'와 함께 이를 수식하는 'したきゆる雪間の草のめづらしく'의 상구上句에도 주목할 필요가 있다. 이와 유사한 노래로 다음과 같은 노래가 있다.

春日野の雪間をわけて生ひいでくる草のはつかに見えしきみはも

(『고킨 와카슈』恋一 478 · 壬生忠芩)

---

8 平田喜信(1982), 「和泉式部集と源高明」, 森本元子編 『和歌文学新論』, 明治書院, p.73)는, 『고슈이 와카슈』에 西宮前左大臣(源高明)의 작품으로 수록되어 있는 총 7수(528· 675·766·805·806·811·812)의 노래가 실은 이즈미시키부의 노래인데 이것이 잘못 전해졌다는 견해를 보이고 있다. 이에 필자도 이 견해에 따른다.

9 『고슈이슈』에 수록된 이즈미시키부의 노래는 총 67수인데 이 가운데 절반을 넘는 24수가 '題しらず'의 노래로 되어 있다. 이에 대하여 上野理(『後拾遺集前後』笠間書院, 1976年, p.395)는 이즈미시키부의 노래가 훌륭하기 때문에 고토바가키에 의존할 필요가 없으며 또한 구체적인 가작사정을 초월하여 고토바가키를 필요로 하지 않았다고 해석하고 있다.

片岡の雪まにねざす若草のほのかに見てし人ぞこひしき

(『신고킨 와카슈』恋一 1022 · 曾禰好忠)

시대적으로 볼 때 이즈미시키부의 635번 노래는 이 두 노래의 영향을 받은 것으로 추정된다. 그러나 상기한 2수가 모두 흰 눈 사이를 헤집고 싹이 튼 어린 풀처럼 얼핏 바라본 연인을 'はつかに'와 'ほのかに'로 묘사한 데 반해 이즈미시키부는 흰 눈 사이로 피어 오른 어린 풀처럼 'めづらしき' 연인을 만나고 싶다고 표현하고 있다. 칙찬 와카집에 보이는 노래 가운데 'めづらし'는 주로 '声(『古今集』359)', '春の光(『続拾遺集』1282)', '紅葉(『玉葉集』785)' 등을 수식하고 있다. 사가집私家集에도 '鶯(『中務』35)', '声(『相模集』180, 『友則集』9, 『保憲女集』41)' 등을 수식하는 노래가 보이는 점으로 미루어 일반적으로 사람에 대하여 'めづらしき'를 사용한 경우는 전무하다는 사실을 확인 할 수 있다.[10] 이 점에 있어서 이즈미시키부의 개성적인 가어의 사용과 풍부한 발상에 의한 파격적인 시도가 인정된다.

'めづらし'는 '①귀엽다. 사랑스럽다 ② 신선하다. 새롭다. 진기하다 ③ 좀처럼 볼 수 없는 것으로 멋지다', 고 설명되어 진다(『新明解古語辞典』). 이 가운데 이즈미시키부 노래의 'めづらし'는 어떤 의미로 옮겨야 할지에 관한 문제가 제기된다. 이 문제를 해결하기 위해 시대를 거슬러 올라가『만요슈万葉集』의 'めづらし'가 사용된 노래를 살

---

10 단『고킨 와카슈』에는 'めづらしき人を見むとやしかもせぬ我が下紐の解けわたるらむ (恋歌. 730)'과 같이 사람을 수식하는 'めづらしき'의 용례가 1수 보인다. 하지만 이 노래에는 'めづらしき'를 수식하는 부분이 없는 관계로 논외로 한다.

펴보기로 한다.

青山の嶺の白雲朝に日に常に見れども<u>めづらし</u>我が君　　(巻第三 377)

<u>めづらし</u>と我が思ふ君は秋山の初もみち葉に似てこそありけれ

(巻第八 1584)

難波人葦火焚く屋のすしてあれど己が妻こそ<u>常めづらしき</u>

(巻第十一 2651)

377번 노래는 '청산 봉우리에 걸려있는 흰 구름처럼 아침저녁으로 항상 보고 있어도 그리운 그대여'라는 내용으로 '常に見れども'와 'めづらし'가 호응하고 있다. 'めづらし'는 '사랑할 만하다. 마음이 끌려 싫증이 나는 일이 없다'라는 의미로 해석할 수 있다. 1584번 노래도 '그립다고 생각되는 그대는 가을 산에 맨 먼저 물드는 단풍과도 같습니다.'라는 의미로 'めづらし'는 377번과 마찬가지로 '그립다'로 해석된다.[11] 2651번은 '나니와難波 사람이 갈대로 불을 지피는 지푸라기처럼 그을려 있지만 나의 부인이야말로 언제나 사랑스럽다.'라는 내용으로 'めづらし'는 '그립다. 사랑스럽다'라는 의미이다. 이는 보는 이에 따라서 '청산에 걸친 흰 구름'처럼 아침저녁으로 흔히 보는 풍경으로 대수롭지 않게 여길 수도 있다. 그럼에도 불구하고 2651번 작자는 아궁이에 불을 지피다 얼굴이 시커멓게 된 아내의 일상적인

---

11 'めづらし'는 '心ひかれる. 愛すべきだ'의 의미로, 작자인 나가노이미키가오토메長忌寸が娘가 남편인 나라마로奈良麻呂를 칭송한 것이다. 따라서 여기서의 '我が思ふ君'는 사랑하는 사람에 대한 표현이 아님을 알려둔다.

노동의 흔적을 언제 바라보아도 사랑스럽다 읊고 있다.

그럼 여기서 다시 이즈미시키부 노래로 돌아가 본다. '흰 눈 사이로 돋은 새싹처럼 신선하고 반가운, 그리고 조바심 내며 기다리던' 새싹이라는 자연 경물에 사랑하는 사람의 이미지를 중첩시켜 흰색과 초록색의 선명한 색채의 대비로서 신선하게 묘사하고 있다. 1584번과 같이 매년 접하는 진부함에도 불구하고 접할 때마다 신선하고 질리지 않으며 항상 그립고 사랑스럽다는 의미를 도출하고 있는 것이다.

이렇게 볼 때 635번 노래는 산다이슈에서 사용된 가어歌語의 이미지보다는『만요슈』의 전통에 더 가깝다고 할 수 있다. 이즈미시키부가 활약했던『고센 와카슈』에서『슈이 와카슈』에 걸친 이 시기는『고킨 와카슈』를 최상으로 여기는 우아하고 아름다우며 고상함만을 추구하는 천편일률적인 가단歌壇에 새로운 바람을 일으키려는 움직임이 일어났으며, 그것의 일환으로서『만요슈』로 되돌아가자는 '万葉がえり'의 움직임과 함께 노래 속에 고어古語를 사용하기 시작하였다. 그 중심점에 가와라인河原院의 존재가 있으며, 이즈미시키부도 만요적(万葉的) 가어를 즐겨 사용하였다. 이 점에 대하여 오쿠마 쇼코大態祥子는 이즈미시키부의 노래에 사용된 가어를 면밀히 분석하여 그녀가 만요적 가어에 관심을 갖고 이를 적극적으로 향수하였다는 사실을 밝히고 있다.[12] 이에 덧붙여 본 연구에서는 '～人'라는 표현

---

12 大態祥子「歌人 和泉式部考 —その歌語意識をめぐって—」(『国文目白』第32号, 1993年 2月, p.72)는, 이즈미시키부가 주로 헤이안 시대에 사용된 '霞立つ' 대신에 '霞たなびく'를 사용한 점, 노리토祝詞의 특징적인 어휘인 '科戸'와 '須佐之男命', 그리고 催

에 있어서도 이즈미시키부의 만요적 성향을 알 수 있으며 시대의 흐름을 이끌어가는 선구자적 역할을 수행하였음을 확인하였다.

　다음으로 703번 노래는『고슈이 와카슈』사랑 노래에 수록된 이즈미시키부의 5수의 노래 가운데 유일하게 작자사정을 밝히고 있다. 노래에 묘사된 '見し人'는 이즈미시키부에게 말을 건넨 고토바가키의 '人'와 동일인이다. '見し人'는 예전에 보거나 만난 적이 있던 사람으로 지금은 관계가 끊어져 있다는 것을 암시한다. 그러한 사람에게 버림받아 잊혀져버린 자신의 옷소매에는 언제나 비가 내린다고 노래하고 있다. 그러나 고토바가키의 '人'는 도리어 이즈미시키부에게 '눈물이 비처럼 내려 옷소매를 적신다. 涙の雨の袖に'라고 전해 자신은 언제나 이즈미시키부 당신을 그리며 눈물짓고 있다는 탄식의 편지를 전한다. 「사랑 2」는 사랑이 시작된 후 좀처럼 만날 수 없음을 한탄하는 노래가 수록되어 있는 점을 감안할 때 아직 끝나지 않은 사랑이라 보이며 이즈미시키부의 '見し人に忘られてふる'는 약간 과장된 표현으로 자주 만날 수 없는 상대방을 향한 가벼운 질책이라 생각된다.

　755번 노래는『이즈미시키뷰 가집』백수가百首歌(1~98) 가운데 사랑 노래(86번)에 수록되어 있으며 이즈미시키부의 대표적인 노래로 자주 거론되는 작품이기도 하다. '머리 흐트러진 채로 어지러운 마음에 엎드려 있노라면 맨 먼저 내 머리 매만져주던 그 사람 그리워'라는 의미이다. 여기서 4구에 해당하는 'まづかきやりし'의 해석을 둘

　　馬楽의 '縹の帯'와 같은 만요 가어(万葉歌語)를 사용한 점 등을 들어 이즈미시키부의 독창적인 가어의식(歌語意識)을 평가하였다.

러싸고 의견이 엇갈린다. 요사노 아키코与謝野晶子는 이즈미시키부의 첫사랑이자 남편인 타치바나노 미치사다橘道貞를 잊지 못해 그리워하는 노래로 풀이한 데 반해 데라다 토루寺田透와 우에무라 에쓰코上村悦子는 현재 자신과 사랑하는 사이에 있는 남자[13]로 해석하고 있다.

'まづ'의 의미를 어떻게 취하느냐에 따라 해석이 달라질 수 있는데 『日本国語大辞典』에 따르면 '다른 것이나 다른 사태보다 앞선 모습을 나타낸다. 맨 처음으로·제일 먼저·맨 먼저. 他のもの、他の事態より先んずるさまを表わす. 最初に. まっさきに. いちはやく'로 풀이하고 있다. 참고로 'まづ'가 사용된 노래를 인용하기로 한다.

> 大空の月のひかりし清ければ影見し水ぞまづこほりける
>
> (『고킨 와카슈』冬歌 316)
>
> 世の中の憂きもつらきも告げなくにまづ知る物はなみだなりけり
>
> (『고킨 와카슈』雑下 941)
>
> 女郎花枯れにし野辺に住む人はまづ咲く花をまたくとも見ず
>
> (『고센 와카슈』哀傷 1401)

상기한 노래를 살펴볼 때 'まづ'는 어떤 상황에서 다른 어떤 행위보다도 제일 먼저 행해지는 경우를 일컫는다. 이에 준하면 이즈미시키부의 노래는 'まづ'와 'かきやりし人'의 관계를 생각하기에 앞서 'うち

---

13 寺田透(1994), 『和泉式部』, 筑摩書房, p.49. 上村悦子(1994), 『和泉式部の歌入門』, 笠間書院, p.17

ふせば'와 'まづ'의 관계 속에서 판단하여야 된다고 사료된다. 슬픔
에 잠겨 엎드려 있을 때 무엇보다도 먼저 그리운 것은 나의 머리를
쓰다듬어 주던 연인이라는 해석이 자연스럽다. 따라서 'かきやりし人'
는 구체적인 인물을 상정할 필요가 없으며 오로지 현재의 시점에서
사랑하는 이가 없음을 한탄하는데 이 노래의 초점이 맞추어져 있다
고 볼 수 있다. 또한 755번 노래는 「사랑 3」에 속하는데 첫 번째 노
래는 다음과 같이 시작된다.

あやめぐさかけし袂のねを絶えてさらにこひぢにまどふころかな　　(715)

연인과의 관계가 끊어져 만날 수 없는 애절한 심정을 읊은 내용의
노래이다. 이 노래를 필두로 「사랑 3」에는 '운다고 사랑하는 사람과
만날 수 있는 것은 아니지만 우는 일 이외에 위안을 주는 것은 없다.
涙やはまたも逢ふべきつまならん泣くよりほかのなぐさめぞなき(742)'는 노래 등 파국의
색채가 짙은 노래들이 배열되고 있다. 이러한 노래에 이어지는 이
즈미시키부의 755번 노래 역시 사랑하던 연인과의 단절과 예전에
위안을 주었던 연인의 따스한 손길을 그리는 노래로 해석할 수 있
다. 앞에 기술한 635번과 함께 755번 노래는 긍정적인 연인에 대한
호칭과 더불어 그에 대한 사랑의 감정이 배어나고 있다. 다시 말해
'내가 사랑하는 사람 わが思ふ人(635)'을 '만나보고 싶어라. 逢ひ見てしが
な'라는 그리움과, '머리를 매만져주었던 사람 かきやりし人(755)'에 대
한 '그리움 こひしき'등 사랑의 감정이 여과 없이 있는 그대로 표현되
고 있다.

「사랑 4」에는 776번과 800번 2수의 '~人' 표현이 보인다. 전술한 바와 같이 「사랑 4」는 사랑의 종말을 슬퍼하거나 그러한 상황에 놓인 자신을 재인식하는 등 사랑에 대한 인식을 읊은 노래들을 배열하고 있다. 776번 노래는 '어떡해서든 나도 그 사람에게 매정하게 대해 봐야지. 왜냐하면 나에게 매정한 사람은 더더욱 잊기 어려우므로 내가 그 사람에게 매정한 사람이 된다면, 지금 나에게 냉담한 그도 나를 못 잊어 나에게 마음이 끌릴지 모르니까'라는 의미로, 멀어져 가는 연인에 대한 미련과 원망하는 마음이 교차하고 있으며 자신과 상대방에 대한 입장을 객관적인 시각으로 응시하고 있다.

800번 노래는 '나는 견줄 데 없이 불행한 신세였습니다. 나의 이런 신세를 동정하여 줄 사람이라도 있다면 나를 찾아와 줄 텐데 그러한 사람도 없기에'라는 의미로 '憂き身'라는 자기 인식과 더불어 '思ひ知る人'라는 타자 규정이 동시에 읊어지고 있다. '思ひ知る人'의 부재에 따른 '憂き身'라는 자기 인식이라는 점에서 800번 노래는 자기 인식에 중점이 맞추어지고 있어 이제까지 고찰한 사랑의 진행과정에서 보아 온 사랑 노래와는 취지를 달리한다. 즉 자신의 마음을 알아주고 사랑해 줄 연인의 부재를 한탄하던 노래들과는 달리 그러한 상황에 처한 자신에 대한 응시와 인식을 노래하고 있다.

이상의 5수를 보면 이즈미시키부의 타자 규정에는 일정한 규칙이 엿보이는 것을 알 수 있다. 자신이 사랑하는 연인에 대한 규정에 있어서 항시 자신과 연인과의 거리 내지는 관계성 속에서 타자를 규정한다는 것이다. 예를 들면 그녀의 또 다른 작품인 『이즈미시키부 일기和泉式部日記』에서 이즈미시키부는 자신이 사랑하는 아쓰미치 친

敦道親王을 '나에게 위안을 주는 그대 慰むる君'[14]로 규정하고 있다. 현재 사랑하는 사람이 자신에게 있어 위안이 되는 사람이며 그러한 정신적인 거리감을 있는 그대로 노래 속에서 표현하고 있는 것이다. 이즈미시키부의 또 다른 타자 규정에 '我ならぬ人'[15]라는 표현이 보인다. 나와 한 마음이기를 바라는 연인을 '내가 아닌, 그러나 나와 같은 마음이기를 바라는 그대'로서 표현한 것이다. 자신이 처한 현재의 위치에서 상대방이 차지하는 존재 의미를 가감 없이 적확하게 묘사하고 있는 점에 그녀의 뛰어난 가인적 소질이 반영되어 있다 하겠다.

3. 연인이란 이름의 타자

이상과 같이 본고에서는 『고슈이 와카슈』 사랑 노래를 중심으로 사랑의 진행단계에서 보이는 '~人' 표현의 유형을 살펴보았다. 특히 사랑 노래에 있어 뛰어난 작품을 남긴 이즈미시키부의 사랑의 진행 과정과 연인에 대한 호칭의 상관관계를 살펴보았다.

사랑 노래에 있어 남성의 노래보다 여류가인의 비율이 높다. 하지만 타자 규정이 보이는 사랑 노래는 여류가인보다 남성의 노래에서 더 두드러진다는 사실을 확인할 수 있었다. 228수의 사랑 노래 가운

---

14 「慰むる君もありとは思へどもなほ夕暮はものぞかなしき」(日本古典文学全集 『和泉式部日記 紫式部日記 更級日記 讃岐典侍日記』小学館) p.138
15 「我ならぬ人もきぞ見む長月の月にしかじあはれは」(주 14와 동일 pp.116-117)

데 타자 규정이 보이는 노래는 21수이다. 단일 작가로서는 6수로 이즈미시키부가 가장 많은 용례를 보이며 아카조메에몬을 포함한 3인의 노래에 각각 1수가 읊어지고 있어 총 4인의 여류가인의 노래 9수에 '~人' 표현의 타자 규정이 보이고 있었다. 그에 반하여 남성가인의 노래는 여류가인수의 3배에 해당하는 13인(13례)의 노래에 타자규정이 보이고 있어 대조적이다.

또한 여류 가인의 노래에 그려진 타자규정을 살펴보면 '我が思ふ人', '(まづ)かきやりし人', '思ひ知る人' 등과 같은 긍정적인 호칭이 사용되고 있었다. 또한 그러한 연인에 대한 감정 표현으로 각각 '逢ひ見てしがな', '恋し', 'あらなん' 등과 같이 사랑의 감정이 표출되어 있는 것을 알 수 있었다. 물론 'つらき人'라는 다소 부정적인 호칭이 사용된 노래도 보이지만 그 연인에 대하여 '忘れがたし'라는 사랑과 그리움의 감정이 표백되고 있다는 사실을 감안하면 전반적인 경향으로서 긍정적인 호칭과 더불어 사랑의 진행 과정에 있어서 무정한 연인에 대해서도 사랑과 그리움의 대상으로 인식되어진 것을 알 수 있었다.

이에 반해 남성 가인의 노래에 등장하는 타자 표현은 '박정한 사람つらき人', '나를 힘겹게 하는 사람みくりくる人', '나를 잊은 사람忘るる人', '나를 잊어가는 사람忘れゆく人', '냉담한 사람つれなき人' 등 연인에 대한 원망과 비난의 타자 규정이 대부분을 차지하고 있어 대조를 보인다. 또한 그러한 연인에 대하여 'はてぞゆかしき'라는 식의 저주와 원망의 감정들이 분출하고 있다는 사실도 흥미롭다. 또한 긍정적인 호칭인 '恋しき人'라는 표현도 1수 보이기는 하지만 그러한 사람이 당신 이

외에도 많다는 내용으로 되어 있어 긍정적으로 해석하기에는 무리
가 있다.

타자 규정의 형태에 있어서는 먼저 11례의 용례를 보이는 「사랑
1」에서는 부부가 함께 살지 않고 남자가 여자 집을 오가는 혼인 형
태를 반영하듯 'なき名立つ人', '見ぬ人' 등과 같은 표현이 눈에 띈다.
또한 자신이 사랑하는 연인을 진솔하게 표현한 'わが思ふ人'라는 규
정과, 나의 마음을 알아주길 바라는 심정을 묘사한 '知る人'(2례), 그
리고 자신의 연정을 몰라주고 자신을 괴롭히며 자신의 존재를 까마
득히 잊어버린 연인을 각기 'みくりくる人'와 '忘るる人'로서 표현하고
있다. 그러나 사랑의 초기 단계에서 자신의 마음을 알아주지 않는
연인에 대한 묘사로서 가장 일반적인 것은 역시 'つれなき人'(5례)라
는 사실을 확인할 수 있었다.

사랑하는 연인을 만날 수 없는 안타까운 심정을 읊은 노래가 배열
되어 있는 「사랑 2」에는 2례가 모두 '냉담한 사람つれなき人'으로 표현
되어 있어, 전술한 「사랑 1」의 5례와 함께 도합 7례로『고킨 와카
슈』와 마찬가지로 사랑 노래에서 연인에 대한 가장 보편적인 호칭
으로 자리매김하고 있는 것을 알 수 있었다.[16]

사랑의 파국을 예감하며 사랑의 종말을 읊은 노래가 수록된 「사
랑 3」에는 자신의 연인을 '사랑했던 사람恋せし人', '사랑한 사람恋しき
人', '머리를 매만져주었던 사람かきやりし人' 등과 같이 과거형의 연인
으로서 표현하고 있다. 이렇듯 사랑의 감정과 그리움과 미련이 느껴

---

16 졸고(2002.6), 「『古今集』恋歌의〈他者〉」,『日本学報』第51輯, 韓国日本学会, pp.277-290

지는 「사랑 3」의 호칭과는 달리 사랑이 끝나버린 슬픔과 한탄을 노래한 「사랑 4」에는 '냉담한 사람つらき人', '나를 잊어가는 사람忘れゆく人', '남이 되어버린 사람よそにふる人'와 같이 무미건조한 원망의 마음이 타자 규정에 스며있다는 것을 알 수 있었다.

이러한『고슈이 와카슈』의 전반적인 사랑 노래의 경향 속에 이즈미시키부의 타자 규정은 용례 수에 있어서나 내용면에 있어서 이채를 발한다. 또한 이즈미시키부가 개성적인 가어의 사용과 풍부한 발상에 의한 파격적인 시도를 통해 천편일류적인 가단에 새로운 바람을 일으키는 선구자적 역할을 수행하였음을 사랑 노래에 나타난 '~人' 표현을 통해 확인할 수 있었다.

이즈미시키부 와카 표현론

제2장

『고킨 와카슈古今和歌集』의 타자표현

헤이안 시대平安時代의 와카和歌나 모노가타리物語 등에서 '人'라는 표현은 대개 '나(我)'에 대한 상대방의 의미로써 사용되었다. '人'에 대한 개념에 대하여 아키야마 겐秋山虔은 ① 동물 등에 대한 인간, ② 사회적으로 인정되는 인격, ③ 사회 속에서 자신과 상대하는 제삼자, ④ 자신에게 깊은 관심을 갖고 있는 상대¹라고 정의하고 있다. 본 연구에서는 '人'에 대한 아키야마 겐의 개념 가운데 ④의 의미를 취하여『고킨 와카슈古今和歌集』恋歌에 보이는 타자 규정, 특히 '～人' 표현에 주목하여 사랑의 각 단계에서 보이는 연인에 대한 규정을 분석하고자 한다.

주지하는 바와 같이,『고킨 와카슈』恋歌는 남몰래 이성을 그리워하는 사랑의 첫 단계에 느끼는 노래를 필두로 하여 연인과의 만남

---

1 秋山 虔(2000),『王朝語辞典』, 東京大学出版会.

이후에 한층 더 커지는 그리움, 상대방의 변심을 두려워하는 마음, 잃어버린 사랑의 슬픔과 체념 등을 읊은 노래가 연애의 진행단계의 순서에 맞춰 배열되어 있다. 물론 배열된 노래가 사랑의 진행 단계에 따라 적확하게 이루어졌는가에 대해서는 논란의 여지가 있으나 칙찬집勅撰集 편자의 의도에 기준을 두고자 한다. 그것은 그 노래에 대한 그 시대의 해석이라고 사료되기 때문이다. 따라서 다음에서는 恋歌가 사랑의 시간적 진행에 따라 어느 정도 맞춰져 배열되었다고 할 수 있는 최초의 칙찬집인『고킨 와카슈』恋歌²에 나타난 '~人' 표현의 유형과 내용을 살펴보기로 한다.

1. 恋一과 二에 보이는 '~人' 표현

『고킨 와카슈』恋歌는 恋一(卷11)에서 恋五(卷15)까지 총 360수 (469-828) 수록되어 있으며, 사랑이라는 상황에 따른 인간의 다양한 심리를 표현한 노래가 사랑의 진행단계에 따라 배열되고 있다. 이러한 恋歌의 서두를 장식하는 노래로, 작자미상의 다음의 노래가 수록되어 있다.

> 469　두견새 지저귀는 5월의 붓꽃이여! 그 '사리분별'이라는 꽃말처럼
> 　　　이 여름날 이성도 잃어버린 채 격정적인 사랑에 빠졌어라

---

2 이하『고킨 와카슈』恋歌의 본문과 노래번호는 小島憲之·新井栄蔵校注(1989), 『古今和歌集』(岩波書店)에 따른다.

ほととぎす鳴くやさ月のあやめ草あやめも知らぬ恋もする哉

작열하는 태양의 계절 여름날 사리분별을 잃어버린 사랑에 빠진 작자는 사랑을 숙명적으로 받아들이고 있다. 사랑의 첫 단계에 읊어진 노래로서는 다소 격정적인 사랑으로 배열 상 어울리지 않는다는 논란이 많은 노래이기도 하다. 이에 상응하는 恋歌의 마지막 노래는 다음과 같다.

> 828　흐르고 흘러 이모 산妹山과 세 산背山 사이를 가르며 요시노吉野 강처럼 내 사랑에도 장애가 가로놓여 힘겹지만 이런 것이 남녀 사이인 거겠지
> 流れては妹背の山のなかに落つる吉野の河のよしや世の中

서두에서 사리분별을 잃어버릴 정도의 사랑에 빠져 있다는 독백의 노래에서 시작한 恋歌는 마지막 노래로서 남녀 사이에 끼어드는 여러 가지 장애로 인한 원망과 집착, 그리고 체념의 동작을 취하게 하는 사랑의 덧없음을 표현하고 있다.

이러한 격정적인 사랑의 시작과 슬픈 종국을 맞이하게 되는 사랑의 종말을 노래하기까지의 사랑의 진행단계에 따른 배열의 형태를 취하는 恋歌 부분에 자신이 사랑하는 연인을 묘사한 '～人' 표현은 34례 보인다.[3] 한편 『고킨 와카슈』恋歌에 보이는 연인에 대한 호칭

3　'～人' 표현 가운데 '同じ人'·'海人'·'ぬすびと'·'みな人' 등의 경우는 고찰대상에서 제외시켰다.

으로는 '人' 이외에 '君'라는 표현이 보인다. 『고킨 와카슈』 내에 사랑하는 연인의 의미를 지닌 '君'는 도합 15례 보인다. '~人' 표현을 고찰하기에 앞서 '君'가 사용된 용례를 살펴본다.[4]

> 499　あしひきの山郭公わがごとや君に恋ひつつ寝ねがてにする
>
> 542　春たてば消ゆる氷の残りなく君が心はわれにとけなむ
>
> 572　君こふる涙しなくは唐衣むねのあたりは色もえなまし
>
> 608　君をのみ思ひ寝にねし夢なればわが心から見つるなりけり
>
> 619　寄るべなみ身をこそとをくへだてつれ心は君が影となりにき
>
> 680　君といへば見まれ見ずまれ富士の嶺の珍しげなくもゆるわがこひ

단어의 특성상 자신이 사랑하는 연인을 포함하여 일반적인 사람까지도 내포하는 '人'에 비해 '君'는 자신의 연인만을 한정하고 있으며 '~人'와 같이 '人'의 내용을 수식하는 형태를 취하기보다는 '君' 단독으로 읊어지는 경우가 대부분이다. 그러나 다음에 인용한 것처럼 'つれなき君'·'あかぬ君'와 같은 표현도 소수 보인다.

> 601　風ふけば峰にわかるる白雲の絶えてつれなき君が心か[5]
>
> 684　春霞たなびく山の桜花みれどもあかぬ君にもある哉

4　본문에 예시한 노래이외에 601·649·675·680·684·690·694·761·800 등 총 15례의 '君'가 사용되고 있다.

5　『고킨 와카슈』에는 미부노 다다미네의 노래로 수록되어 있는데, 『쓰라유키 가집 貫之集』에는 기노 쓰라유키의 노래로 되어 있다. 한편 『고킨 로쿠조古今六帖』(第一 「雲」)에는 5구의 '君が心か'가 '人が心か'로 되어있어 노래 본문에도 차이를 보인다.

그러나 대개는 앞서 예시한 바와 같이 주로 단독으로 읊어지거나 혹은 '君' 뒤에 수식어가 뒤따르는 경우가 일반적이다. 즉 연인에 대한 호칭으로 사용되는 '人'의 경우 그 앞에 수식어가 붙는 데 반하여 '君'의 경우는 '君が心'(542)나 '君が影'(619)와 같이 뒤에 수식어가 따르고 있어 대조적이다. 또한 '君'에 대한 감정 표현으로는 '恋ふつつ'・'恋ふる'・'(君をのみ)思ひ'・'燃ゆるわが恋' 등 일반적으로 사랑을 호소하는 어휘를 동반하고 있다는 점은 주목할 만하다.

그럼 다시 본론으로 들어가 '人'의 경우를 살펴보고자 한다. 사랑의 진행과정에 있어 소문으로만 전해들은 이성에게 사랑을 느끼게 되나 좀처럼 만날 수 없어 애달파하는 심정을 읊은 노래를 수록한 恋一과 恋二에 보이는 '~人' 표현을 예시하면 다음과 같다. 恋一의 10례와 恋二의 5례로 인용하기에는 다소 많은 용례이나 '人' 표현의 여러 형태를 구체적으로 제시하기 위하여 모두 인용하고자 한다.

(恋一) 10례

　475　남녀사이란 이런 것이었어라 눈에 보이지 않는 부는 바람처럼
　　　　모습을 보지 못한 사람도 애타게 그리워하는 것이었구나
　　　　世中はかくこそありけれ吹風の目に見ぬ人もこひしかりけり
　476　전혀 보지 못한 것도 아니고 분명히 본 것도 아닌 그 사람 그리워
　　　　이유도 모른 채 오늘은 수심에 잠겨 멍하니 지내는 것일까
　　　　見ずもあらず見もせぬ人の恋しくはあやなく今日やながめ暮さむ
　479　산벚꽃나무가 안개너머로 어렴풋이 보이는 것처럼

그냥 스치며 바라본 그 사람 그리워라

山ざくら霞の間よりほのかにも見てし人こそ恋しかりけれ

484 해질녘에는 구름 저편 바라보며 수심에 잠기네

하늘 저 멀리 있어 내게는 너무 먼 당신 그리워하며

ゆふぐれは雲のはたてに物ぞ思ふあまつ空なる人を恋ふとて

486 무정한 그를 한심하게도 이슬이 내린 아침이면 한숨 쉬며 슬퍼하고

밤이면 누워서 그 사람 모습을 떠올리며 그리는 걸까

つれもなき人をやねたく白露のおくとは歎き寝とはしのばむ

520 하루빨리 내세가 되면 좋으련만 이승에서 무정한 그 사람을

까마득히 먼 전생에 일어난 일로 생각하고 싶으니

来む世にも早なりななむ目の前につれなき人を昔とおもはむ

521 무정한 사람 그리워하며 메아리가 응답할 때까지 한숨짓네

つれもなき人を恋ふとて山びこのこたえするまでなげきつる哉

522 흐르는 물에 숫자 쓰는 것보다 더 허망한 일은

나 사랑 않는 이를 사랑하는 것이었구나

行水に数かくよりもはかなきは思はぬ人をおもふなりけり

524 그리는 마음이 너무 멀리까지 간 것일까

사랑으로 혼란스러워 꿈에서조차 만나는 사람 없네

思やる境はるかになりやするまどふ夢路に逢ふ人のなき

538 내 사랑은 부평초 우거진 깊은 연못인 걸까

깊은 연못과 같은 나의 깊은 사랑 알아주는 이 하나 없네

うき草のうへは繁れる淵なれやふかき心を知る人のなき

(恋二) 5례

553　선잠에서 사랑하는 사람을 만나고부터

　　　꿈이라는 것을 믿기 시작했네

　　　うたたねに恋しき人を見てしより夢てふ物は頼みそめてき

555　가을바람이 몸에 스며들어 추우니 아무리 무정한 그 사람이라도

　　　와주길 바라는 마음에 매일 밤마다 기다려지네

　　　秋風の身にさむければつれもなき人をぞ頼む暮るる夜ごとに

560　내 사랑은 깊은 산 속에 숨어 사람 눈에 띄지 않는 풀인 걸까

　　　울창한 수풀처럼 내 사랑 넘쳐나도 알아주는 이 하나 없네

　　　わが恋は深山がくれの草なれやしげさまされど知る人のなき

584　나 홀로 수심에 잠겨있노라면 쓸쓸한 가을밤

　　　벼 잎에 바람 스치듯 내게 말장구 쳐주는 이 하나 없네

　　　ひとりして物をおもへば秋のよの稲葉のそよといふ人のなき

602　내 몸을 달과 바꿀 수 있다면 무정한 그 사람도

　　　아름답다며 바라다 봐 주려나

　　　月影にわが身を変ふる物ならばつれなき人もあはれとや見ん

　　恋一과 恋二에는 '만나지 못해 그리는 사랑逢わずして慕う恋'을 읊은 노래가 수록되어 있다. 구체적으로는 '소문으로만 듣고 사랑에 빠진 심정 音に聞く恋', '어렴풋이 잠깐 본 사람을 남몰래 그리는 마음 ほのかに見て恋う·ひそかに恋う·揺れる思い', '꿈속에서도 그리는 사랑 寝ても恋う', '짝사랑의 괴로움 片想い·恋に乱れて', '무정한 사람을 원망하는 마음 つれなきをうらむ', 그리고 '연인과의 해후를 갈구하는 마음 逢うことを願う恋' 등 사

랑하는 사람과의 만족스럽지 못한 사랑이 노래의 주된 주제이다.

이러한 내용을 소재로 읊은 노래에 보이는 타자 규정에 있어서는 'つれなき人'가 5례(486, 520, 521, 555, 602)로 가장 많이 사용되고 있다. 역시 사랑의 처음 단계에서 느끼는 안타까움과 자신에게 냉정하게 대하는 무정한 상대방에 대한 원망이 타자 규정에 그대로 표백되어 있는 것을 알 수 있다. 그러나 자신에게 무심한 'つれなき人'에 대한 반응은 의외로 밤낮으로 그리워한다는 의미의 'しのばむ'와 '恋ふ', 그리고 그런 무정한 사람의 방문을 기대한다는 '頼む' 등의 어휘와 사용됨으로써 '매정한 사람'이라는 타자 표현과는 대조적으로 그런 연인에 대한 무한한 사랑의 감정이 읊어지고 있어 참으로 흥미롭다.

다음은 '見る' 계통으로 구체적으로는 '見ぬ人(475)'·'見ずもあらず見もせぬ人(476)'·'見てし人(479)' 등 3례가 이에 해당된다. 소문으로만 들은 연인에 대하여 3수 모두 '恋し'라는 사랑의 감정을 호소하고 있는데, 이는 당시의 연애 형태를 그대로 반영하고 있는 타자규정이라 할 수 있다. 그밖에 자신의 연정을 알아준다는 긍정적인 의미인 '知る'가 2례(538, 560) 보이지만 결국은 그러한 사람이 없다는 부정표현과 같이 사용되고 있다. 즉 2례 모두 '知る人のなき'를 동반하여 나의 마음을 알아주는 연인의 부재를 한탄하고 있으며, 나아가 이 노래를 받아볼 연인에게 자신의 연정을 알아주었으면 하는 소망을 읊고 있다.

'思ふ' 계통의 용례인 522는 나를 사랑하지 않는 사람(思はぬ人)을 사랑하는 자신의 어리석음과 사랑의 헛됨을 노래하고 있다. 역시 사랑한다는 의미의 어휘인 '思ふ'는 恋歌에서 긍정적인 의미의 타자규정으로 사용되기보다는 부정적인 이미지로서 작용하고 있는 것을 알 수 있다.

553의 내가 사랑하는 사람(恋しき人)도 현실 속에서 만나는 나의 연인이 아니라 허망함의 대명사로 일컬어지는 꿈속에서의 만남을 노래하고 있어 결국 사랑의 아픔을 표현하고 있다. 524의 '逢ふ人'도 사랑하는 사람을 꿈속에서도 만날 수가 없다고 한탄하고 있어 553의 노래와 비슷한 양상을 보이고 있다. 584에서는 사랑하는 이의 부재와 외로움을 'そよといふ人のなき'로 표현하고 있으며 이러한 정취는 현대 단가短歌 작가인 다와라 마치俵万智에게 고스란히 이어진다. '〈날이 춥네〉라 말하면 〈날이 춥네〉라 대꾸하는 사람이 있다는 따스함.「寒いね」と話しかければ「寒いね」と答える人のいるあたたかさ(『サラダ記念日』)'이라는 현대 단가이다. 'そよといふ人'에서 '答える人'로의 변화와 더불어 하찮은 말에도 맞장구를 쳐주는 연인의 존재와 사랑의 기쁨을 노래한 다와라 마치는『고킨 와카슈』恋歌의 맥을 이어가면서 사랑의 슬픔뿐 아니라 사랑의 기쁨까지도 노래하는 발전을 보이고 있다.

2. 恋三과 四에 보이는 '~人' 표현

恋三과 恋四은 각각 다음 노래로 시작된다.

616 　起きもせず寝もせで夜をあかしては春の物とてながめ暮しつ

677 　陸奥の安積の沼の花かつみかつ見る人に恋ひやわたらむ

앉으나 서나 당신생각뿐이지만 하늘에서는 비마저 내려 그나마 어려운 만남이 남녀사이의 금욕을 강요하는 모내기 계절의 도래로 더욱더 어려워지고, 그로 인해 만날 길 없는 애달픈 심정이 616의 노래에 담겨있다. 이 노래는 이후 恋三에 수록될 恋歌의 성격을 예고한다. 恋四의 권두가卷頭歌 역시 만남 이후 더욱더 타오르는 사랑의 감정을 노래하고 있다.

이와 같이 恋三과 恋四에는 '사랑하는 사람과 만나 사랑을 나눈 뒤 더욱더 타오르는 사랑 契りを結んで後になお慕い思う恋'을 소재로 한다. '사정이 여의치 않은 연인과의 만남 逢ふよしなに・まれに逢う夜は', '연인과 동침한 다음 날의 아쉬움 きぬぎぬ', '남 몰래한 사랑의 고통 人目を忍ぶ 恋', '지칠 줄 모르는 사랑의 감정 見れども飽かず・深く思う恋・ひたすらに慕うわ が恋', '사랑 받지 못하는 자신의 기구함 身のほどを知る', 그리고 '멀어져 가는 연인에 대한 미련과 집착 離れ行く人を思う恋' 등으로 이루어진다. 이 부분에는 모두 7례의 '~人' 표현이 보인다.

(恋三) 2례

636 무턱대고 가을밤이 길다고 생각지 않네 예전부터

　　만나는 사람에 따라 길게도 짧게도 여겨지는 가을밤이기에

　　長しとも思ぞはてぬ昔より逢ふ人からの秋の夜なれば

670 베개 외에 내 마음 알아줄 사람 없는 나의 사랑에

　　슬픔의 눈물 참지 못하고 울음을 터뜨리고 말았어라

　　枕より又しる人もなき恋を涙せきあへず漏らしつる哉

(恋四) 5례

677　미치노쿠陸奥 지방 아사카安積 늪에 핀 하나가츠미여!

　　　그 꽃 이름처럼 언뜻 만난 그 사람을 이렇게 먼 곳에서 그리워

　　　해야만 하는 걸까

　　　陸奥の安積の沼の花かつみかつ見る人に恋ひやわたるらむ

687　어제의 깊은 곳이 오늘은 여울이 되는 아스카 강물 같은 무상한

　　　세상일지라도 한번 사랑한 사람 결코 잊지 않으리라

　　　あすか河淵は瀬になる世なりとも思そめてむ人はわすれじ

702　히키노 들판에 자라는 덩굴풀이 무성하게 퍼지듯

　　　내가 사랑하는 사람에 관한 소문이 무성하게 퍼져있으리

　　　梓弓ひき野のつづら末つゐにわが思ふ人にことのしげけむ

730　좀처럼 만날 수 없는 그 사람을 만나려는 전조일까

　　　풀지도 않은 속옷 끈이 이처럼 계속 풀리는 것은

　　　めづらしき人を見むとやしかもせぬ我が下紐の解けわたるらむ

743　허공은 사랑하는 사람이 내게 남겨준 선물인걸까

　　　그 사람 생각하며 시름에 잠길 적마다 바라보게 되니

　　　大空は恋しき人のかたみかは物思ふごとにながめらるらむ

　상기한 恋三과 恋四에는 '思そめてむ人'·'わが思ふ人' 등 '思ふ' 계
통이 2례(687, 702) 보인다. 먼저 687 노래는 '지금 사랑하기 시작한 연
인 思ひそめてむ人'에 대한 사랑의 맹세가 눈길을 끈다. 남녀관계를 맺
고 난 후 더욱 더 연인에 대한 그리움의 마음이 불타오르는 단계에
서 행해진 사랑의 맹세라 더욱 더 주목된다. 702번 노래도 자신이 사

랑하는 연인을 염려하는 표현이 보이고 있어 전술한 687의 노래와 더불어 恋歌 중에서는 가장 순조로운 사랑의 감정을 솔직하게 드러내고 있는 노래이기도 한다.

그밖에 '逢ふ'·'知る'·'見る'·'めづらしき'·'恋しき'가 각각 1례씩 사용되고 있다. 앞서 사용되었던 'つれなき人'라는 주된 타자규정이 恋三과 恋四에서는 용례가 전무하다는 점은 주목할 만하다. 용례 수에 있어 적은만큼 '~人' 표현에 있어서도 다양함이 결여되어 있다. 그러나 사랑의 최고조라 할 수 있는 恋三과 恋四 단계에서의 타자규정이 긍정적이라는 점은 시사하는 바가 크다.

'逢ふ'의 용례가 사용된 636번은 恋歌에서는 보기 드물게 사랑의 기쁨을 노래하고 있다. 작자인 오시코우치노 미쓰네凡河內躬恒는 가을밤이 길다고는 일률적으로 말할 수 없으며 자신이 사랑하는 여인과 성공적으로 만날 수 있었고, 긴 가을밤조차 짧게 느껴졌다는 사랑의 성취에 대한 기쁨을 노래하고 있다. 730번 노래의 'めづらしき人'는 좀 더 많이 만나고 싶지만 좀처럼 만나기 어려운 사람이라는 의미로 '逢ふ'의 뜻으로 해석했다.

전술한 恋一과 恋二에서 3례나 보였던 '見る' 계통의 규정은 이 부분에서 1례만이 보이고 있다. 의미에 있어서도 사랑하는 사람을 언뜻 만나볼 수 있었다는 내용으로 사용되고 있어 이전 사랑의 단계에서 사용되었던 '見る' 계통과는 구별된다.

또한 앞서 살펴본 바와 같이 恋一과 恋二에서는 자신에게 무정한 연인을 대부분 'つれなき人'로 규정하였는데, 그럼에도 불구하고 그런 연인에 대하여 '恋し'(475, 476, 479)·'恋ふ'(484, 521)·'しのぶ'(486)·'思

ふ'(520, 522) 등 연정이 진솔하게 드러나 있었다. 더욱이 '賴む'라는 기대와 깊은 신뢰가 담긴 표현도 보인다. 이에 반하여 恋三과 恋四에서는 긍정적인 타자 규정이라 할 수 있는 '思そめてむ人'·'わが思ふ人' 등이 사용되었으며 그런 연인에 대한 순수한 사랑의 맹세가 이루어지고 있는 것을 알 수 있다. 다시 말해 恋一과 恋二, 그리고 恋三과 恋四에 있어서는 각각 자신이 사랑하는 연인을 각각 부정적, 긍정적으로 규정했다는 점에서는 차이를 보이지만 그런 연인에 대한 감정으로는 모두 애틋한 연정이 담겨있다는 점에서 공통된 면을 보이고 있다.

3. 恋五와 雜体에 보이는 '~人' 표현

마지막으로 恋五는 연인과 시간적·심리적으로 거리를 두고 상대방과 자신의 사이를 객관적으로 응시한 사랑의 본질에 관한 노래가 수록되어 있다. 따라서 앞서 고찰한 恋一에서 恋四까지의 노래들과는 달리 다의적이며 여정 넘치는 노래가 많다. 구체적으로는 버림받은 자신의 처지와 날이 갈수록 만남의 횟수가 현저히 줄어드는 것에 대한 아쉬움과 자신을 버리고 떠나간 사람에 대한 분석 등을 소재로 한 노래가 수록되어 있다. 전술한 바와 같이 특히 恋五에서는 멀어져 간 연인의 마음에 대한 자각과 인식이 표현되고 있어 주목된다.

恋五에는 총 12례의 '~人' 표현이 나타나고 있어 용례 수에 있어 恋一과 恋二에 필적한다. 인용하기에 다소 많은 수의 용례이나

'~人'의 구체적인 표현을 살펴보기 위하여 용례 전부를 예시한다.

(恋五) 12례

750 내가 사랑하고 그리워하는 만큼 나 사랑하는 사람 있었으면
그런 사람과의 사랑도 이처럼 괴로운 것인지 알아보고 싶으니
わがごとく我をおもはむ人も哉さてもや憂きと世を心見む

754 꽃바구니의 그물코가 빽빽이 배열되어 있듯이 그 사람에게는
멋진 연인이 줄지어 있으니 사람 축에도 끼지 못하는 보잘것없
는 나는 잊혀져버리겠지
花筐めならぶ人のあまたあれば忘られぬらむ数ならぬ身は

759 야마시로 지방 요도까지 줄 캐러 가는 사람도 있거늘
진정한 사랑이 아니더라도 찾아와주는 이 없는 나는 한심도 하여라.
山城の淀の若菰かりにだに来ぬ人たのむ我ぞはかなき

770 나의 집 정원은 길도 보이지 않을 정도로 황폐해졌구나
내게 무정한 그 사람 기다리는 사이에
わがやどは道もなきまで荒れにけりつれなき人を待つとせしまに

775 달빛 아름다운 밤에는 오지 않을 그 사람이 왠지 기다려진다
잔뜩 흐린 하늘에서 비라도 뿌리면 서글플지언정 잠이라도 청
할 텐데
月夜には来ぬ人待たるかきくもり雨も降らなんわびつつもねむ

777 오지 않는 연인을 한없이 기다리는 해질녘 부는 가을바람은
도대체 어찌 불기에 이다지도 힘겹게 하는 걸까
来ぬ人を松ゆふぐれの秋風はいかに吹けばかわびしかるらむ

780 어찌 당신을 기다려 만날 수 있으리까

세월이 흘러도 나 찾아줄 이 없다 생각하기에

三輪の山いかに待ち見む年経ともたづぬる人もあらじと思へば

788 내게 냉담해져만 가는 사람이 내게 했던 사랑의 말들은

가을날 단풍보다 먼저 그 빛을 잃어가는구나

つれもなくなり行く人の事の葉ぞ秋よりさきのもみぢなりける

789 저승 가는 길목에 있어 죽은 사람이 넘어간다는 시데노死出 산

보고만 왔네

박정한 당신보다 먼저 이 산 넘지 않으려

死出の山ふもとを見てぞ帰りにしつらき人よりまづ越えじとて

799 아무리 사랑해도 멀어져 가는 사람 어찌할 수 없어라

물리도록 실컷 보지도 못했는데 져버리는 벚꽃이라 여기리

思ふともかれなむ人をいかがせむ飽かずちりぬる花とこそ見め

801 사랑하는 마음 잊는다는 이름을 가진 원추리가 시들지 않을까

기대하며 무정한 그 사람 마음속에 피어 있을 원추리에 서리가

내려 시들기를 빌어본다

忘草かれもやするとつれもなき人の心に霜はおか南

802 사랑을 잊는다는 의미를 지닌 원추리는 도대체 무엇을 씨앗으

로 삼는지 생각해보니 그건 바로 박정한 그 사람의 마음이었어라

わすれぐさ何をか種と思しはつれなき人の心なりけり

恋五의 타자규정으로는 'つれ(も)なき人'·'つれもなくなり行人'·'つら
き人'·'思ふともかれなむ人' 등 'つれなき' 계통이 5례(770, 788, 789, 801,

802)로 가장 많이 사용되고 있어 恋一과 恋二와 공통적인 양상을 보이고 있다. 그러나 恋一과 恋二에서는 자신에게 무정한 연인인 'つれなき人'에 대하여 사랑과 그리움의 마음이 읊어지고 있는데 반하여 恋五에는 788번과 802번의 경우처럼 'つれ(も)なき人'에 대한 체념과 함께 연인의 무심한 마음에 대한 객관적인 분석이 이루어지고 있어 대조적이다. 즉 사랑의 처음 단계에서는 무정한 연인에 대하여 끊임없이 자신의 애정을 호소하는 태도와는 달리, 사랑의 마지막 단계에 보이는 노래에는 'つれ(も)なき人'의 마음에 대한 분석이 이루어지고 있어 흥미롭다. 나아가 789번과 같이 그런 냉정한 연인(つらき人)에 대한 강한 미움과 저주의 노래도 보이고 있어 매우 흥미롭다.

다음으로 3례의 '来' 계통(759, 775, 777)의 용례는 모두 연인이 자신의 집을 방문하지 않음을 노래하고 있다. 그밖에 '思ふ(わがごとく我をおもはむ人)', '訪ぬ', '離る(思ふともかれなむ人)', '目並ぶ' 등이 1례씩 사용되고 있다. 이 가운데 긍정적인 요소를 가진 '来'·'思ふ'·'訪ぬ' 등의 수식어는 모두 희망적인 어휘와 부정적인 어휘가 함께 사용되고 있어 어두운 현실을 간접적으로 나타내고 있다. 예를 들면 '来'는 '来ぬ人'로 표현하여 연인이 찾아오지 않음을 시사하고 있으며 사랑한다는 의미를 가진 '思ふ'는 '내가 당신을 사랑하고 그리워하듯이 나를 사랑해 주는 사람이 있었으면 좋을 텐데. わがごとく我をおもはむ人も哉'라고 표현하고 있어 연인의 부재와 더불어 그런 이를 갈구하는 마음이 드러나 있다. '訪ぬ'는 'たづぬる人もあらじ'로서 '来'와 마찬가지로 자신을 방문하지 않은 채 자신에게서 멀어져만 가는 연인을 질책하고 있다. 이와 같이 恋五에서도 적극적인 '~人' 표현의 수식어보다는 비

관적이고 소극적인 양상이 나타나고 있다.

恋五에 수록된 노래는 단지 떠나간 연인에 대하여 한탄하거나 슬퍼하기보다는 자기 자신의 처지를 인식하고 체념하며 떠나간 연인의 입장을 이성적으로 분석하는 객관적인 입장을 취하고 있는 점에서 恋一과 恋二와는 구별된다. 즉 恋一과 恋二에서 예시한 524, 538번 노래에서는 단지 '逢ふ人—なき', '知る人—なき', '思はぬ人—おもふなりけり'와 같이 한탄과 연인에 대한 부재의 자각이 주를 이루고 있었다. 또한 520번 노래와 같이 시간의 경과가 사랑의 아픔을 치유한다는 소극적인 발상이 나타나고 있는데 반해, 恋五의 759번 노래에서는 '来ぬ人頼む—我ぞはかなき'와 같이 오지 않는 연인을 기다리는 자신의 초라함과 덧없음을 응시하거나, 788번과 802번과 같이 자신을 버린 연인에 대한 자신의 미련을 문제 삼기보다는 'つれなき人'의 심정에 대한 분석이 이루어지고 있는 점에서 각기 차이를 보이고 있는 것을 알 수 있다.

이 외에 참고로 『고킨슈』雜体(巻十九)에 수록된 사랑에 관한 노래를 소개한다. 雜体에는 총 68수(1001~1068)의 노래가 수록되어 있는데, 이 가운데 사랑을 테마로 한 노래가 39수(1022~1060) 보인다. 이 중 다음에 열거한 4수 5례에 '~人' 표현이 보이고 있다.

> 1038　나를 사랑한다 말하는 그 사람 마음 구석구석에 숨어서는
> 　　　　그 사람의 진심을 알아 낼 방법이 있었으면 좋을 텐데
> 　　　　思ふてふ人の心のくまごとに立ちかくれつつ見るよしも哉
> 1041　나를 사랑하는 사람을 사랑하지 않은 응보일까

내가 사랑하는 사람이 나를 사랑하지 않는 것은

われを思ふ人を思はぬ報ひにやわが思ふ人の我をおもはぬ

1042　나를 사랑했던 그 사람을 그때 함께 사랑했더라면 좋았을 것을

정말이지 그렇게 하지 않은 업보가 없었다 말할 수 있을까 역시

업보였다

思ひけむ人をぞともに思はまし正しや報ひなかりけりやは

1043　나가려는 그 사람을 붙잡을 방도가 내게는 없는데

하다못해 옆집에서는 사랑하는 사람을 만날 수 있는

전조라고 여겨지는 재채기조차 하지 않는구나.

出でてゆかむ人を止めむよしなきに隣の方に鼻もひぬかな

　상기한 4수에 보이는 타자규정의 5례 중 4례가 '思ふ' 계통이고, 나머지 1례가 '行く' 계통이다. 1038의 '나를 사랑한다고 말하는 그 사람'의 마음이 미덥지 못해 연인의 마음속에 들어가 그 진실을 알아내고 싶다는 이 노래에서, 사랑의 확인을 갈망하는 모습을 볼 수 있다.

　1041의 '나를 사랑하는 사람'과 그와는 다른 '내가 사랑하는 사람'의 불일치에서 오는 안타까움과, 그에 대해 연인을 원망하기보다 자책하는 모습에서 불교의 인과응보 사상이 배어 나온다. 그리고 1042도 '나는 사랑하지 않았지만 나를 사랑했던 그 사람'을 사랑하지 않은 까닭에 자신도 지금 사랑의 아픔을 겪고 있다는 내용의 노래로 되어 있어 4수 모두 엇갈린 감정에 따른 사랑의 슬픔과 아픔을 노래하고 있다. 이와는 달리 1043번 노래는 이별을 고하는 연인을 붙잡

을 길 없는 안타까움의 노래로 이별을 선고한 연인에 대한 미움을 노래하기보다 옆집 사람에 대한 원망을 드러내고 있다. 이처럼 雜体에 보이는 사랑의 노래는 恋歌에 보였던 노래와는 달리 지금 진행 중인 사랑의 노래가 아닌 엇갈린 사랑의 감정을 노래하고 있으며, 사랑이 엇갈리게 된 원인을 상대방 연인이 아닌 자기 자신에게 돌리고 있어 恋歌와는 또 다른 양상을 보이고 있는 것을 알 수 있었다.

4. 나가며

본론에서 검토한 타자, 그중에서 '~人' 표현의 양상을 정리하면 먼저 恋一과 恋二에서는 사랑하는 상대방을 지칭한 15례의 타자 규정 가운데 'つれなき人'(5례)와 '見ぬ人'(3례)가 큰 비중을 차지하고 있다. 결혼 후에도 남자가 여자를 방문해서 결혼생활을 유지하는 형태(妻問婚)를 취했던 시대적 배경 속에서, 서로 만난 적도 없는 사람을 사랑하는 단계에서 당연히 나타나는 호칭이 바로 '見ぬ人'라 사료된다. 동시에 사랑의 감정이 싹 튼 초기단계에서 상대방이 자신의 연정을 알아주지 않고 냉담하게 대하는 경우가 많은데, 이러한 경우에 느낄 수 있는 'つれなき人'가 사랑의 초기 단계에서 가장 많이 사용되고 있다는 사실은 당연한 귀결이라 할 수 있다. 이러한 타자규정과 더불어, 사랑하는 상대방에 대한 작자의 감정으로는 '恋し'(475, 479, 521)·'しのぶ'(486)·'思ふ'(522)·'頼む'(555) 등 비교적 진솔하고 적극적인 사랑의 표현이 눈에 뜨인다.

恋三과 恋四에는 남녀관계를 맺은 후 서로를 그리는 마음의 노래가 주류를 이루는 관계로 '思ひそめてむ人'・'わが思ふ人' 등 미움보다는 사랑의 어휘로서 상대방을 묘사하고 있다. 이 외에도 긍정적인 의미의 타자규정인 '逢ふ人'・'恋しき人' 등이 보이며 恋一과 恋二에서 가장 많이 사용되었던 'つれなき人' 용례는 1례도 보이지 않는다. 그러나 恋一과 恋二에서 보였던 부정적인 이미지의 'つれなき人'라는 타자 인식에도 불구하고 그런 무정한 연인에 대한 애틋한 연정이 묘사되고 있다. 이에 반하여 恋三과 恋四에 있어서는 긍정적인 이미지의 타자 표현과 더불어 그런 연인에 대한 긍정적인 사랑의 호소가 노래 전체에 흐르고 있어 대조적이다.

마지막으로 恋五의 타자 규정에 있어서는 사랑의 초기 단계와 마찬가지로 'つれなき人'라는 직설적이고 부정적인 표현이 가장 많이 나타나고 있어 'つれなき'의 보편성이 지적되는 바이다. 즉, 사랑의 초기 단계에서 마지막 이별을 맞이하는 모든 단계에서 'つれなき人'라는 표현은 자신의 사랑을 알아주지 않고 변심해 가는 연인을 표현하기에 가장 적절한 표현이라 할 수 있다.

한편 사랑하는 사람에 대한 감정으로서는 750의 'わがごとく我をおもはむ人'가 있었으면 좋겠다(もがな)는 희망표현에서 지금 현재의 연인간의 거리가 유추된다. 또한 오지 않을 사람(来ぬ人)을 무작정 기다린다(待たる, 松)는 775번과 777번과 같이, 연인에 대한 일편단심의 사랑과 그리움이 그려지고 있다. 그러나 恋一과 恋二에서 보였던 연인에 대한 끝없는 기다림과 무한한 사랑의 노래보다는 연인을 기다리는 자신의 초라함(我ぞはかなき) 등이 부각된 노래가 현저하게 눈에 띈다. 즉 오지 않는 연인을 하염없이 기다리는 연인에 대한 묘사에 중점을 둔 앞의 恋歌들과는 달리 恋五의 759번과 같이 오지 않을 사람을 기다리는 자신의 초라한 모습을 응시하는 노래로 되어 있어 주목된다. 777번도 '来ぬ人'에 대한 감정보다는 지금 자신의 마음상태(わびしかるらむ)에 초점이 맞추어져 있다는 점에서 恋一과 恋二와는 다른 양상을 띈다고 할 수 있다. 특히 恋五에서 흥미로운 점은 789번과 같이 변심한 연인에 대한 강한 증오와 미움의 감정[6]이 적나라하게 표현되고 있다는 사실이다.

또한 恋一에서 恋四까지는 볼 수 없었던 변심한 연인의 마음에 대한 분석이 객관적이며 이성적인 태도로 읊어지고 있는 788번과 801, 그리고 802번도 특징적이다. 이러한 객관적이고 분석적인 태도의 노래에서는 연인과의 이별 후 어느 정도 시간적인 경과와 그에 따른 작자의 체념상태가 엿보인다. 즉, 사랑의 마지막 단계에 걸맞은 타자규정과 그 연인에 대한 감정의 유출이 잘 드러나 있다고 할 수 있다.

이와 같이 사랑의 각 진행단계에서 드러난 사랑하는 사람에 대한 규정은 가지각색이다. 이 가운데 사랑의 모든 과정에서 두루 등장하는 타자규정으로는 앞서 언급한 바와 같이 'つれなき人'가 두드러진

---

6 이마요今様에는 다음과 같이 변심한 연인에 대한 미움과 저주가 담긴 다음과 같은 노래가 보인다.
'나를 사랑한 것처럼 행동하고는 오지 않는 남자는 사람들에게 미움 받도록 뿔이 3개 달린 귀신이 되어라 발이 시리도록 눈발과 서리가 내리는 추운 논에 사는 새가 되어라 하염없이 흔들리는 연못의 부초가 되어라. 我を頼めて来ぬ男。角三つ生ひたる 鬼となれ さて人に疎まれ 霜雪蔵降る水田の鳥となれ さて足冷たかれ 池の浮草となりねかしと揺りかう揺り揺られ歩け。(『梁塵秘抄』第巻二, 339)'.

다.[7] 사랑의 시작과 시작된 기쁨과 안타까움, 영원히 변하지 않을 것 같은 사랑의 맹세, 뒤이은 상대방의 변심, 이별에 대한 불안, 실연의 슬픔, 체념과 그리움 등, 사랑의 단계마다 보이는 심리 변화의 묘사는 사랑하는 사람에 대한 규정만큼이나 다채롭고, 그 다양함만큼이나 사랑의 고뇌도 다양한 듯하다.

사랑에 관한 한 변하지 않는 것은 없다는 사실은 『청령 일기蜻蛉日記』에서도 확인할 수 있다. 작자는 남편 가네이에兼家가 자신에게 굉장히 다정하게 대하며 결코 자신을 돌보지 않고 버리는 일은 없을 것이라 마음을 담아 맹세하지만 '그 사람 마음이 언제까지나 그 말처럼 그대로일 리가 없다. 人の心はそれに従ふべきかは(『蜻蛉日記』上巻)'며 서글퍼한다. 언제까지나 사랑하고 지켜 주리라 맹세한 사람의 마음은 그대로 머물지 않고 변할 것이라는 인간 마음에 대한 통찰이 돋보인다. 한편 『마쿠라노 소시枕草子(陽明本)』에서도 사랑하는 남녀 사이에 이루어지는 사랑의 언약은 언제고 파기되기에 연인관계를 영원히 유지하기는 어렵다(72段 'ありがたきもの') 고 역설하고 있다. 이렇듯 인간의 마음은 머물러있지 않고 마음과는 달리 그 빛을 잃고 만다. 그럼에도 사람의 수만큼 다양한 사랑과 사랑의 맹세가 노래로 읊어져왔다. 본고에서도 살펴본 바와 같이 사랑의 굳은 맹세를 읊은 노래(687 작자미상), 변심한 연인에 대한 미움과 증오의 노래(789 兵衛), 그리고 떠나가 버린 연인에 대한 체념을 읊은 노래(799 작자미상) 등 서로 다른 표현으로 자신의 사랑을 호소하고 때로는 상대방을 원망하며

---

7 'つれなき人'에 관한 내용은 倉田実(2001.3), 「平安朝恋歌の'…人'表現―その傾向と'つれなき人'をめぐって―」, 『大妻女子大学紀要』第33号 참조.

마지막에는 끝난 사랑을 서러워하며 체념하게 된다. 사랑하는 사람에 대한 호칭으로는 '사랑하기 시작한 사람思そめてむ人(687)'·'내게 냉담한 사람 つらき人(789)'·'나는 사랑하건만 내게서 멀어지는 사람 思ふともかれなむ人(799)' 등의 표현이 보이며 그런 연인을 '잊지 않으리'·'그 사람보다 내가 먼저 죽지는 않으리'·'어찌해야 할까' 등 다양한 감정이 표백된 표현과 호응하고 있다.

　이성을 잃고 격정적인 사랑에 몸을 맡기지만 영원할 것만 같았던 사랑도 결국 시간 앞에 무력해졌다. 이는 『고킨 와카슈』사랑 노래의 대미를 장식한 '사랑하는 사이 어느덧 이모 산과 세 산 사이를 가르며 흐르는 요시노가와 강처럼 우리 사이를 가르며 흐른다, 될 대로 되라 어쩔 수 없는 것이 이 세상 남녀사이인 것이겠지.'라는 노래를 상기시킨다. 영원히 변치 않을 것 같던 연인의 마음도 어느 틈엔가 퇴색되고 연인사이에 이별이라는 강물이 흐르게 된다는 이 노래를 사랑을 테마로 한 부문의 맨 마지막에 배열한 『고킨 와카슈』편자의 편집의식은 노래 배열에 그대로 적용되고 있으며 사랑이 무엇인지를 새삼 되새기게 한다.

이즈미시키부 와카 표현론

제3장

『센자이 와카슈千載和歌集』의 타자표현

『센자이 와카슈千載和歌集』는 주지하는 바와 같이 1183년 고시라
가와인後白河院의 명령으로 6여년의 시간을 들여 1188년 후지와라노
도시나리藤原俊成가 편찬한 제7대 칙찬집勅撰集이다. 시기적으로는
이치조 천황一条天皇부터 당시의 천황인 고토바 천황後鳥羽天皇까지
의 노래를 중심으로 총 20권 1288수가 수록되어 있다. 이 가운데 恋
歌는 恋一부터 시작하여 恋五까지 318수(641~958)[1]를 기록하고 있
다. 恋歌와 함께 칙찬집의 2대 기둥이라 할 수 있는 四季歌는 475수
로 恋歌보다 큰 비중을 차지하고 있다.

그러나 恋歌가 四季歌보다 적어지는 일반적인 경향[2] 속에서 『센

---

1 이하『千載集』恋歌의 본문과 노래번호는 片野達朗·松野陽一校注(1998),『千載和
  歌集』, 岩波書店에 따른다.
2 계절의 추이에 따른 경관을 노래한 四季歌가 恋歌보다 더 많은 수를 차지하게 되기
  시작한 것은『後拾遺集』이후이다.

자이슈』의 恋歌는 상대적으로 증가하고 있으며, 이 점에서 도시나리의 恋歌 중시의 자세를 엿볼 수 있다. 나아가 그는 자신의 노래를 恋一과 恋二, 그리고 恋三의 권말가卷末歌로 싣고 있어 이를 뒷받침하고 있다. 또한 그의 가집인 『쵸슈에이소長秋詠草』(352)에 실린 '사랑하지 않으면 사람은 마음이란 것도 없으리. 세상의 모든 감정들은 사랑함으로써 알게 되니. 恋せずは人は心もなからましもののあはれもこれよりぞ知る'라는 노래를 보더라도 자연을 읊은 노래보다는 인간의 애정을 노래한 恋歌에 대한 그의 애정을 느낄 수 있다.

본 논문에서는 이처럼 편집자인 도시나리가 서정성을 강조하며 주력한 부다테인 恋歌, 특히 타자 규정[3]이 보이는 노래를 중심으로 고찰하고자 한다. 논자는 이미 『고킨 와카슈古今和歌集』와 『고슈이 와카슈後拾遺和歌集』의 타자규정에 관한 연구논문을 발표한 바 있으며,[4] 이러한 연구를 토대로 하여 『고킨 와카슈』와 『고슈이 와카슈』를 계승하면서도 중세中世시대 『신고킨 와카슈新古今和歌集』의 출발점에 위치한 『센자이 와카슈』를 중심으로 恋歌에 보이는 타자 규정의 특질에 관하여 고찰하고자 한다.

---

3 본 논문에서는 연애주체인 자신에 대한 연애대상을 타자라 칭하였다.
4 졸고(2002.6), 「『古今集』恋歌의 〈他者〉」, 『日本学報』第51輯.
　　___(2003.11) 「『後拾遺集』恋歌의 '〜人'考 ─이즈미시키부의 노래를 중심으로─」, 『日語日文学研究』第47輯.

1. 연가恋歌에 있어서의 타자

恋歌는 본래 사랑하는 연인에게 보내는 사랑의 노래이다. 물론 독백의 형식을 취하는 독영가独詠歌도 존재하지만 거의 대부분은 연인을 향한 동경과 사랑하는 마음을 전달하는 데 있다고 해도 과언은 아니다. 때로는 자신의 마음을 알아주지 않는 연인에 대한 원망과 절연을 선언하지만 그 저변에는 연인을 향한 끊임없는 갈구의 마음이 기조를 이룬다. 따라서 恋歌에 상대인 연인을 의미하는 타자규정은 필요하지 않다. 그럼에도 많은 恋歌에 타자 규정이 사용되고 있다. 이런 경우 자신과 연인과의 관계를 규정하는 타자 표현에는 고토바가키詞書에서는 알 수 없는 연인과의 심리적인 거리와 공감대, 그리고 나아가 그 노래의 의도와 방향을 결정하는 중요한 키워드가 표출되는 경우가 있다.

『만요슈万葉集』에 '눈에는 보여도 손으로는 잡을 수 없는 달 속 계수나무 같은 당신을 어찌하면 좋으리. 目には見て手には取らえぬ月の内の楓のごとき妹をいかにせむ'(巻四 632)이라는 노래가 수록되어 있다. 자신이 사랑하는 연인을 '妹'라 규정하고 있는데 이를 수식하는 '目には見て手には取らえぬ月の内の楓のごとき'라는 부분이 노래의 절반 이상을 차지하고 있다. 자신에게 있어 상대방의 존재 의미를 타자 규정을 통해 전달하고 있다. 이처럼 타자 규정에는 작자(詠者)에게 있어 상대방의 존재의미와 사랑의 무게가 반영되어 있다.

이 외에도 『만요슈』에는 君・背子・な(汝)・いまし(汝)・妻・人 등 매우 다채로운 타자 규정이 보인다. 이 가운데 '君'는 주로 여성이 남성을

친밀감과 공경의 마음으로 표현할 때 사용한 호칭이며, '妹'는 남성이 여성에 대한 친애의 호칭으로 가장 많이 사용된 직접적 호칭이다. 이에 반하여 '人'는 남성이 여성을, 혹은 여성이 남성을 지칭할 때 사용되었으며 어떤 특정한 개인을 대상으로 하기보다는 보다 일반화되고 개념화되어 삼인칭적인 성격을 띤 간접적 호칭으로 이해되고 있다.[5]

『만요슈』의 다양한 호칭 가운데 일례에 불과했던 '人'라는 타자규정이 『고킨 와카슈』恋歌에서는 대표적인 호칭으로 자리 잡는다. '人'라는 타자규정의 절반에 가까운 용례수를 보이는 '君'라는 표현도 '人'와 함께 『고킨 와카슈』의 대표적인 호칭[6]으로 자리매김하나, 『만요슈』에서 주로 여성이 남성을 지칭하던 '君'라는 타자규정은 『고킨 와카슈』이후 남녀 구별 없이 사랑하는 연인을 지칭하게 된다. 이러한 경향은 『센자이 와카슈』에도 이어지고 있는데 恋五에 다음과 같은 노래가 수록되어 있다.

恋の歌とてよめる

931 つらしとて恨むるかたぞなかりける憂きをいとふは君ひとりかは

---

5 『만요슈』에 보이는 상대방의 호칭에 관해서는 青木生子『日本古代文芸における恋愛』(弘文堂, 1961年)라는 저서에 약간 언급되어 있을 뿐이다. 한편 모노가타리 문학에 등장하는 인물 규정을 조사, 분석한 고찰로는 神尾暢子의『王朝文学の表現形成』(新典社, 1995年)이 있으나 운문문학에 있어서의 연구는 전무하다. 그런 가운데 최근 倉田実가 헤이안시대의 恋歌에 보이는 '…人'를 개관한 「平安朝恋歌の〈…人〉表現―その傾向と〈つれなき人〉をめぐって」(『大妻女子大学紀要』第33号, 2001年3月)라는 논고가 있을 뿐이다.

6 『고킨슈』恋歌에 보이는 타자규정에 관해서는 주 4 참조.

(祐盛法師)

932 思ひ知る心のなきをなげくかな憂き身ゆへこそ人もつらけれ

(藤原隆親)

위에 인용한 두 노래는 '憂き身'라는 자기인식과, 연인의 냉담함을 의미하는 'つらし'라는 공통분모를 지니고 있다. 또한 의미에 있어서도 연인이 자신에게 냉담한 것은 모두 자신 때문이라는 자책감을 읊은 동일한 취지의 내용으로 되어 있다. 다만 각각의 노래에 사용된 타자규정만이 '人'와 '君'로서 차이를 보일 뿐이다. 이와 비슷한 경우의 노래가 다음에도 보이고 있다.

923 恋ひ死なばうかれん魂よしばしだに我が思ふ人の褄にとどまれ

(藤原隆房)

924 君恋ふとうきぬる魂のさ夜ふけていかなる褄にむすばれぬらん

(小侍従)

923은 연인을 애타게 그리다 사랑의 괴로움으로 죽은 뒤 몸에서 빠져나와 떠돌 영혼이나마 사랑하는 사람의 품에 잠시만이라도 머물기를 바라는 처절한 내용의 노래이다. 생명이 끊어지더라도 연인을 향한 사랑은 멈추지 않는다는 집착에 가까운 사랑을 보여주고 있다. 924는 표면적으로는 연인을 그리워하며 자신의 몸에서 빠져나가 떠도는 영혼이 늦은 밤 그의 옷섶에 머무는 것조차 불가능하여 얼굴도 모르는 사람의 옷섶에 깃든다는 애절한 내용이다. 그러나 이

같은 표면적인 의미와는 달리 그 이면에는 사랑하는 사람의 옷섶에서 자신의 영혼이 진정되기를 바라는 내용으로 해석된다. 유리혼 遊離魂을 읊은 두 노래는 유사한 단어들이 사용되고 있으며 내용에 있어서도 흡사한데 다만 타자규정에서 차이를 보이고 있다.

이와 같이 내용에 있어 거의 동일한 취지의 두 노래가 칙찬집에 나란히 배열되어 있다는 것은 두 노래가 내포하는 의미가 미묘하게 상이하기 때문인 것으로 해석할 수 있다. 이에 대하여 논자는 그 해답을 타자규정에서 도출해 내고자 한다. 이를 위한 방법으로서 다음 장에서는 연인규정이 보이는 각 노래의 의미를 면밀히 살펴봄으로써 사랑하는 연인을 일컫는 '人'와 '君'가 恋歌의 어느 단계에서 어떤 어휘와 조합하여 어떠한 감정의 기복을 담고 있는지 분석하고자 한다.

2. '人히토'로 표현된 타자

'人'라는 호칭은 단독으로 사용되는 경우와 '人' 앞에 수식어를 동반하는 형태가 보이는데 본 논문에서는 후자만을 고찰대상으로 한다. 작자 자신이 사랑하는 대상을 어떻게 묘사하고 있는가를 살펴보기 위해서는 앞에 수식어를 동반한 '人'의 경우가 더 유효하기 때문이다.『센자이슈』에는 도합 22례[7]가 사용되고 있는데 '人'와 그를 수

---

7 원래 '~人' 표현은 29례이지만 이 가운데 642(まだ知らぬ人)·650(おほかたの恋する人)·761(知る人)·768(さもあらぬ人)·801(よそにしてもどきし人)·916(忘れぬ人)·953(恋しき

식하는 부분을 밑줄로 표시하였다. 그럼 먼저 恋一의 용례를 살펴보기로 한다.

題知らず　　　　　　　藤原実能
647 ひとめ見し人はたれとも白雲のうはの空なる恋もするかな

恋一은 사랑의 시작인 '初恋'와, 사랑에 빠졌으나 상대방에게 고백하지 못하고 가슴 속에 간직한 채 괴로워하는 '忍恋'를 읊은 노래로 구성되어 있다. 사랑의 지극히 초기 단계의 노래가 배열된 이 가군에 처음으로 보이는 타자규정이 'ひとめ見し人'이다. 한 번 언뜻 본 그 사람을 흰 구름이 허공에 떠 있는 것처럼 안절부절 들뜬 사랑을 하고 있다는 내용으로 연애대상을 사랑하게 된 상황이 타자규정에 나타나 있다. 사랑의 초기단계임을 시사하는 타자규정이라 할 수 있다.

다음은 자신의 연정을 알아주지 않는 연인을 'つれなき人'로 묘사하고 있는 2수의 노래를 인용하기로 한다.

百首歌たてまつりける時、恋歌とてよめる　堀川
653 荒磯の岩にくだくる浪なれやつれなき人にかくる心は
　　　恋百首歌よみ侍ける時、霞に寄する恋といへる心をよめる　賀茂重保

人)의 7례는 본 논문에서 고찰하고자 하는 타자, 즉 연인과는 상관없는 일반인(642의 경우는 미지의 대상)을 지칭함으로 용례수와 고찰 대상에서 제외시켰다. 각 가군별 용례 수는 恋一(5례)·恋二(7례)·恋三(1례)·恋四(2례)·恋五(7례) 등이다.

669　つれもなき人の心や逢坂の関路隔つる霞なるらん

두 노래 모두 사랑에 관한 정수가定数歌이다. 653은 자신의 사랑에 전혀 반응을 보이지 않는 무정한 사람을 사랑하는 자신의 마음을 거친 바닷가 바위에 부서지는 파도에 비유하고 있다. 669도 자신에게 매정한 상대방을 'つれもなき人'로 규정한 노래로 자신이 아닌 연인의 마음을 응시, 분석하고 있다. 결국은 만날 수 없는 괴로움의 표백과 함께 무정한 연인의 마음과 그런 연인을 사랑하는 자신의 심경을 이성적인 시각에서 객관적으로 인식하려는 자세가 엿보인다. 다음의 두 노래도 자신의 생각대로 되지 않는 애달픈 사랑을 읊고 있다.

> うるまの島の人のここに放たれきて、ここの人の物いふをき
> きも知らでなむあるといふころ、返事せぬにつかはしける
> 　　　　　　　　　　　　　　　　　　　　　　　藤原公任
> 657　おぼつかなうるまの島の人なれやわが言の葉を知らぬがほなる
> 　　題知らず　　　　　　　　　　　　　　　　　　　작자미상
> 668　いかにせむ御垣が原に摘む芹のねにのみ泣けど知る人もなき

657은 자신의 심경을 표현해도 아무런 반응을 보이지 않는 연인을 언어가 통하지 않는 외국사람, 즉 신라의 영토인 울릉도 사람(うるまの島の人)에 비유하고 있다. '忍恋'의 단계에서 나아가 상대방에게 자신의 마음을 전달하나 전혀 반응을 보이지 않는 상대방과의 소통의

단절에서 오는 애통함이 당시의 사회적 사건과 관련지은 객관적인 타자규정 속에 잘 드러나 있다.

668에서는 자신의 연정을 알아주는 사람을 의미하는 '知る人'라는 타자규정과 그런 연인의 부재를 의미하는 'なし'가 사용되고 있어 역시 사랑의 초기 단계에서 보이는 힘겨운 사랑의 아픔이 그려지고 있다. 노래는 미가키御垣가 들판의 미나리에 얽힌 슬픈 이야기[8]처럼 아무리 연모해도 그 사랑은 통하지 않고 다만 소리 내어 울 수밖에 도리가 없지만 아무리 울어도 자신의 마음을 알아주는 이가 없음을 한탄하는 내용이다. 자신의 연정을 알아주지 않는 연인을 의미하는 '知る人'라는 타자규정은 일반인이라기보다는 사랑하는 특정한 연인에게 하소연하는 노래로 이해할 수 있다.

이상에서 살펴본 바와 같이 恋一에서는 사랑의 초기단계임을 보여주는 'ひとめ見し人'라는 표현을 선두로 하여 자신의 마음을 알아주지 않는 연인을 의미하는 'つれなき人'라는 규정이 2례, 아무런 반응을 보이지 않는 점에서 언어가 다른 외국인에 비유한 'うるまの島の人', 그리고 자신의 연정을 알아주는 사람의 부재를 의미하는 '知る人—なし'라는 표현이 사용되고 있다. 또 한 가지 여기서 주목할 만한 대목은 타자규정과 함께 사용된 '心'라는 어휘이다. 647과 653은 각각 'ひとめ見し人'와 'つれなき人'를 향한 자신의 마음을 응시하는 시

---

8 『도시노리 즈이노俊頼髄脳』에 실려 있는 '芹摘み説話'를 배경으로 하고 있다. 궁중에서 미나리를 먹는 황후를 엿보고 사랑에 빠진 정원 청소를 맡은 관리가 그 후 줄곧 미나리를 따다 황후가 있는 발(휘장) 아래 두어 연정을 전하려 했으나 뜻대로 되지 않은 채 죽었다는 이야기(新編日本古典文学全集87 『歌論集』 小学館, pp.147~149).

각에서, 669는 상대방인 'つれなき人'의 마음을 응시하는 노래로 되어 있다. 결국 恋一에 보이는 노래에는 객관적인 타자규정과 더불어 사랑의 단계에서 객관성을 유지할 수 있는 여유가 감지된다.

恋二에는 여전히 자신의 의사와는 달리 아무리 기원해도 성취되지 않는 사랑과 날로 커져만 가는 그리움과 결실 맺지 않는 사랑에 대한 탄식과 눈물을 주제로 한 노래들이 배열되어 있다.

題知らず　　　　　　　　　　　　　　　大弐

706 恋ひそめし人はかくこそつれなけれ我なみだしも色変るらん

権中納言俊忠家に恋の十首歌よみ侍りける時、祈れども

逢はざる恋といへる心をよめる　　　　　源俊頼

708 憂かりける人を初瀬の山おろしよはげしかれとは祈らぬものを

恋一의 주된 테마이기도 한 '初恋'를 노래한 706에는 상대방의 변함없는 냉담함과, 그 슬픔으로 인해 핏빛으로 변한 자신의 눈물을 읊고 있다. '恋ひそめし人'라는 긍정적인 타자규정과 그에 대한 평어로서의 'つれなし'라는 부정적인 감정이 교차하고 있다.

708은 『百人一首』에도 실려 있어 널리 알려진 노래이다. 자신에게 매정한 연인을 '憂かりける人'로 규정하고, 그런 연인의 냉담한 태도를 하쓰세初瀬 산에 부는 바람에 비유한 매우 분석적이고 이성적인 노래이다.

다음은 'つれなき人'로 표현된 타자규정의 노래로 5수의 용례를 보인다. 그러나 주지하는 바와 같이 자신에 대한 상대방의 박정한 처사를 의미하는 'つれなし'와 자기 자신의 내면에 내재되어 있는 괴로움을 의미하는 '憂し'는 헤이안 시대에 구분되어 사용되었으나 점점 그 구분이 없어져 거의 동일한 의미로 사용된다. 이를 반영한다면 전술한 708을 포함하여 무려 6수에서 'つれなき人'라는 표현이 사용되고 있다. 이를 통하여 사랑이 진행됨에 따라 자신의 무시된 사랑에 대한 불만이나 원망의 심경을 동반하는 타자규정이 증가 추세를 보이고 있음을 알 수 있다. 또한 타자규정이 보이는 전체 22수의 恋歌 중 'つれなき人'로 규정한 노래가 9수[9]나 보이고 있어 역시 가장 일반적인 호칭과 수식어라는 것을 확인할 수 있다.

| | 女につかはしける | | 藤原実能 |

712 いかで我つれなき人に身を替えて恋しきほどを思ひ知らせむ

題知らず　　　　　　　　　　　俊恵法師

722 恋ひ死なむ命をたれに譲りをきてつれなき人のはてを見せまし

題知らず　　　　　　　　　　　平忠盛

732 ひとかたになびく藻塩の煙かなつれなき人のかからましかば

題知らず　　　　　　　　　　　賀茂政平

758 逢ふ事のかく難ければつれなき人の心や岩木なるらむ

晩風催恋といへる心をよめる　　藤原顕家

772 よとともにつれなき人を恋草の露こぼれます秋の夕風

9　恋一의 2수(653, 669)와 恋二의 6수(708, 712, 722, 732, 758, 772), 그리고 후술하는 恋三의 1수(782).

712는 야속한 연인을 'つれなき人'로 규정한 후 다음 세상에서는 자신이 'つれなき人'로 환생하여 상대방으로 하여금 사랑의 괴로움을 맛보게 하고 싶다고 노래한다. 이 노래에 사용된 'つれなき人'는 현세에서의 타자규정이면서 동시에 내세에서의 자기규정이기도 하다. 이는『슈이 와카슈拾遺和歌集』의 '사랑하는 마음이 얼마나 힘겨운 일인지를 알려줄 수 있게 그 사람 몸을 잠시나마 내 몸으로 바꾸면 좋으련만. 恋するは苦しき物と知らすべく人を我が身にしばしなさばや (恋二 작자미상)'을 의식한 노래인데 반해 712는 이 보다 한층 더 깊은 애증의 마음을 보여 주고 있다.

722에는 'つれなき人'라는 타자규정과 함께 '恋ひ死ぬ'라는 테마가 사용되고 있다. 상대방의 냉담함과 날로 커져만 가는 그리움으로 상대방을 애타게 그리다 죽은 후에라도 누군가로 하여금 냉담한 연인의 말로를 지켜보게 하고 싶다는 원망과 증오의 감정이 드러나 있다. 한편 이 노래는『고슈이 와카슈』의 '사랑하다 죽어질 내 목숨은 대수롭지 않고 다만 내게 무정한 그 사람의 말로가 궁금할 뿐. 恋ひ死なむいのちはことの数ならでつれなき人のはてぞゆかしき (恋一 永成法師)'을 전제로 한 노래이다. 자신에게 냉담했던 응보로 그 사람의 말로가 결코 행복하지는 않으리라는 증오의 감정에 가까운 심경을 읊고 있어 자신의 사랑이 받아들여지지 않았을 경우의 심리가 과격하고 노골적으로 묘사되고 있다.

그러나 이와는 대조적으로『고킨 와카슈』에 수록된 '恋ひ死ぬ'를 주제로 한 노래에는 사랑의 초기 단계에서 목숨이 다할지언정 자신의 순수한 사랑을 가슴 속에 간직하겠다는 각오와 맹세를 표명한 내

용이 다수 보인다.[10] 자신을 괴롭힌 상대방의 앞으로의 응보의 결과를 누군가에게 지켜보게 하고 싶다는 722번과 앞서 인용한 『고슈이 와카슈』의 요조 법사의 노래와는 대조적이다.

자신의 연정을 외면한 'つれなき人'라는 타자규정은 732·758·772번 노래에도 이어진다. 제염을 위해 해초를 태울 때 타오르는 연기처럼 무정한 연인의 마음도 오직 자신만을 향하기를 바라는 732번, 이런 절실한 바람과는 정반대인 연인의 마음을 목석에 비유한 758번, 그리고 연인의 냉담함에도 불구하고 그런 연인을 한결같은 마음으로 밤마다 그리워하며 가을바람이 풀잎에 맺힌 이슬을 떨어뜨리듯이 흘러내리는 사랑의 눈물도 점점 늘어만 간다는 772번. 이들 노래에는 자기 뜻대로 되지 않는 사랑의 고통과 'つれなき人'를 향한 원망이 경물과 함께 읊어지고 있다.

전술한 恋一에서는 'つれなき人'라는 타자규정과 함께 자타의 심리상태를 분석하는 내용으로 되어 있어 이성적인 면이 인정된다. 이러한 경향을 이어가며 恋二에서는 'つれなき人'를 향한 울분과 원망이 두드러지고 있어 사랑이 진행됨에 따라 연인에 대한 사랑의 질량만큼이나 미움도 함께 증폭되어 간다는 사실을 확인할 수 있다.

恋三에는 거부된 자신의 사랑에 대한 고통과 그럼에도 여전히 사랑의 성취를 열망하는 노래, 그리고 힘들게 성취한 사랑 뒤에 오는

---

10 예를 들면 '吉野河岩きりとほし行く水の音には立てじ恋ひは死ぬとも'(492)와, '山高み下行く水の下にのみ流れて恋ひむ恋ひは死ぬとも'(494) 등이다. 이들 노래에는 설령 사랑의 괴로움으로 죽는 한이 있더라도(恋ひ死ぬとも), 언제까지나 마음속으로만 그 사람을 사랑하리라는 각오와 맹세를 읊고 있다.

또 다른 그리움을 읊은 '처음으로 연인과 사랑을 나눈 뒤 더욱더 사무치는 그리운 사랑 初逢恋'을 다룬 노래들이 수록되어 있다. 이와 함께 힘겹게 달성한 사랑도 잠시, 다시금 무너져가는 사랑의 조짐이 보이기 시작하고 만남조차 어려워지는 힘겨운 상황의 노래로 이어진다. 이 가군에는 1례의 '人' 표현이 보일 뿐이다.

題知らず
藤原長能

782　<u>つれもなくなりぬる人</u>のたまづさを憂き思ひ出での形見ともせじ

이 노래에는 더 이상 자신을 사랑하지 않는 연인을 'つれもなくなりぬる人'로 표현하고 있어 恋一과 恋二에서 보였던 가장 일반적인 타자규정인 'つれなき人'라는 표현에 변화가 보인다. 즉 恋一과 恋二에서는 상대방의 냉담함을 의미하는 형용사의 형태를 취한 타자규정과 자신과 타자의 마음을 탐색, 분석하는 태도를 보이고 있다.[11] 그에 반하여 상기한 782는 상대방의 무정함을 의미하는 'つれなし'와 함께 관계의 종료를 의미하는 동사와 조동사를 사용한 타자규정이 이루어지고 있으며 시간의 경과와 더불어 더 이상 어찌할 수 없는 관계를 나타내고 있다. 또한 그를 향한 감정의 기복으로서 결별에 대한

11　예를 들면 712와 722는 각각 '思ひ知らせむ'과 '見せまし'에서 알 수 있듯이 자신의 고통의 깊이를 전하고 있다. 732는 'ひとかたになびく藻塩の煙'와 같이 연인이 자신만을 사랑해 줄 것을 갈구('かからましかば')하고 있다. 그러나 이 같은 노래에는 희망과 가정을 의미하는 어구가 사용되고 있어 연인과의 관계가 순조롭지 않다는 사실을 암시하고 있다. 이어지는 758과 772에도 'つれなき人'를 향한 끊임없는 탐색과 분석이 이루어지고 있다. 또한 恋一에 보이는 653과 669의 노래에서도 자신과 'つれなき人'의 마음을 응시하는 내용으로 되어 있다.

작자의 강한 의지가 표명되고 있어 대조적이다.

이어지는 恋四에는 시간적 경과에 따라 연인과의 관계가 더욱 더 소원해져 가는 상황을 읊은 노래와 그럼에도 다시금 만남을 갈구하는 애절한 노래들이 배열되어 있는데 이 가군에는 두 수에서 '人' 표현이 보인다.

> 同家に十首の恋の歌よみ侍ける時、来不留恋といへる心を
> をよみ侍りける　　　　　　　　　　　　　　　源師時
> 852　立ち帰る人をも何か恨みまし恋しさをだにとどめざりせば
>
> 題知らず　　　　　　　　　　　　　　　　　　空人法師
> 877　秋風の憂き人よりもつらきかな恋せよとては吹かざらめども

852는 여인의 입장에서 부른 정수가로 잠시 와서는 머물지도 않고 가버리는 연인(立ち帰る人)에 대한 그리움과 그와는 상반되는 현재의 절망적인 상황을 가상 속에서 실현되기를 갈망하는 '~せば~まし'의 표현을 구사하여 객관적인 태도에서 기교적으로 읊고 있다. 877은『고킨 와카슈』의 '가을 바람에 추위가 뼈에 사무치니 무정한 그 사람이라도 오길 바래본다 저물어가는 매일 밤마다. 秋風の身に寒ければつれもなき人をぞ頼む暮るる夜ごとに(恋二, 소세 법사)'를 염두에 둔 노래이다. 서늘한 가을바람이 불어오면 연인이 그리워지게 되고 새삼 무정했던 연인을 떠올리게 된다. 그런 까닭에 매정한 연인보다 가을바람이 더욱 더 배려가 없다는 굴절된 감정을 읊은 노래가 852이다. 마지막으로 恋五에는 파국을 맞이한 사랑을 읊은 노래들이 수록되어 있으

며 이 가군에는 앞서 언급한 923을 포함한 7수에서 타자규정이 사용
되고 있다.

題知らず　　　　　　　　　　　　　　和泉式部

907 有明の月見すさびにをきていにし人の名残をながめしものを[12]

百首歌たてまつりける時、恋の歌とてよめる　　待賢門院堀川

918 憂き人を忍ぶべしとは思ひきや我心さへなど変るらむ

題知らず　　　　　　　　　　　　　　円位法師

928 もの思へどもかからぬ人もあるものをあはれなりける身の契りかな

恋の歌とてよめる　　　　　　　　　源有房

933 思ふをも忘るる人はさもあらばあれ憂きをしのばぬ心ともがな

百首歌めしける時、恋歌とてよませたまうける　　藤原顕輔

939 年ふれどあはれに絶えぬ涙かな恋しき人のかからましかば

暮恋故人といへる心を　　　　　　　　　覚性

954 なき人を思ひ出でたる夕暮は恨みしことぞくやしかりける

907은 사랑하는 연인과의 짧은 만남 뒤 자신을 남겨둔 채 일찍감
치 귀가를 서두르는 무심한 연인을 'をきていにし人'로 규정하고 있다.
당해 노래에 사용된 '人'와 그에 대한 작자의 심경(가버린 연인에 대한 아

---

12 이 노래는 『正集』167번과 『続集』1464번에 중복 수록되어 있다. 초구가 각각 '暁の'
   와 '有明の'로 차이를 보이고 있다. 그러나 『고킨 와카슈』의 '새벽달이 새침하게 떠
   있던 새벽녘 그 사람이 쌀쌀맞게 내게서 떠나간 뒤부터 새벽만큼 괴로운 것은 없
   어라. 有明のつれなく見えし別れより暁ばかり憂きものはなし(恋三 625, 壬生忠岑)'라는 노래에서도 알
   수 있듯이 동일한 시간대로 해석되어 노래 전체에 미치는 영향은 없다.

쉬움과 만남 후의 여운 등)이 담담한 어조로 묘사되고 있다. 954는 이제는 저 세상 사람이 되어버린 연인(なき人)을 떠올리는 저녁 무렵이면, 생전에 냉담했던 처사를 원망한 자신이 후회스럽다는 자성의 노래로 되어 있다. 객관적이고 이성적인 자세와 달관에 가까운 담담한 어조가 907과 유사하다.

다음으로 918, 928, 933에는 부정적인 이미지의 어휘를 동반한 '人'[13]가 사용되고 있다. 노래는 그런 연인을 향한 자신의 일편단심에 대한 회의와 자신의 슬픈 숙명에 대한 탄식이 묘사되고 있어 역시 분석적이고 객관적인 작자의 태도가 엿보인다.

마지막으로 939에는 '人'가 사용된 노래에서는 보기 드물게 긍정적인 심경을 의미하는 '恋し'라는 가어가 함께 사용되었다. 그러나 '年ふれど絶えぬ涙'라는 긴 세월에 걸친 사랑의 고통이 표현되고 있어 전체적인 취지는 연인을 향한 원망과 탄식에 초점이 맞춰져 있다. 결과적으로 '人'라는 타자규정은 그것이 긍정적인 표현을 동반하거나 부정적인 이미지의 표현을 동반하는가에 관계없이 노래 전체에 사랑의 감정보다는 연인을 향한 원망과 증오의 감정이 주조를 이루고 있음을 지적할 수 있다. 이것은 대상을 논리적이고 객관적으로 파악한 결과로서의 자연스런 감정의 발로라 사료된다.

---

13 자신이 사랑하는 만큼 자기를 사랑하지 않는 야속한 사람을 '憂き人'(918)와 'かからぬ人＝もの思はぬ人'(928)로, 그리고 여전히 자신은 사랑하고 있음에도 자신의 존재를 잊고만 사람을 '忘るる人'(933)로 규정하고 있다.

3. '君기미'로 표현된 타자

도합 25례의 용례를 보이는 '君'[14]는 앞에 수식어를 동반하기보다는 '君' 뒤에 술어를 동반하는 경우가 일반적이다.[15] 먼저 恋一에는 '君'라는 타자규정의 노래가 5수 보이는데, '君'가 어떠한 어구를 동반하는지를 글자색과 기울임으로 표시하여 인용한다.

百首歌たてまつりける時、恋歌とてよめる　　　　藤原公任

650　おほかたの恋する人に聞きなれて世のつねのとや*君*思ふらん

題知らず　　　　　　　　　　　　　　　藤原伊通

674　またもなくただひと筋に*君を思ふ*恋路にまどふ我やなになる

題知らず　　　　　　　　　　　　　　　藤原伊房

675　*君恋ふる身*はおほぞらにあらねども月日をおほく過しつるかな

題知らず　　　　　　　　　　　　　　　祝部成仲

690　*君恋ふる涙*しぐれど降りぬれば信夫の山も色づきにけり

恋歌とてよみ侍りける　　　　　　　　　　　実快

699　よそ人に問はれぬるかな君*にこそ見せばや*と思ふ袖の雫を

650[16]은 가슴 속에 간직한 자신의 사랑이 특별함을 강조하고 있다.

14　가군별 내역은 恋一(5례)·恋二(1례)·恋三(5례)·恋四(7례)·恋五(7례) 등이다.

15　'君' 앞에 수식어를 동반하는 경우는 794·853·958의 3수이다.

16　『이즈미시키부 일기』에서 소치노미야가 이즈미시키부에게 보낸 '사랑한다는 나의 고백을 흔한 사랑이라고 생각 마시오, 그대 향한 그리움 한없네. 恋といへば世の常のとや思ふらん今朝の心はたぐひだになし'를 염두에 둔 노래이다. 이에 대한 이즈미시키부의

674는 초구에서 4구까지가 자기 자신을 수식하는 형태를 보인다. 즉 자기 자신을 더할 나위 없이 오로지 그 사람만을 사모하며 사랑의 미로를 헤매는 사람이라 규정하고 있다. 3구에 위치한 '君'라는 타자는 결국 자기규정의 일부분을 이루는 형상이 된 셈이다. 이 노래는 650과 함께 연애주체의 자기인식을 읊고 있다. 675와 690의 경우도 타자규정으로 사용된 '君'가 자기규정으로 이어진 용례이다. 용례의 대부분이 연애대상에 대한 이성적인 대상인식보다는 자기인식에 초점이 맞춰지고 있는데 이러한 경향은 699에도 이어지고 있다. 'よそ人'와 '君'를 사용한 699는 박정한 연인에 대한 원망과 안타까움을 읊고 있으나 노래의 전체적인 취지는 자기 자신의 애절한 연정에 중점이 놓여있다는 점은 주목할 만하다.

다음은 恋二에 사용된 1례의 '君'가 사용된 노래이다.

百首歌中に、恋の心を　　　　　　　　　式子内親王
745　袖の色は人の問ふまでなりもせよ深き思ひを君し頼まば

전술한 바와 같이 이 가군에는 연모의 정은 날로 더해만 가나 아직 만남조차 가지지 못한 단계의 노래들이 배열되어 있다. 상대방을 그리며 흘리는 피눈물로 자신의 사랑이 세상에 알려진다 해도 그가 자신의 진실을 알아만 준다면 상관없다는 대담한 내용의 노래이다. 무정한 연인을 '君'로 표현한 이 노래에는 이목도 두려워하지 않는

답가는 '그렇고 그런 사랑이라 여기지 않네, 오늘의 혼란스런 내 심경 견디기 힘겨워라世の常のことともさらに思はえず初めて物を思ふあしたは'이다.

작자의 열정적인 사랑의 감정이 그대로 표출되고 있다.

다음은 사랑의 성취를 전후로 한 심정을 읊은 노래로 구성된 恋三
에 수록된 노래로 5수에서 '君'라는 타자규정이 사용되고 있다.

> 堀河院の御時、艶書の歌を上の男どもによませさせ給
> ふとて、歌よむ女房のもとどもにつかはしけるを、大納言
> 公実は康資王の母につかはしけるを、又周防内侍にも
> つかはしけりと聞きて、妬みたる歌ををくりければつかは
> しける　　　　　　　　　　　　　　　　　　藤原公実
>
> 792　満つ潮にすゑ葉を洗ふ流れ蘆の*君をぞ思ふ*浮きみ沈みみ
>
> 　　法性寺入道内大臣に侍りける時の歌合に、尋ね失ふ恋と
> 　　いへる心をよめる　　　　　　　　　　　藤原時昌
>
> 794　なほざりに三輪の杉とは教へをきて尋ぬる時は*逢はぬ君*かな
>
> 　　初会恋の心をよめる　　　　　　　　　　藤原隆信
>
> 809　君やたれありしつらさはたれなれば恨みけるさへ今はくやしき
>
> 　　題知らず　　　　　　　　　　　　　　　源師光
>
> 829　くりかへしくやしきものは*君にしも思ひよりけむ*賤のをだまき
>
> 　　題知らず　　　　　　　　　　　　　　　藤原隆親
>
> 830　いとはるる身を憂しとてや心さへ我を離れて*君に添ふらん*

792는 남녀 간에 애정을 담아 써서 보낸 편지, 지금으로 말하면 러
브레터인 염서(艶書) 겨루기를 배경으로 하고 있어 다분히 유희적
인 노래이다. 여성의 질투심에 대한 증답가로 한결같은 자신의 사랑

을 주장하고 있다.

794는 고토바가키의 '尋ね失ふ恋'에서 알 수 있듯이 한 번은 만남이 이루어졌으나 결국 관계를 맺지 못하고 끝나버린 아쉬움에 대한 탄식이 묘사되고 있다. 그러나 '逢はぬ君'를 향한 작자의 감정은 묘사되고 있지 않은데 이에 대해서는 의견을 잠시 유보하기로 한다.

809는 사랑의 성취와 기쁨을 읊은 흔하지 않은 사랑의 노래이다. 냉담했던 연인이 이토록이나 사랑스러운 지금은 예전에 미움과 원망의 감정을 품었던 일조차 후회스럽다는 내용이다. '君'라는 타자규정과 함께 부정적인 의미의 'つらき', '恨む', 'くやし' 등의 어휘가 사용되었으나 결과적으로 노래 전체에 사랑의 기쁨이 주조를 이루고 있어 '君'라는 호칭이 사용된 노래의 일관된 특징을 엿볼 수 있다.

829와 830은 '君'를 향한 한결같은 사랑을 읊고 있다. 829는 신분이 다른 연인을 사랑한 자신에 대한 자책과 함께 여전히 그를 사랑하는 마음이 표백되어 있다. 830은 '身'와 '心'의 분리를 의미하는 유리혼의 내용으로 '我ー離る'와 '君ー添ふ'라는 대칭적인 어휘가 사용된 현란한 연가이다. 이처럼 恋三에 보이는 '君'로 대변되는 연인에 대한 감정표현으로 '思ふ', '思ひよる', '添ふ' 등 일반적으로 긍정적인 감정이 읊어지고 있다는 사실을 확인할 수 있다. 또한 부정적인 이미지의 어휘가 사용된 경우에도 전체적으로 볼 때 사랑의 감정이 주조를 이루고 있음을 알 수 있다.

다음으로 恋四에는 7수에서 '君'라는 타자규정이 사용되고 있다.

　　　　同家に十首の恋の歌よみ侍ける時、来不留恋といへる心を

　　　　よみ侍りける　　　　　　　　　　　　　　　　　藤原道経

853　鶉鳴く賎屋にをふる玉小菅かりにのみ来て帰る君かな

　　　　百首歌よみける時、恋の歌とてよめる　　　　顕昭法師

861　人伝てはさしもやはとも思ふらむ見せばや君になれる姿を

　　　　忍びて物いひ侍りける女の、常に心ざしなしと怨じければ

　　　　つかはしける　　　　　　　　　　　　　　　藤原季行

865　君にのみ下の思ひは川島の水の心は浅からなくに

　　　　題知らず　　　　　　　　　　　　　　　　　藤原季通

867　歎きあまり憂き身ぞ今はなつかしき君ゆへものを思ふと思へば

　　　　睦月の一日ごろ、忍びたるところにつかはしける　二条天皇

869　たれもよもまだ聞きそめじうぐひすの君にのみこそをとし始むれ

　　　　忍びて物申しける女の、消息をだに通はし難く侍りけるを、

　　　　唐の枕の下に獅子つくりたるが口のうちに深く隠してつかは

　　　　しける　　　　　　　　　　　　　　　　　　藤原実家

900　わびつつはなれだに君に床なれよかはさぬ夜半の枕なりとも

　　　　題知らず　　　　　　　　　　　　　　　　　源通親

903　死ぬとても心を分くるものならば君に残して猶や恋ひまし

　사랑의 종말을 향해가는 이 단계에 사용된 '君'의 노래에서 여전히 상대방을 향한 동경과 변함없는 사랑의 감정이 분출되고 있음을 알 수 있다. 853은 여인의 입장에서 부른 정수가로 어렵게 맞이한 재회의 시간이건만 회포도 풀기 전에 가버린 연인을 읊고 있다. 이런

타자를 향한 작자의 직접적인 심경을 나타내는 표현은 보이지 않고
있다.

861은 사랑의 파국을 예감하면서 그로 인해 초췌해진 자신을 상
대방에게 보임으로써 자신의 사랑의 깊이를 전하고 싶다는 간절한
소망을 읊고 있다. 865와 869도 견줄 바 없는 자신의 사랑의 깊이를
호소하고 있다. 나아가 903은 설령 죽은 후에라도 육체와 마음을 분
리할 수 있다면, 그 마음으로 하여금 변함없이 상대방을 사랑하고
싶다는 내용으로 앞서 '恋ひ死ぬ'를 동반한 '人'의 노래가 보인 증오
의 감정과는 사뭇 대조적이다.

867은 완전한 결별로 인한 현재의 슬픔을 주체하지 못해 괴로워
하며, 그나마 상대방과의 미비한 교류 속에 그 사람을 그리며 괴로
워했던 예전의 자신이 그리워진다는 내용으로, 사랑하는 대상인
'君'에 대한 미련과 집착을 보이고 있다. 900은 고토바가키에서 알
수 있듯이 어떠한 수단을 동원해서라도 만나고 싶다는 집착을 노래
하고 있다.

마지막으로 恋五에 배열된 노래는 내용에 있어 '歎き'와 '恨み', 그
리고 '思慕の涙'라는 단어로 축약되며 앞서 언급한 924와 931을 포
함한 7수에서 '君'라는 호칭이 사용되고 있다.

> 左大将朝光誓言文を書きて、代りをこせよと責め侍りけれ
>
> ばつかはしける　　　　　　　　　　　　　　馬内侍
>
> 909　ちはやぶる賀茂の社の神も聞け君忘れずは我も忘れじ
>
> 題知らず　　　　　　　　　　　　　　　　　　讃岐

925 <u>君恋</u>ふる心の闇をわびつつはこの世ばかりと思はましかば

　　　題知らず　　　　　　　　　　　　　　　　　俊恵法師

927 <u>君</u>やあらぬ我身やあらぬおぼつかな頼めし事のみな変りぬる

　　　十首歌人のよませ侍りける時よめる　　　　藤原教長

953 よしさらば<u>君</u>**に心はつくしてん**またも恋しき人もこそあれ

　　　題知らず　　　　　　　　　　　　　　　　　和泉式部

958 恨むべき心ばかりはあるものをなきになしても*問はぬ君*かな

　909는 남자의 진심 여하에 따라 사랑의 지속 여부가 결정된다는 여인의 비애가 서려 있다. 그러나 타자표현으로서 '人'가 아닌 '君'라는 호칭을 사용하여 상대방을 향한 자신의 사랑을 강조하고 있다.

　925는 상대방을 분별없이 사랑하는 자신의 번뇌와 집착이 현세에서는 물론 내세에서도 계속될 것이라 예감하는 내용으로 되어 있다. 이 노래에서는 상대방을 사랑하는 '君恋ふ'라는 부분이 결국은 자기규정으로 이어지고 있으며 '心の闇', 'わぶ'와 같은 부정적인 어휘가 사용되고 있음에도 결국에는 끊임없는 사랑의 고백을 담고 있어 이제까지의 고찰에서 확인한 바와 같이 '君'가 사용된 노래의 일관된 경향을 뒷받침하고 있다.

　927은 『고킨 와카슈』에서도 널리 알려진 '저 달은 그리고 이 봄은 예전 그대로의 달이며 봄으로 자연은 변함없건만 그 사람 마음은 변하고 나만이 예전 그대로의 마음이어라. 月やあらぬ春や昔の春ならぬわが身一つはもとの身にして (747 在原業平)'라는 노래의 영향을 배제할 수 없다. 절망적인 절규 속에서도 작자는 '人やあらぬ'가 아닌 '君やあらぬ'라는

표현을 사용함으로써 여전히 변심한 연인에 대한 한결같은 사랑의 마음을 '君'라는 타자표현을 통하여 드러내고 있다.

다음으로 953은 사랑의 최종단계에서 조차 냉담하기만 한 연인을 향한 한결같은 마음을 읊고 있다. 약간은 굴절된 연정이나 오로지 한 연인을 향한 일편단심에 변함은 없다. 여기서 주목하고 싶은 점은 한 노래에 서로 다른 타자규정인 '君'와 '人'가 동시에 사용되고 있다는 점이다. 지금 현재 온 몸을 다 바쳐 사랑하고 있는 연인인 '君'라는 호칭과 그를 향한 한결같은 사랑을 나타내는 '心はつくしてん'이라는 의지표현이다. 한편 '人'라는 호칭에 있어서는 '恋しき'라는 긍정적인 어구와 사용되었음에도 그 존재가 가상의 연인, 더구나 작가에게 있어서는 부정적인 의미의 연인을 표현하고 있어 좋은 대조를 이루고 있다.

958은 5부 구성으로 된 恋部의 마지막을 장식하는 노래이기도 하다. 더욱이 이 노래는 슌제이俊成의 가론서인 『고라이 후테이쇼 古来風体抄』에서 『센자이 와카슈』恋歌 가운데 뛰어난 노래로 인정한 4수[17] 가운데 1수에 해당한다. 그만큼 이 노래에 대한 슌제이의 평가가 높았다는 점을 시사하고 있다. 이 노래에는 '心'와 '身', 그리고 'あり'와 'なし'가 대비되고 있다. 이제는 자신을 찾아주지도 않는 절망적인 상태 속에서도 애증의 마음은 여전히 존재함에도 이제는 자신의

---

17 이즈미시키부의 958번 이외에 『고라이 후테이쇼』恋歌에서 뛰어난 노래로 지목된 와카는 다음의 3수이다.
　難波江の藻に埋もるる玉かしは顕はれてだに人を恋ひばや(源俊頼)
　思ふよりいつしか濡るる袂かな涙や恋のしるべなるらん(筑前)
　ともかくも言はばなべてになりぬべし音に泣きてこそ見すべかりけれ(和泉式部)

존재를 아예 있어도 없는 존재처럼 취급하는 연인에 대한 비애감이 서린 애절한 가풍이다. '恨む'라는 부정적인 심정이 토로되고 있으나 이제까지의 경향을 근거로 그 이면에는 '問はぬ君'를 향한 사랑이 암시되어 있음을 유추할 수 있다. 이와 같은 관점에서 앞에서 의견을 유보했던 794(恋三)의 '逢はぬ君'와 853(恋四)의 '帰る君'를 향한 작자의 감정도 이와 동일하다고 사료된다.

4. 타자규정은 사랑의 척도

모노가타리 문학에 등장하는 인물이 어떤 사람인가를 기술하기 위해서는 호칭이 필요하며, 이러한 호칭의 규정에 작자의 창작의도가 반영되듯이 자신이 사랑하는 연인에 대한 규정이 보이는 와카에도 노래를 읊은 작자의 의도가 반영되어 있다. 恋歌는 사랑의 진행 과정에 따라 감정의 미묘한 변화를 표출하고 있으며 때로는 안타까움과 그리움, 사리분별을 잃어버릴 정도의 열정적인 사랑의 고백과 고통, 그리고 원망과 집착에 이어지는 체념까지를 서른한 글자의 운율 속에 담고 있다. 이러한 노래 속에 등장하는 연인에 대한 호칭은 사랑의 진행 단계에 따른 감정의 미묘한 변화와 함께 그 표현을 달리하고 있다. 본 논문에서는 주로 '人'와 '君'라는 타자규정을 살펴보았다.

그 결과 '人'와 '君'는 각각 恋一에 5례·5례, 恋二에 7례·1례, 恋三에 1례·5례, 恋四에 2례·7례, 恋五에 7례·7례 등 도합 22례와 25례의 용례를 보이고 있다. 이러한 용례의 분포에서 다음과 같은 사실을 알 수 있다. 먼저 각각의 타자규정이 가군에 균등하게 사용되지 않고 특정 가군에 집중되고 있음을 알 수 있다. 즉 '人'의 경우는 恋二와 恋五에 '君'의 경우는 恋四와 恋五에 다용되고 있다. 두 번째는 각 권에 사용된 타자규정의 종류가 가군에 따라 일정하지 않고 恋二에는 '人'가, 恋四에는 '君'가 상대적으로 보다 많은 용례를 보이고 있었다.

恋二는 사랑의 진행과정에서 볼 때 사랑이 성취되기 전의 안타까움과 고통이 주된 테마로 되어 있다. 이러한 단계에서 '人'라는 타자규정이 'つれなし'·'立ち帰る'·'いにき'·'(我を)忘る' 등 연애대상에 대한 인식을 의미하는 어휘와 함께 다용되고 있다. 이 경우 노래 전체에 그런 연인의 마음을 응시, 분석하는 내용이 주조를 이루게 된다.

반면 恋四는 사랑이 이루어진 후 연인의 변심으로 소원해져가는 단계의 노래들이 수록되어 있는 만큼 연인의 마음을 되돌리려는 심경이 노래에 읊어지게 된다. 이러한 가군에 한결같은 자신의 사랑을 호소하는 '恋ふ', '思ふ', '心はつくす' 등과 같은 어휘를 동반한 '君'가 다용되고 있다. 이러한 상반된 경향을 분석하면 '人'는 객관적이고 이성적이며 대타적對他的 타자규정임을 알 수 있다. 따라서 노래 전체에 작자의 대상에 대한 이성적인 대상인식이 이루어지고 있다. 즉 작자의 인식 대상은 연애대상이 되므로 결과적으로 노래전체에 원망의 마음이 표출되는 경향을 보인다.

이에 반해 '君'는 보다 감정적이고 주관적이며 대자적對自的이라 할 수 있다. 따라서 타자규정인 '君'가 종국에는 자기규정, 다시 말해 사랑의 종말을 맞이한 단계에서도 여전히 자신의 감정에 사로잡힌 채 자신의 사랑을 호소하는 형태로 이어지는 것이다. 즉 작자의 인식 대상이 자기 자신이므로 연애대상의 감정과 태도와는 무관하게 작자인 자기 자신의 심경에 충실한 성격의 노래이다. 감정의 기복이란 면에서 보면 원망보다는 사랑의 감정이 주조를 이루는데 이러한 경향은 恋五에도 이어진다.

사랑의 파국을 맞이한 단계에서 읊은 노래가 수록된 恋五에 '人'와 '君'라는 타자규정은 동수를 보이고 있어 흥미롭다. 그러나 '人'는 타자와 관련된 어휘를 동반하고 있는 데 반해 '君'는 여전히 상대방을 사랑하는 자기규정의 일부로서 타자규정이 사용되고 있어 대조적이다.

이와 같이 '人'와 '君' 모두 사랑하는 연인을 지칭함에도 불구하고 지향하는 인식대상의 차이로 인한 파장이 각기 다른 심경과 정취를 자아내게 된다. 따라서 제2장에서 제시한 931은 자신의 초라함과 자책 등 자기인식에 중점이 놓여 있으며, 이러한 관계로 '君'와 함께 'けり'가 사용되었다고 해석된다. 반면 '人'가 사용된 932는 냉담한 상대방의 처사 등 상대방에 대한 인식에 초점이 맞춰져 있으며, 이러한 사고가 '~こそ~けれ'라는 강조표현으로 이어지고 있는 것이다.

다음으로 유리혼을 읊고 있으며 '人'를 사용한 923은 상대방과의 교류를 갈구하는 점에, '君'라는 타자규정이 사용된 924는 갈 곳을 잃어 헤매는 자신의 영혼에 대한 연민에 중점이 놓여 있다. 이와 같은 미묘한 정취의 차이로 인하여 유사한 어휘를 사용한 두 노래가 전후에 배치될 수 있었다고 분석된다. 결론적으로 '人'와 '君'라는 타자규정은 단순히 사랑하는 연인을 묘사하는 호칭을 뛰어넘어 작자의 심정을 응축한 가어로, 이를 근거로 한 일련의 심상세계를 표출하게 된다고 사료된다. 이와 함께 급변하는 시대의 조류 속에서도 서정성을 중심으로 섬세하고 우수에 잠긴 심정을 보이는 작품을 중시한 슌제이의 편찬의식에 의한 편집을 타자규정을 통하여 엿볼 수 있었다.

이즈미시키부 와카 표현론

제3부

사랑으로 인한

수심과 원망의 가어

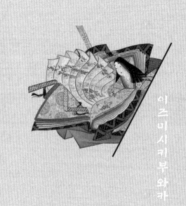

이즈미시키부와카 표현론

제1장

고통을 수반한 사랑의 수심

'ながめ나가메'에 대한 개념으로 스즈키 가즈오鈴木日出男[1]는 ①ぼん
やりと長い間見ること ②物思いにふけること ③遠くを見渡すこと의 3가지
의미로 설명하였다. 이렇듯 복합적인 의미를 가진 'ながめ'는 헤이안
平安시대 후반 서경가가 많이 읊어지면서 조망한다는 의미를 뜻하는
용법이 많아졌다고 피력하고 있다. 그 후 현대어의 '眺めるな가메루'
에 가까워진 시기를 중세 이후로 보고 있다. 한편 후지오카 다다하
루藤岡忠美는 고토바가키詞書에 사용된 'ながめ'와,『이즈미시키부 일
기和泉式部日記』에 사용된 용례로 '長雨'라는 의미로 사용된 몇 수를
들어 고찰하고 있다.[2] 그러나 이즈미시키부의 가집인『이즈미시키
부 가집和泉式部集』에는 고토바가키를 제외한 노래에만 무려 51례에

---

1 「ながむ(眺む)」(1991.5),『国文学 古語の宇宙誌』, 学灯社
2 藤岡忠美(1976),「長雨ー和泉式部」『国文学』, 学灯社

달하는 'ながめ'의 용례가 사용되고 있어 주목된다. 그럼 먼저 이즈미시키부 어린 시절의 노래로서 수록된 노래를 살펴보기로 한다.

> 287 어릴 때 엄마는 꾸짖어주셨건만 이젠 수심에 잠겨
>
> 멍하니 먼 곳 봐도 염려하는 이 하나 없네
>
> たらちめのいさめしものをつれづれと眺むるをだに問ふ人もなし

이 노래는 『슈이 와카슈拾遺和歌集』에 수록된 '어렸을 적에 부모님이 꾸짖었던 선잠은 수심에 잠겼을 때의 동작이었구나. たらちねの親のいさめしうたたねは物思ふ時のわざにぞありける(恋四・897・작자미상)'를 염두에 둔 노래이다. 이 노래로 미루어 볼 때 이즈미시키부는 어릴 적부터 수심에 잠겨 멍하니 먼 곳을 바라보는 'ながめ'의 습성을 지니고 있었음을 짐작할 수 있다. 이러한 습성은 『이즈미시키부 일기』(29례)와 『이즈미시키부 가집』에서 'ながめ'라는 가어를 즐겨 사용하는 경향으로 구체화된다. 일기작품에 사용된 대부분의 'ながめ'는 아쓰미치 친왕敦道親王과의 사랑이 순조롭게 진행되지 않은 경우의 울적한 이즈미시키부의 심정을 드러내는 장면에서 사용되었다. 일기 작품뿐만 아니라 가집에 수록된 사랑과 관련된 이즈미시키부 노래는 밀회의 환희나 사랑의 기쁨을 읊은 내용보다는 생각대로 되지 않는 슬프고 괴로운 사랑을 주제로 한 비애감 감도는 노래가 주류를 이룬다. 사랑으로 인한 슬픔과 상심의 자세는 '待つ恋'의 자세로 이어지고, 이는 곧 'ながめ'의 자세로 형상화되고 있다. 'ながめ'는 '수심에 잠기다(物思いに耽る)'는 내면적인 심화라는 측면과, 시각적으로 바라보는 태도

로서의 외면적인 전개라는 측면의 두 양상을 보인다. 본 논문에서는 이즈미시키부의 노래 가운데 '*ながめ*'의 노래를 중심으로 '*ながめ*'의 의미와 양상을 살펴보고자 한다.

1. 타 작품에 보이는 '*ながめ*나가메'

이즈미시키부 가집에 보이는 '*ながめ*'를 살펴보기에 앞서 다른 여류가인의 사가집私家集을 보면 용례 수에 있어서나 의미에 있어 이즈미시키부만큼 많은 용례와 의미의 다양함을 보이고 있지 않다. 고토바가키를 제외한 와카에 무려 51례를 보이는 『이즈미시키부 가집』(수록된 노래는 총 1540수)와는 대조적으로 헤이안 시대 여류 사가집에는 그 용례 수에 있어 미비하다. 구체적인 용례 수는 『고마치 가집小町集』(116수 중 2수)·『이세 가집伊勢集』(483수 중 1수)·『나카쓰카사 가집中務集』(254수 중 1수)·『우마노나이시 가집馬內侍集』(209수 중 1수)·『아카조메에몬 가집赤染衛門集』(614수 중 3수)[3]·『무라사키시키부 가집紫式部集』(126수 중 1수)·『이세노다유 가집伊勢大輔集』(174수 중 1수)·『사가미 가집相模集』(597수 중 5수)이다.

총 노래 수 대비 용례수를 보더라도 『이즈미시키부 가집』과는 많은 차이를 보이는 것을 알 수 있다. 즉 비율이 가장 큰 것은 역시 3%

---

3 총 용례 수는 『나카쓰카사 가집』 3수, 『우마노나이시 가집』 3수, 『아카조메에몬 가집』 8수이지만 작자가 아닌 타인의 노래에 사용된 용례가 포함되어 있으므로 실제적인 용례 수는 상기한 바와 같다.

인 『이즈미시키부 가집』이다. 그 뒤로 큰 격차를 보이는 『고마치 가집』은 1.7%에 그친다. 의미에 있어서는 2례 모두 '長雨'와 '物思いに耽る'라는 의미를 동시에 지닌 'ながめ'가 사용되고 있다. 0.83%를 보이는 『사가미 가집』에 사용된 'ながめ'는 '長雨'와 '物思いに耽る'라는 의미를 동시에 지닌 'ながめ'가 2례⁴, 나머지 3례⁵는 조망의 의미로 사용되고 있다. 0.48%의 용례가 사용된 『아카조메에몬 가집』에는 심정적인 의미(1례) ⁶와 시각적으로 본다는 조망의 의미로 사용된 용례(2례) ⁷가 보인다.

한편 칙찬집에 사용된 'ながめ'의 용례를 살펴보면 수량 면에 있어서 『신고킨 와카슈』72례로 압도적으로 많은 용례를 보인다.⁸ 사가집과 마찬가지로 '長雨'와 '物思いに耽る'라는 의미를 동시에 지닌 'ながめ'와 단순한 조망의 의미로 사용된 'ながめ' 등이 사용되고 있으나, 이전과는 달리 심정적인 의미가 배제된 단순한 조망의 의미로 사용된 용례가 눈에 띈다.⁹

---

4 56 ながめつつつきにたのむるあふことをくもゐにてのみすぎぬべきかな
   510 つきがげを心のうちにまつほどけうはのそらなるながめをぞする

5 353 ほしあひのそらに心のうかぶまであまのかはべをながめつるかな
   378 はるをまつほどはやどなるむめがえにふりつむゆきをながめてぞをる
   593 あきたちて 過ぎにしのちは 神無月 時雨のみして 遠山を 雲居はるかに ながめつつ 思ひ出づれば … (長歌)

6 27 夜とともにながむる空のけしきにてしぐるる程もしりぬべきかな

7 226 御吉野の山のはつ雪ながむらんかすがの里も思ひこそやれ
   572 もの思はぬ人もやこよひながむらんねられぬままに月をみるかな

8 『고킨 와카슈古今和歌集』7수, 『고센 와카슈後撰和歌集』16수, 『슈이슈』10수 등과 비교하면 『신고킨 와카슈新古今和歌集』의 용례는 7배나 많은 빈도로 사용되고 있음을 알 수 있다.

9 『고킨 와카슈』에 743번 노래인 '大空は恋しき人の形見かは物思ふごとにながめらるらむ'

1106 ながめわびそれとはなしにものぞ思ふ雲のはたての夕暮の空
1107 思ひあまりそなたの空をながむれば霞を分けて春雨ぞ降る

1106번은 의미에 있어 공통분모를 가진 'ながめ'(시각적인 의미)와 'も
のぞ思ふ'(심정적인 의미)의 두 단어가 한 수의 노래 속에 사용되고 있
어 주목된다. 1107번 노래도 심정적인 의미의 '思ひ'와 시각적인 의
미의 'ながむれば'라는 어휘가 동시에 사용되고 있는 것으로 보아 'な
がめ'가 더 이상 심정적인 의미가 아니라 조망의 의미를 가진 시각
적인 의미에 비중을 두는 어휘로 사용되었다는 것을 미루어 짐작하
게 하는 좋은 예이다.

2. 『이즈미시키부 가집』에 보이는 'ながめ나가메'

'ながめ'는 이지적인 경향을 갖는 작가나 작품, 예를 들면 세이쇼
나곤清少納言의 『마쿠라노 소시枕草子』에는 명료하게 나타나지 않는
다. 그런 이유로 『마쿠라노 소시』는 〈非 'ながめ'의 文学〉[10]이라 칭해
지기도 한다.

그러나 『마쿠라노 소시』를 제외한 산문문학에 있어서는 『겐지 이
야기源氏物語』와 『청령 일기蜻蛉日記』, 그리고 『이즈미시키부 일기』

에도 '物思ふ'와 'ながめ'가 함께 사용되었다.
10 中川正見(1976), 「枕草子論—非 'ながめ'の文学—」, 『平安文学研究』第56輯.

등에 다수 사용되고 있다. 운문문학, 특히 와카에 있어 가장 명료하
게 나타나는 것은 아리와라노 나리히라在原業平와 쇼쿠시 내친왕式子
內親王, 그리고 본고의 대상인 이즈미시키부 등 정열적인 사람이다.
그럼 'ながめ'가 사용된 이즈미시키부의 노래를 중심으로 'ながめ'의
의미를 크게 '조망'과 '長雨', 그리고 '物思い'로 나누어 그 양상을 살
펴보고자 한다. 또한 'ながめ'의 일반적인 속성과는 달리 특별한 의
미로 사용된 이즈미시키부의 노래를 4절에서는 혼돈스러운 상태에
서의 각성이라는 항목으로, 5절에서는 타자에의 갈구라는 항목으로
고찰한다.

1) '조망眺望나가메'의 의미와 그 대상

'ながめ'를 단순히 '보다(見る)'라는 의미로 받아들일 경우의 용례
를 들어 보기로 한다.

> 132 견우직녀 만나는 은하수 오늘밤 보지 않는 이는 없다
>   사랑의 애절함을 알든 모르든 간에
>   天の河今宵ながめぬ人ぞなき恋の心を知るも知らぬも
>
> 409 비도 서리도 맞지 않았건만 젖은 나의 옷소매
>   그 까닭 알 길 없어 나도 상념에 젖는다
>   時雨かもなににぬれたる袂ぞとさだめかねてぞ我も眺むる
>
> 475 요사 바다에 밤낮 없이 밀려드는 파도 바라보며 수심에 잠겨
>   당신 생각했다는 말 직접 전할 수 있는 처지라면 좋을 텐데

与謝の海に波のよるひる眺めつつ思ひし事をいふ身ともがな

500 한해 저물고 밝아오는 하늘을 바라다보니

서편으로 기우는 달이 올해 마지막이라 생각하니 아쉬워라

年暮れて明け行く空を眺むれば残れる月の影ぞ恋しき

619 떨어져 쌓인 나무 잎사귀 위에 내리는 눈을

예전 같으면 나 홀로 보진 않았을 텐데

落ちつもる木の葉の上に降る雪にわれもひとりは眺めざらまし

880 지난밤 함께 본 달이라 생각하면 눈길 가지만

그리운 당신 생각나 허공만 바라보네

一夜見し月ぞと思へど眺むれば心はゆかず目は空にして

이같이 조망의 의미에 보다 비중이 들어 있는 'ながめ'와 관련된
노래를 인용하였다. 위에 예시한 바와 같이 조망의 대상은 달(月)과
허공(空)이 주를 이룬다. 그러나 이들의 의미는 결코 단순히 시각적
인 면만으로 해석할 수 없는 경우도 있다. 409번의 노래는 지금 내리
는 비로 인해 두 사람이 서로 만날 수 없음에 흘리는 눈물과 안타까
움의 표출이고 'ながむる'는 바라보다는 의미와 더불어 심정적인 의
미를 가진 수심에 잠긴다는 의미를 보충하여 해석되어져야 할 것이
다.

500번 노래의 경우도 한해의 모든 정감이 교차하는 허공을 만감
이 교차하는 가운데 바라보고 있다. 619번 노래는 예전에 사랑하는
사람과 같이 본 첫눈을 이제는 그 연인에게 버림받아 홀로 바라본다.
그러한 조망의 포즈에는 지금 그 사람과 이 첫눈을 바라보고 있을

191

여자의 행복과 대비되는 자신의 초라함과 박탈감으로 만감이 교차하는 가운데 상심에 젖어 첫눈을 바라보았을 것이다. 그리고 880번 노래는 사랑하는 사람과 둘이서 바라본 달이므로 그때의 추억과 현재의 고독감이 교차하는 감정으로 바라본다는 조망의 의미와 더불어 심정적인 측면을 하게 고려해야 할 것이다. 이 외에도,

> 401 밤이 새도록 나 홀로 바라다본 달을 보니
>
>   한숨도 자지 않고 지새운 얼굴인 양
>
>   まどろまでひとり眺めし月見ればおきながらしも明かし顔なり

이 노래에서도 '眺めし'는 단순한 시각적인 의미의 '見る'로 해석하기엔 석연치가 않다. 초구인 'まどろまで'와 2구의 'ひとり'라는 단어에서 사랑으로 인한 수심과 적료감이 감돌며 '眺め'가 '物思いに耽る'라는 의미와 'ぼんやりと眺める'라는 의미를 내포하고 있다는 것을 미루어 짐작할 수 있다. 한편 조망의 뜻을 지닌 'ながめ'와 의미에 있어 일부 중복되는 '見る'는 가어가 함께 사용된 경우도 보인다.

> 794 눈물이 나와 그이가 가버린 쪽 바라보다가
>
>   볼 마음도 없었던 달을 보고 있었네
>
>   涙さへ出でにし方を眺めつつ心にもあらぬ月を見しかな
>
> 880 지난밤 함께 본 달이라 생각하면 눈길 가지만
>
>   그리운 당신 생각나 허공만 바라보네

一夜見し月ぞと思へど眺むれば心はゆかず目は空にして[11]

'ながめ'와 더불어 '見る'나 그와 유사한 의미를 가진 '目は空にして' 등은 마음에 없는 공허한 태도를 나타내고 있다. 그에 반해 'ながめ'는 심정적인 비중을 가지며 작자의 마음을 대변하는 언어와도 같은 역할을 담당하고 있는 것을 알 수 있다. 즉 '見る'라는 동작에 의해 심정적인 경향이 나타나는 것이 아니라 충족되지 못한 상황 후에 자연을 아무런 생각 없이 바라보는 행위가 나타난다. '見る'는 한순간의 포즈이며 'ながめ'는 오랜 시간적인 경과를 내포하고 있다. 따라서 '見る'라는 어휘에는 대부분 '心にもあらぬ', '心もゆかず'라는 심정적인 상황이 동반되지 않는다는 표현이 눈에 띈다. 이와는 달리 다음과 같은 노래도 있다.

1051 스미요시住吉 바다의 새벽녘 달 바라다보니

머나먼 곳 가버린 당신 너무 그리워

住吉の有明の月を眺むれば遠ざかりにし人ぞ恋しき

앞에 예시한 1107번 노래가 사랑하는 사람을 향한 자신의 감정을 어찌할 수 없어 그 탈출구로서 'ながめ'가 읊어진데 반해, 1051번 노래는 'ながめ'라는 자연관조를 매개로 하여 사랑하는 사람을 떠올리

---

11 이 노래는『이즈미시키부 일기』에도 수록되어 있는데 일기 본문에는 '一夜見し月ぞと思へばながむれど心もゆかず目はそらにして'로 되어 있는데 가집에 수록된 노래보다 일기 쪽 본문이 의미 내용상 훨씬 자연스럽다.

게 된다는 노래이다. 이로써 'ながめ'를 통해 구사된 이즈미시키부의 다양한 정신세계와 구조를 짐작할 수 있다.

2) '장맛비長雨나가메'의 의미와 그 시기

'長雨'의 의미와 겹쳐(掛詞) 사용된 'ながめ'의 용례를 살펴보기로 한다. 이 경우 계절적으로는 봄의 모내기 때의 비인 경우 오월에 내리는 비(五月雨), 늦가을에서 초겨울 내리는 찬비(時雨) 등 오래 계속해서 내리는 비를 말하며 사계절을 통해 사용되고 있는 것을 알 수 있다.

> 639 오월 장맛비에 수심에 잠기는 일 많아졌어라
>
> 내리는 비 멍하니 보며 상념에 젖어
>
> 五月雨は物思ふ事ぞまさりけるながめのうちに眺めくれつつ

연일 내리는 빗속에서 수심에 잠겨 지낸다고 하는 이즈미시키부의 이 노래에는 '物おもふ', '長雨', '眺め'라는 동일한 이미지의 어휘와 동음이의어가 반복되어 사용되고 있어 그녀의 노래의 특질을 잘 나타내고 있다.

> 1202 오월 장맛비 그 견디기 힘겹고 음울했던
>
> 장맛비보다 더 울적한 어제와 오늘
>
> 五月雨はさても暮れにきつれづれのながめにまさる昨日今日かな

'つれづれ'는 무언가를 하려고 해도 아무런 의미가 없어 채워지지 않는 멍한 마음의 상태가 계속되는 것을 말한다. 이러한 욕구 불만의 상태에 '長雨'의 우기가 겹쳐 억정抑情과 금욕으로 인한 욕구불만이 최고조에 달한 시기라 할 수 있다. 연일 계속 내리는 비長雨는 가슴에 사무치는 애수哀愁와 더불어 왠지 울적한 기분을 자아내게 하며 결국 수심에 잠기게 된다. 그 결과 며칠간 계속 내리는 장맛비長雨와, 수심에 잠겨 멍하니 허공을 바라본다는 의미의 'ながめ'가 가케코토바掛詞로서 사용되는 경우가 많다. 『무라사키시키부 가집』에도,

오랫동안 지루하게 내리는 장마비가 퍼부어 수심에 잠기게 되고 마는 이 계절에는 나의 서글픈 운명에 헤어나지 못한 채 어지러운 상념에 빠져 보냅니다.

つれづれとながめふる日は青柳のいとど憂き世に乱れてぞふる

(『紫式部集』61)

라는 노래가 보인다. 2구의 'ながめ'는 '長雨'라는 계절적인 의미와 더불어 '物思いに耽る'라는 심정적인 의미를 함께 내포하고 있다. 한편 『만요슈万葉集』를 비롯한 그 밖의 칙찬집에 수록된 'ながめ'의 용례를 예시하면 다음과 같다.

① 秋萩を散らす長雨の降るころは一人起きゐて恋ふる夜ぞ多き

(『万葉集』卷十 2262·秋の相聞)

② 起きもせず寝もせで夜をあかしては春のものとてながめ暮らしつ

(『古今和歌集』恋三 616,『伊勢物語』2段)

③ さみだれのつづける年のながめには物思ひあへる我ぞわびしき

(『後撰和歌集』夏 190)

④ 五月来てながめまされば菖蒲草思ひたえにしねこそなかるれ

(『拾遺和歌集』哀傷 1280)

⑤ つれづれと思へば長き春の日に頼む事とはながめをぞする

(『後拾遺和歌集』恋四 798)

①에 나타난 '長雨'는 '秋萩'로 미루어 가을비를 의미한다. ②와 ⑤는 각각 '春'와 '春の日'라는 표현으로 미루어 보아 'ながめ'를 봄비로 추정할 수 있다. 그리고 ③과 ④는 각기 'さみだれ'와 '五月'라는 계절적인 어구로 보아 여름비五月雨라 보인다. 이처럼 'ながめ'는 이즈미시키부 노래에서 살펴 본 바와 같이 사계절을 통틀어 내리는 비를 일컫는다는 사실을 확인할 수 있다.

3) '수심物思ひ모노오모이'의 의미

'物思い'의 의미를 가진 'ながめ'의 용례를 들어 보기로 한다. 수심에 잠기는 'ながめ'의 시기로서 이즈미시키부는 다음과 같이 주로 비가 내리는 시절을 들고 있다.

35 상념에 잠겨 흘린 눈물에 하늘마저 젖네

오월장맛비 내린 논에서 일하는 농부 옷자락 아니건만

ながめにはそらさへぬれぬ五月雨におりたつ田子の裳裾ならねど

1202 오월 장맛비 그 견디기 힘겹고 음울했던

장맛비보다 더 울적한 어제와 오늘

五月雨はさても暮れにきつれづれのながめにまさる昨日今日かな

1348 온종일 수심에 잠겨 흘린 눈물 젖은 옷소매

와서 짜주지도 않고 자기 옷 젖었다 하네

つれづれと眺めくらせる衣手をきてもしぼらでぬるといふらん

그리고 비가 내리는 계절 외에 사계절 중, 봄과 가을을 수심에 잠기는 계절로 읊고 있다.

1207 항상 상념에 젖어 지냈건만 더 심해졌네

추억담 나누었던 그날 해질녘이후

いつとてもながめし事ぞ增さりける昔語りをせし夕べより

1461 나 홀로 수심에 잠겨 지내노라면 짧은 겨울날도

긴 봄날을 며칠 지낸 것과 다를 바 없어라

つれづれと眺め暮らせば冬の日の春の幾日にことならぬかな

또한 더 세심하게 하루를 몇 갠가의 시각으로 쪼개 그에 따른 사랑의 감정 변화를 읊은 노래에 'ながめ'가 사용되고 있다.

1026 비할 데 없이 슬픈 건 이제 올 리 없다 체념하고

　　　기다림을 해제한 해질녘이어라
　　　類なく悲しき物は今はとて待たぬ夕べのながめなりけり

　기술한 바와 같이 '夕べのながめ'는 이즈미시키부가 자신의 노래
를 읊음에 있어, 하루를 다섯 개의 시각으로 나눠 각각의 시각에 따
른 연정의 흐름을 인식한 연작시 가운데 하나이다. 즉 '昼偲ぶ', '夕
べの眺め', '宵の思ひ', '夜中の寝覚', '暁の恋'이다. 사랑하는 남자가
여인의 집을 방문하는 시각인 해질녘, 그러나 이제는 아무도 자신을
찾아 주지 않는다는 사실을 새삼 깨닫게 하는 이 시각을 이즈미시키
부는 가장 슬프다고 인식하고 있다. 그리고 그 시간대에 'ながめ'가
자리하고 있다.

4) 혼돈스러운 상태에서의 각성

　'ながめ'는 격렬한 정열의 결과로 나타나는 행위이나, 그러한 마음
의 고통이나 감정이 밖으로 배출되지 못하고 마음 속 깊이 스며들기
때문에 외견은 극히 평온한 양상을 보인다. 즉 정열적인 마음이 배
출구를 찾지 못하고 금욕 내지는 억정의 결과 나타나는 상태가 'なが
め'인 것이다. 이러한 방심상태인 'ながめ'에 대하여 고지마 나오코小
嶋菜温子는 'ながめ'가 퍼뜩 정신을 되찾는다는 어감을 내포하고 있다
는 것은 'ながめの末'라는 표현에 나타나 있다고 언급하였다.[12] 그 예

12　秋山虔 編(2000), 『王朝語辞典』東京大学出版会, p.309.

로 다음의 3수를 들어 설명하였다.

- 鳥のゆく夕のそらのはるばるとながめのするに山ぞ色こき

  (『風雅和歌集』雑中 1659·後伏見院)

- 恋しさはながめの末にかたちして涙にうかぶとほ山のまつ

  (『玉葉和歌集』恋三 1577·藤原実方)

- ほととぎす鳴きつるかたをながむればただ有明の月ぞのこれる

  (『千載和歌集』夏 161·藤原実方)

그러나 이즈미시키부의 경우와는 달리 'ながめ'라는 포즈의 마지막에 이들 '山ぞ色こき', 'とほ山のまつ', '有明の月'의 존재를 인식하기에 이르는 것이다. 즉, 이즈미시키부의 경우는 다음에 예시한 바와 같이 'ながめ'의 포즈 한가운데서 '思ひ知る'라는 각성의 상태를 노래하고 있다.

759 수심에 잠겨 있자니 이해되는 세상살이의

     괴로움과 정취도 당신만은 알아주리

     眺むれば思ひしらるる世の中のうきもあはれも知る人ぞ知る

이러한 무의식적인 몰입 상태('眺む')에서도 이즈미시키부는 깨어 있는 각성의 자세('思ひ知らるる')를 보이고 있다.

210 수심에 잠겨 있노라면 뭔가 뭔지 완전히 이성을 잃은 상태에서도
원추리인지 넉줄 고사리인지, 그리고 그 풀이름처럼 당신을 잊
으려하는지 그리워하는지 또렷하게 보여라
物思へば我か人かの心にもこれとこれとぞしるく見えける

마음이 산란해져 뭐가 뭔지 이성을 완전히 잃어버린 '자타自他를 구별할 수 없을 정도로 멍해져 제정신을 잃은 상태 我か人かの心'에서도 사랑하는 사람을 향한 마음만은 확실하게 구분할 수 있다 호소한다. 자아를 잃은 혼란스러운 상태에서도 사랑에 있어서는 각성된 의식상태를 보이는데 이즈미시키부가 얼마나 자신의 사랑에 목숨을 걸고 소중히 여겼는지를 알 수 있는 대목이다. 한편 자신의 의지와는 무관하게 이루어지는 'ながめ'라는 무의지적 행위[13]에 있어 이즈미시키부는 다음에 예시한 노래와 같이 '眺めじ'라는 결연한 의지를 보이고 있어 주목된다.

1031 해질녘 붉게 물든 구름만 봐도
당신 그리워 다신 바라보지 않겠노라 다짐하네
夕暮は雲のけしきを見るからに眺めじと思ふ心こそつけ

(『新古今和歌集』雑下 1806에도 수록)

---

13 『고킨 와카슈』(恋四 743·酒井人真)의 '大空は恋しき人のかたみかは物思ふごとにながめらるらむ'과 같이 'ながめらる'라는 자발의 표현을 통하여 알 수 있다.

'眺めじ'와 같은 이러한 부정의지의 태도와 표현은 이즈미시키부가 활동한 시대를 훨씬 지난 중세시대에 이르러서야 나타난다. 칙찬집으로는『신고킨 와카슈』에서, 작가는 쇼쿠시式子 내친왕 작품에서부터 확인할 수 있다.

> 꽃이 핀 억새도 수심에 잠긴 듯 이슬이 맺혀 있다. 나는 겉으로 드러내 놓고 수심에 잠기지는 말아야겠다고 생각하고 있다, 이 가을의 한 가운데 서서.
> 花薄また露深しほに出でてながめじと思ふ秋の盛りを
>
> (『新古今和歌集』秋上 349)

예시한 바와 같이, 이즈미시키부 이외의 가인으로서는 쇼쿠시 내친왕이 여류 가인으로는 두 번째로 'ながめじ'라는 표현을 사용하고 있다. 이 밖에 쇼쿠시 내친왕과 거의 동시대를 살아간 후지와라노 이에타카 藤原家隆의『미니슈壬二集』의 1례와 후지와라 데이카 藤原定家 가집인『슈이구소拾遺愚草』의 1례가 보일 뿐이다.

- ながめじと思ふ心もこりはてずあはで年ふる秋の夕暮(『壬二集』1306)
- ながめじと思ひしものを浅茅生に風ふく宿の秋の夜の月

(『拾遺愚草』139)

이와 같이 동시대의 여류가인의 사가집과 와카의 국정교과서로 불리는 칙찬집에도 그 용례가 없었던 '眺めじ'라는 표현을 구사한 이

즈미시키부에게서 시대를 앞서가는 표현과 생의 태도를 엿볼 수 있다.

5) 타자에의 갈구

전술한 바와 같이 'ながめ'는 남녀가 헤어져 서로를 그리워하거나 사랑하는 대상을 잃어버려 상심에 빠지는 등 사랑에 있어 만족을 얻지 못해 멍하니 시선이 풀려 있는 상태이다. 유사한 의미를 지닌 '物思い'와 마찬가지로 'ながめ'는 고독한 혼자만의 세계라 할 수 있다. 그러나 이즈미시키부의 'ながめ'의 노래에는 타인에의 갈구가 짙게 드리워져 있다.

> 221 홀로이 저 달 바라보며 쓸쓸히 지새우는 밤
>
> 나의 이 외로움을 당신께 알리고파
>
> 月を見て荒れたる宿に眺むれば見ぬ来ぬまでもなれに告げよと[14]
>
> 287 어릴 때 엄마는 꾸짖어주셨건만 이젠 수심에 잠겨
>
> 멍하니 먼 곳 봐도 염려하는 이 하나 없네
>
> たらちめのいさめしものをつれづれと眺むるをだに問ふ人もなし

221번 노래에 사용된 'たれに告げよ'라는 표현은 사랑하는 사람이

---

14 『이즈미시키부 일기』에도 같은 노래가 수록되어 있는데, 일기에 수록된 노래인 '月を見て荒れたる宿に<u>ながむ</u>とは見に来ぬまでもたれに告げよと'라는 편이 해석상 자연스럽다.

자신(이즈미시키부)을 만나러 와 주지는 않더라도 편지나마 보내달라는 처절한 타자에의 갈구가 잘 드러나 있다. 또한 287번의 '問ふ人も なし'에도 상대방의 반응을 촉구하는 표현이 보이는데 이러한 태도와 표현은 다른 가인의 노래에는 그 용례가 전무하다.

3. 사랑의 괴로움

이즈미시키부 노래의 특색은 자신의 심정을 물상에 빌어 나타내는 '기물진사寄物陳思'형 표현이라기보다는, 심정을 나타내는 어구를 중심으로 자신을 직접 표출하는 이른바 '정술심서正述心緖'형이라 평가되고 있다. 따라서 이즈미시키부의 노래 속에 사용된 어구를 분석함으로써 그녀의 정신세계를 어느 정도 엿볼 수 있으리라 사료된다. 이러한 견해에 기초하여 본 논문에서는 이즈미시키부의 노래에 사용된 어구 가운데 유독 다른 가인에 비해 사용 빈도가 높은 어휘 중 하나인 'ながめ'에 대하여 고찰하였다.

그 결과 동시대의 여류가인에 비해 이즈미시키부가 월등히 많은 'ながめ'의 용례를 구사하고 있는 것을 알 수 있었다. 용례의 수량 면에 있어서뿐만 아니라 그 표현의 질에 있어서도 그녀 나름의 독창적인 표현 기법을 구사하고 있다는 것을 확인할 수 있었다. 이즈미시키부는 'ながめ'를 구사함에 있어 외면적인 전개의 측면이라는 '眺望'의 의미와 내면적인 측면을 강조한 '物思い'의 심정적인 의미, 그리고 그 두 가지 측면을 지닌 '長雨' 등 다양하게 구사하였다. 또한,

의지와는 별개로 이루어지는 '<i>ながめ</i>'의 태도를 '<i>ながめじ</i>'라는 부정의지의 표현을 빌림으로써 그녀의 깨어있는 의식과 표현의 독창성을 엿볼 수 있게 하였다. 고독한 자기만의 세계를 구축한 채 안으로 침잠하는 경향을 지닌 '<i>ながめ</i>'의 본질에도 불구하고, 이즈미시키부는 끊임없는 타자와의 교류를 '<i>ながめ</i>' 속에서 희구하고 있다는 것을 용례를 통해 재인식할 수 있었다. 결국 이즈미시키부가 즐겨 사용했던 '語らふ'[15]와 더불어 '<i>ながめ</i>'는 의미에 있어서는 일견 서로 다른 세계를 지향하는 듯 보이나, 궁극적으로는 타인과의 교류를 끊임없이 갈망했던 그녀의 정신세계를 대변하고 있다고 하겠다.

---

15 졸고(1999.12), 「'語らふ人'로서의 和泉式部」, 『日語日文学研究』第35輯, 한국일어일문학회

제2장

사랑의 또 다른 얼굴인 원망의 가어

이즈미시키부和泉式部 생애에서 가장 중요한 시기는 첫 번째 결혼 상대인 다치바나노 미치사다橘道貞와의 결혼과 이별, 다메타카為尊·아쓰미치敦道 두 친왕과의 연애와 사별이라는 극단적인 기쁨과 슬픔을 경험한 시기로 압축할 수 있다. 그녀 나이 대략 스무 살에서 삼십 세에 걸친 십 년간에 걸친 시기이다. 하지만 이 시기는 그녀가 갖가지 세간의 혹독한 질타와 부모로부터 의절당하는 처절한 고독과 고통스런 시기와도 맞물린다. 또한 대부분의 주옥같은 노래가 이 시기에 만들어진다.

첫 남편인 미치사다와 아쓰미치 친왕과의 관계는 『이즈미시키부 정집 和泉式部正集』·『이즈미시키부 속집和泉式部統集』[1]에 수록된 와카를 통하여 전해지며, 특히 아쓰미치 친왕과의 사랑은 『이즈미시키

205

부 일기』(이하 『일기』라 약칭함)를 통하여 접할 수 있다. 『이즈미시키부
가집』에는 소녀 시절부터 노년에 이르기까지 이즈미시키부가 읊은
노래가 수록되어 있는 것으로 볼 때 그녀가 평생 자신의 심경을 와
카로 읊었다는 것을 알 수 있다. 이 가집에는 1,500수에 달하는 와카
가 수록되어 있는데 와카에 사용된 특정 언어, 이른바 가어歌語의 종
류와 빈도를 통하여 이즈미시키부의 취향의 일단을 엿볼 수 있다.
또한 아쓰미치 친왕과의 사랑을 기록한 『일기』에는 145수²에 달하
는 와카가 삽입되어 있으며 와카에 사용된 가어는 그녀만의 독특한
표현양식을 여실히 드러내고 있다.

　흥미로운 점은 이즈미시키부가 사용한 동일한 가어가 상대방과
의 관계성 속에서 다양한 영법을 보인다는 점이다. 논자는 이즈미시
키부의 가어 가운데 'かたらふ가타로', '言ふ유', 'ながめ나가메' 등에 관
해 고찰한 바가 있는데 본고에서는 특히 아쓰미치 친왕과 미치사다
와 관련된 노래에 사용된 '恨む우라무'라는 가어를 통하여 이즈미시
키부 영법의 특색을 규명하고자 한다.³ 대상이 확실하게 명시된 노

2　정확하게는 이즈미시키부 75수, 아쓰미치 친왕 68수로 143수이다. 다만 렌가를 2
　회에 걸쳐 읊고 있으므로 렌가를 포함하여 총 145수이다.

3　'かたらふ'는 「和泉式部의 '語らふ' 자세의 생성과 帥宮와의 관계」(대한일어일문학
　회편 『日語日文学』第8輯, 1997)에서 분석하였다. '言ふ'에 관해서는 「和泉式部歌考
　—'言ふ'의 노래를 중심으로」(대한일어일문학회편 『日語日文学』제13집, 2000)에
　서, 'ながめ'는 「이즈미시키부와〈ながめ〉」(대한일어일문학회편 『日語日文学』제16
　집, 2001)에서 고찰한 바 있다. 논자는 졸고(2005) 「『센자이슈(千載集)』恋歌의〈他
　者〉—'人'와 '君'를 중심으로—」(한국외국어대학교 일본연구소편 『일본연구』제
　24호, pp.193-194)에서 '恨むべき心ばかりはあるものをなきになしても問はぬ君かな'(『센자
　이슈』958번 수록. 『이즈미시키부 가집』437번 수록)라는 이즈미시키부의 '恨む'
　노래에 관해 언급한 바 있는데 본고에서 보다 전반적이고 구체적인 고찰을 시도
　하였다. 참고로 가어 '恨む'에 관한 선행연구로는 鈴木宏子(2000), 「'うらみ'考—歌こ

래에 사용된 '恨む'가 사용된 노래의 질적 차이점을 규명함으로써 명확하게 제시되지 않은 대상에게 지어 보낸 '恨む' 노래의 제작연대 및 대상을 도출하고자 한다. 노래 인용에 있어 『이즈미시키부 일기』의 경우에는 후지오카 다다하루藤村忠美 校注, 《新編日本古典文学全集》26『和泉式部日記』, 小学館의 본문과 페이지를, 『이즈미시키부 가집』의 경우에는 시미즈 후미오清水文雄 校注 『和泉式部集和泉式部続集』, 岩波書店의 노래 본문과 번호에 따른다.

1. '恨む우라무'의 대상과 표출양상

『일기』는 이즈미시키부와 아쓰미치 친왕의 심리적 교류를 와카에 담아 그리고 있다. 따라서 와카는 두 사람의 사랑이 기저를 이루고 있는데 직접적인 사랑의 감정을 나타내는 '恋し고이시'도 보이지만 'ながむ나가무'·'つらし쓰라시'·'つれなし쓰레나시'·'わぶ와부'·'かなし가나시'·'なげく나게쿠'·'恨む우라무' 등 일견 사랑의 감정과는 무관한 것처럼 보이는 표현이 다수 등장한다.[4] 이는 사랑하기에 의심하고 원

とばの生成」(『古今和歌集表現論』笠間書院, pp.239-256)이 있지만 이는 『고킨 와카슈』에 수록된 '우라미' 노래에 한정한 연구로 이즈미시키부 노래에 관한 언급은 전무하다 점을 밝혀둔다.

4 '나가무'는 사랑과 관련된 수심에 잠겨 멍하니 먼 곳을 바라본다, '쓰라시'는 자신에게 냉담하게 대하는 상대방에 대해 고통스러워하거나 원망스러워하는 마음을, '쓰레나시'는 '냉담하다·박정하다'의 의미이다. '와부'는 자신의 사랑이 생각대로 되지 않아 실망하여 번민한다는 의미이며, '가나시'는 '마음이 아프다·서글프다', '나게쿠'는 '탄식하다'는 의미이다.

망하며 자신의 뜻대로 되지 않는 연애에 조바심과 불안을 품게 되고
그러한 불만의 감정들이 이러한 어휘로 표출된 것이다.

　이 가운데 사랑의 불만을 직접적으로 호소하고 비난하는 '恨む'는
자기 생각대로 되지 않는 사태를 마음으로 받아들이지 못하고 상대
방을 나쁜 사람이라 생각하는 마음상태로 불만스럽게 여기거나 불
평불만을 늘어놓는 것을 의미한다.[5] 사랑하는 대상에게서 자신의 사
랑을 인정받지 못하거나 받아들여지지 않을 경우 충족되지 못한 사
랑의 감정이 변질되어 '恨む'로 표출된다. 따라서 '恨む'라는 감정 저
변에는 상대방을 향한 미움과 원망 등 부정적인 정서와 함께 사랑이
란 감정이 내재한다는 것을 다음과 같은 노래에서 확인할 수 있다.

　　　723　부당하다는 생각이 끊이질 않네 원망할 일도

　　　　　　없는 사람이 전혀 소식 주지 않으니

　　　　　　あぢきなく思ひぞわたる恨むべきことぞともなき人の問はぬを

　　1178　남녀사이란 모를 일이었구나 남남일 때는

　　　　　　원망할 일 있을 줄 정녕코 몰랐었네

　　　　　　世こそ猶定めがたけれよそなりし時は恨みん物とやは見し

――――――――

5　久保田淳 室伏信助編(2002),『角川全釈古語辞典』(角川書店)을 참고로 하였다. 특히
　鈴木宏子(앞의 책 pp.239-256)는 『고킨 와카슈古今和歌集』에 사용된 가어 'うらみ'의 특징
　을 ① 충족되지 않는 사랑의 마음이 변질된 것으로 사랑을 호소해도 상대방이 응
　해주지 않을 때, 또는 떠나버린 상대방에 대한 사랑을 끊기 어려울 때나 마음속에
　응어리진 마음 등이 'うらみ'라는 가어로 표출된다. ② 'うらみ'는 '浦(見)', 또는 '裏
　(見)'와 가케고토바로 사용되는 경우가 많으며, 이 경우 심상과 물상이 결부되어
　한 수가 형성된다. ③ 다른 사람을 원망하는 노래뿐만 아니라 원망을 듣는 입장인
　경우의 노래, 그리고 제삼자가 아니라 자신을 자책하는 노래에도 보인다, 등 세 가
　지로 정리하였다.

1420　남남이라면 지는 꽃이라 여기며 상관 않으리

　　　　사랑하기에 때론 원망하기도 하네

　　　　よそにただ花とこそ見め頼みなば人を恨みになりもこそすれ

　723은 노래뿐만 아니라 고토바가키詞書에도 '恨む'가 사용되고 있어 흥미롭다. '특별히 원망할 일도 없는 사람이 오래도록 소식을 전해오지 않기에 わざと恨むべき事もなき人の、久しう音せぬに' 이즈미시키부가 지어 보낸 노래이다. 이로써 상대방과의 관계가 연인사이가 아니라 단순한 이성친구라는 것을 알 수 있다. 고토바가키의 표현은 그대로 노래 속 '원망할 일도 없는 사람 恨むべきことぞともなき人'로 이어지는데 이렇다 하게 원망할 일도 없는 당신이 안부도 전하지 않고 쌀쌀맞게 대하니 줄곧 혼란스러워하고 있다고 하소연하는 노래이다. 사랑이 전제되지 않은 관계에 있는 사람이 연인사이에서나 있을법한 '恨む'를 표출하자 이의 부당함을 전한 것이다. 사랑이 전제된 관계에서만 원망의 마음도 생긴다는 이즈미시키부의 의식을 바탕으로 한 노래로 볼 수 있다.

　1178의 고토바가키는 '예전에는 단순히 알고 지내던 사람이 연인관계를 맺은 이후 무정하게 대하기에 過ぎにし方は、ただ大方にて見し人の、つらきに' 읊은 노래로 되어있다. 이러한 취지가 곧바로 노래 하구의 '아무런 관계가 아닐 때는 이렇게 서로를 원망할 일이 있으리라고는 생각지도 못했다. よそなりし時は恨みん物とやは見し', 다는 내용으로 표출되고 있다. 사랑이 개입된 남녀사이란 참으로 힘겨운 일임을 인식한 이 노래는 723번과 마찬가지로 '恨む'가 사랑이 전제된 감정과 행위임을 보여주고 있다.

　1420은 오래도록 소식을 전하지 않는 연인에게 읊은 노래이다. 시간이 흐르면 꽃잎이 떨어지듯이 사람의 마음이 변하는 것을 당연한 것으로 받아들이고 싶지만 당신을 너무나 사랑하고 당신의 사랑 또한 변하지 않으리라 믿고 의지하기에 조그만 일에도 원망하게도 되는 것이라 항변하고 있다. 이 노래도 역시 사랑하기에 '恨む' 감정도 생기는 것이라 읊고 있다. 덧붙여 3구에 보이는 '頼む 다노무'는 본래 상대방의 마음이 변함없으리라 믿는 사랑의 확신에서 오는 어휘이지만,[6] 와카에 사용되는 대부분의 '頼む'는 믿었던 상대방에게서 변심을 감지했을 경우에 불안을 느껴 상대방을 질책할 때 사용되는 경향이 있다. '恨む' 또한 믿었던 상대방에게서 변심과 무정함이 보일 경우 사용된다는 공통점이 있다. 이처럼 자신을 향한 상대방의 사랑에 아무런 부족함을 느끼지 못할 때는 의식할 필요도 없지만, 이전과 상황이 달라진 경우 상대방의 변심을 질책하고 상대방의 사랑을 재차 요구할 경우 '恨む'가 사용되고 있음을 확인할 수 있다.

　한편 사랑의 위기를 감지하여 품게 되는 '恨む'의 대상은 대부분 상대방을 향하지만 자기 자신을 자책하는 경우도 일부 보인다. 먼저 상대방을 향한 '恨む' 감정을 읊은 노래를 제시하기로 한다.

6　'頼む'는 상대방을 신뢰하고 몸을 맡긴다는 의미인 사단 활용과, 상대방이 신뢰감을 갖도록 말하다, 신뢰하게 만든다는 의미를 지닌 하2(下二)단 활용이 있는데, 당해 노래는 4단 활용의 의미로 사용되었다. '頼む'의 의미에 관해서는 西村亨(1972) 『王朝恋詞の研究』(東京印刷株式会社, pp.137-139)를 참조하였다.

437   원망하고픈 마음 정도는 내게 남아있거늘

       없는 사람 취급하고 오지도 않는 당신

       恨むべき心ばかりはあるものをなきになしても問はぬ君かな

652   이번만큼은 확실하게 말로써 원망하리라

       당신 사랑 않았다면 내 모든 걸 걸진 않았을 텐데

       このたびは言に出でてを恨みてむ逢はずは何の身をか捨つべき

669   예전에 나는 어찌하여 당신을 원망한 걸까

       내게 냉담할 때는 아직 날 사랑한다는 표시였는데

       そのかみはいかにいひてか恨みけん憂きこそながき心なりけれ

상기한 노래는 모두 연인관계에 있는 상대방에 대해 '恨む'를 표
출한 유형이다. 437은 오래도록 소식이 없는 연인에게(久しう音もせぬ人
に)[7], 652는 이즈미시키부의 부정을 원망하며 오래도록 소식도 주지
않는 연인에게(恨みて久しう音せぬ人のもとに)[8] 해명의 글을 수차례 보내도

---

7   이 노래는『센자이 와카슈千載和歌集』958에 작자미상의 노래로 수록되어 있는데,
   이에 관해서는 주 3)에서도 제시한 졸고(2005),「『센자이슈(千載集)』恋歌의 '他者'
   ―'人'와 '君'를 중심으로―」(한국외국어대학교일본연구소편『일본연구』제24호,
   pp.193-194)에서 상세히 언급하였다.

8   佐伯梅友·村上治·小松登美(『和泉式部集全釈』東宝書房, 1997년 p.488. 이하『全釈』
   이라 약칭)는 연인사이에서 '恨み'를 사용하는 것은 연인의 태도가 쌀쌀맞거나 다
   른 사람과 부정을 저질렀을 때 못마땅하게 여겨 탓하거나 불평을 품고 미워하는
   경우에 사용된다고 설명하였다. 나아가 이 노래의 경우에는 이즈미시키부가 다
   른 사람과 부정을 저질렀다는 이유로 불만을 토로한 것이라 해석하였다. 이는 고
   토바가키에 적힌 'ことわり'가 다른 사람에게 질책당할 만한 사건이 생겨 상대방이
   격노할 경우 그 분노를 풀기 위해 문제를 일으킨 경위를 설명하고 해명하는 일을
   의미하기 때문이라 설명하고 있다. 근거가 없이 억울한 경우라면 'あらがふ'가 사
   용되었을 것이라 역설하였는데 본고에서는 이 해석에 따른다.

답장 한번 주지 않는 상황에서 이즈미시키부가 보낸 노래이다. 669는 이따금 자신을 원망스럽게 생각하던 사람이 이제는 아예 소식도 전해오지 않는 상황에서(時々恨めしき人の、今は音せぬに) 읊은 노래이다.

개개의 노래를 구체적으로 살펴보면 437은 아직 상대방을 향한 '恨む' 마음은 남아있거늘 그마저 무시한 채 소식도 주지 않는 매정함을 원망하는 노래이다. '恨むべき心ばかり'에는 표면적으로 연인을 향한 '恨む' 마음을 강조하고 있지만 전술한 바와 같이 '恨む' 이면에는 사랑의 감정이 내재하고 있음을 호소하고 있다는 것을 알 수 있다.

652는 지금껏 당신에게 해명을 해도 받아주지 않음을 견뎌왔지만 '이번만큼은 가슴속에 묻어두었던 원망의 마음을 확실하게 표현하겠다(言に出でてを恨みてむ)'는 의사를 표명하고 있다. 그와 동시에 하구에서는 '당신을 사랑하지 않았다면 내 모든 걸 걸지는 않았을 것(逢はずは何の身をか捨つべき)'이라 호소한다. 이는 곧 지금 현재의 사랑에 모든 것을 걸었다는 처연한 고백인 것이다.

그런데 여기서 주목하고 싶은 점은 전통적인『고킨 와카슈』노래와는 달리 이즈미시키부의 '恨む' 노래는 '恨む' 행위에만 주안점을 두지 않는다는 점이다. '恨む'에 대한 감정과 함께 전술한 1178에서는 남녀사이의 불가해함을, 1420에서는 너무나도 변하기 쉬운 인간의 마음에 대해 평정심을 유지하고 싶다는 절실함을, 그리고 437은 자신의 존재조차 무시한 채 소식도 전하지 않는 상대방의 심한 처사를 원망하면서도 상대방을 향한 변함없는 사랑을 고백하고 있다는 점이다. 652 노래 역시 상구에 나타난 강력한 '恨む'에 대한 의지와 함께 모든 것을 걸고 당신을 사랑했음을 고백하는 하구에도 초점이 맞춰지고 있다는 것이다. 이즈미시키부의 '恨む' 노래는 '恨む' 감정을 표출하는 문장과 이와 관련된 또 다른 독립된 문장으로 구성되어 있어 단순히 '恨む' 행위에만 국한되지 않는 메시지를 전달하는 영법을 취하고 있다. 당시 지배적이던 『고킨 와카슈』의 전형적인 영법은 '恨む'가 맨 마지막 구인 5구에 위치하여 노래의 정점을 이루며 오로지 '恨む' 행위에만 가의가 집중되어 있는데 반해,[9] 이즈미시키부는 '恨む'를 포함한 부분과 '恨む'를 포함하지 않은 부분이 서로 균형을 이루고 있다는 점에서 극명한 차이를 보인다. 두 부분 가운데 어느 한쪽으로 기울거나 치우치지 않고 균등한 의미를 지닌 채 보다 확장된 의미와 메시지를 전달하는 독특한 구조와 가풍을 보이고 있다는 점에서 특기할 만하며, 전통적인 영법에서 벗어나 새로운 가풍을 시도했다는 점에서 이즈미시키부만의 독자적인 가풍이라 인정할 수 있을 것이다.

669는 '恨む' 행위에 대한 자신의 어리석음을 읊고 있다. 이전 연

---

9 『고킨 와카슈』사랑의 노래 가운데 '恨む'가 사용된 노래는 총 7수이다. 상대를 원망하는지 아니면 자신을 자책하는지에 관계없이, 그리고 부정의지이든 명령형이든지에 관계없이 와카의 주요 포인트는 '恨む' 행위에 초점이 맞춰지고 있다는 공통점을 지니며 대부분의 '恨む'가 마지막 5구에 위치하여 노래의 정점을 이루는 영법을 취하고 있다.

626 逢ふことのなぎさにし寄る波なればうらみてのみぞ立ちかじへりける
719 忘れなむ我をうらむな時鳥人の秋にはあはむともせず
727 海人のすむ里のしるべにあらなくにうらむとのみ人の言ふらむ
807 海人の刈る藻に住む虫のわれからと音をこそ泣かめ世をばうらみじ
814 うらみても泣きても言はむかたぞなき鏡に見ゆる影ならずして
816 わたつみのわが身越す波立ちかへり海人の住むてふうらみつるかな
823 秋風の吹きうらかへす葛の葉のうらみてもなほうらめしきかな

인에 대해 불만을 품고 상대를 탓한 자신을 책망하며 지금 돌이켜보니 연인이 자신에게 불만을 품고 원망했을 때는 아직 자신을 사랑하는 마음이 지속되고 있었다는 신호였음을 깨닫고 개탄하고 있다. 이 시점에서 다시 '간혹 원망스럽던 사람이 이제는 아예 소식도 없기에 時々恨めしき人の、今は音せぬに'라는 고토바가키를 되새겨보고자 한다. 때때로 원망스럽게 느꼈던 사람의 실체가 나에 대해 불만을 품고 원망을 해서 나 또한 원망스럽게 생각했던 사람임을 알 수 있다. 동시에 이제는 그 사람이 아예 소식을 끊었다는 상태라는 점이 명확해진다. 다시 말해 이즈미시키부의 언동에 이것저것 불만을 늘어놓고 원망했던 그때야말로 자신을 향한 사랑이 연인의 마음속에 내재되어 있었음을 자각하고 개탄하는 것이다. 고토바가키와 노래가 합일되어 비로소 노래의 의미가 온전하게 전달된다. 앞에서 언급한 '恨む'와 동일한 취지의 노래로 연인사이의 '恨む'가 사랑을 전제로 한 감정이라는 메시지를 전하고 있다. 또한 당해 노래에서는 자신이 품는 '恨む'와 상대방이 보이는 '憂き우키'는 모두 사랑이 전제된 감정 상태임을 보여주고 있다.

다음에 인용한 노래도 '憂き'가 함께 사용된 경우인데 고토바가키를 포함하여 '憂き'가 무려 3회나 반복되는 독특한 용례이다.

> 시종일관 내게 냉담한 사람이 '당신이 내게 냉담하다는
> 걸 모르는군요.'라 말하기에
> 常に憂き人の、「憂きを知らぬにや」などいひたるに
> 905 기구한 처지도 망각한 채 무지한 마음을 다해

> 매번 냉담한 당신을 나는 원망했었어라
> 憂き身をし知らぬ心のかぎりしてたびたび人を恨みつるかな

　항상 무정하고 야속한 연인 '憂き人우키히토'가 도리어 이즈미시키부의 '무정함憂き'를 질책하자 읊은 노래이다. 사랑받지 못하는 '자신의 기구한 처지憂き身우키미'도 인식하지 못하고 그런 무지의 마음을 다해 자주 상대방을 원망했던 자신을 자책하는 내용이다. 이미 자신을 사랑하지 않는 상대방에게 자신을 사랑해줄 것을 요구하며 사랑이 전제된 '恨む' 감정을 품은 자신의 어리석음을 탄식하고 있는 것이다. 이 노래도 역시 사랑이라는 감정이 전제되지 않은 '恨む'는 성립되지 않음을 보여주고 있다.

　이상에서 그 대상이 누구인지 구체적으로 밝히고 있지는 않지만, 그 사람과의 관계를 알 수 있는 고토바가키가 전제된 '恨む' 노래를 살펴보았다. 다음 장에서는 그 대상이 누구인지 명확히 제시된 '恨む' 노래 가운데 아쓰미치 친왕과 다치바나노 미치사다 두 사람과 관련된 노래를 중심으로 살펴보기로 한다.

2. 아쓰미치 친왕·다치바나노 미치사다 관련 '恨む우라무' 노래

　이즈미시키부가 생애 가장 사랑했던 사람은 아쓰미치 친왕이라 해도 과언은 아니다. 그와 더불어 이즈미시키부는 첫 남편인 다치바

나노 미치사다를 평생 가슴 속에 간직한 것으로 보이며 그러한 노래가 다수 남아있다.[10] 그러나 친왕과 주고받은 '恨む' 노래가 『일기』에 고스란히 남아있는데 반해 미치사다와 직접 주고받은 '恨む' 노래는 한 수도 남아있지 않다. 다만 주변 인물이 이즈미시키부에게 미치사다의 안부를 전하며 그녀의 심정을 묻고 이에 이즈미시키부가 답한 '恨む' 노래가 남아있어 미치사다를 향한 감정의 일단을 엿볼 수 있을 뿐이다. 그럼 먼저 『일기』에 삽입된 친왕 관련 '恨む' 노래를 인용하면 다음과 같이 총 4수가 보인다.

> A 행여 당신과 헤어진다고 해도 슬퍼 않으리
>
>   미워하는 사이로 남지만 않는다면
>
>   逢ふことはとまれかくまれ嘆かじを恨み絶えせぬ仲となりせば (p.36)[11]
>
> B 어쩔 수 없네 떠나가는 당신을 원망않으리
>
>   바다로 나아가는 어부와 같은 당신을

---

10 첫 남편을 사모하는 이즈미시키부의 마음이 평생 이어졌다는 주장은 寺田透 (1973)「和泉式部日記序」『源氏物語一面―平安文学覚書―』(東京大学出版会 pp.74-102) 가 가장 먼저 제기하였다. 그러나 미치사다와 이즈미시키부가 직접 주고받은 노래는 거의 보이지 않으므로 주위 사람들의 안부편지에 답한 이즈미시키부 노래를 통해서만 미치사다를 향한 그녀의 애정의 정도를 추정할 수 있을 뿐이다. 예를 들면 '別れても同じ都にありしかばいとこのたびの心地やはせじ'(184와 849에 중출)」, 'なかなかにおのが船出のたびしもぞ昨日の淵を瀬とも知りぬる'(259), 'もろともに立たましものを陸奥の衣の関をよそに聞くかな'(847) 등에서 미치사다를 향한 그녀의 미련을 감지할 수 있다. 이외에 久保木寿子(2000)『実存を見つめる和泉式部』(新典社 pp.84-85, 159-165)는 고토바가키에 미치사다라는 이름이 명시되지 않은 643, 668,782 등을 이즈미시키부가 미치사다에게 보낸 노래로 추정하였는데 앞으로 이에 관한 검증이 요구된다.

11 이 노래는 『정집』882번에 '그 사람에게人に'라는 고토바가키로 수록되어 있다. 전체적인 의미는 동일하나 노래 본문은 제2구가 'とまれかくまれ', 제5구가 'なかとなりせば'로 되어 있다.

　　よしやよし今はうらみじ磯に出でて漕ぎはなれ行く海人の小舟を (p.40)

C　의심도 원망도 하지 않으리라 다짐하건만

　　의심도 원망도 하네 내 안에 다른 두 마음

　　うたがはじなほ恨みじと思ふとも心に心かなはざりけり　　　　　(p.71)

D　원망의 마음 영원히 멈추지 말아주세요

　　한없이 믿는 당신을 나 또한 의심하니

　　恨むらむ心は絶ゆなかぎりなく頼む君をぞわれもうたがふ　　(p.71)[12]

　　노래의 주체로 보면 A·D가 이즈미시키부의 노래이고 B·C가 친왕의 노래이다. 월별로 보면 A·B가 6월에, C·D가 10월에 주고받은 노래이다. 『일기』에 삽입된 145수는 시기에 따라 상당한 편차를 보이는데 월별로 가장 많은 수의 와카가 삽입된 달은 10월이다.[13] 10월은 무려 48수로 압도적으로 많으며 그 다음으로 11월-19수, 6월-16수가 그 뒤를 잇는다. 10월은 두 사람의 사랑이 가장 뜨거워지는 시기와 겹치며 6월 또한 두 사람의 관계가 소원했던 5월과는 달리 친왕과의 사랑이 고조되었다가 이즈미시키부에 관한 추문으로 의혹과 불신을 품게 된 친왕과 다시금 소원해지는 시기에 해당한다. 흥미로운 점은 사랑이 고조되는 시기에 '恨む' 노래가 집중하여 출현한다는 점과, 동일한 작품 내에 사용된 '恨む' 노래가 노래를 읊은 주체는 물론 시기에 따라 질적 차이를 보인다는 점이다.

12　이 노래는 『정집』414번에 '人のかへりごとに'라는 고토바가키로 수록되어 있다.

13　졸역(2014), 『이즈미시키부 일기』지식을 만드는 지식, p.239

먼저 A는 이즈미시키부에 관한 추문을 전해들은 아쓰미치 친왕이 '밉기도 하고 그립기도 한 그대 언제나 당신 그리워하는 나는 한시도 편할 날 없네. つらしともまた恋しともさまざまに思ふことこそひまなかりけれ' 라는 노래를 보내오자 이에 이즈미시키부가 화답한 노래이다. 친왕의 노래에는 'つらし'와 '恋し'라는 상반된 감정이 동시에 표출되어 있다. 'つらし'는 상대방이 자신에게 무정하거나 냉담하게 대하는 것을 괴롭고 고통스럽게 생각하여 상대방을 원망스럽게 생각하는 심경을 나타내는데, 이는 '恨む'와 일맥상통하는 면이 있다. 노래는 당신이 원망스럽기도 하고 또 한편으로는 그립기도 하여 혼란스러운 나머지 마음 편할 날이 없다는 의미이다. 이에 이즈미시키부의 답가인 A는 당신과의 만남이 이대로 끊어진다 해도 어쩔 수 없지만 나에 대한 의구심이 풀리지 않은 채 언제까지나 서로가 서로를 원망하는 사이가 된다면 너무나 슬프다는 내용이다. 의구심이 풀리지 않은 상태라는 전제하에 서로를 원망한다면 서로가 만나지 못하는 경우보다 한층 더 견딜 수 없다 노래하고 있다. 의혹이 풀리지 않은 상태에서 서로를 원망한다는 것은 사랑이 전제되지 않은 '恨む' 상태이며 이는 이별보다 더 한 슬픔이라 노래하고 있다. 이는 이즈미시키부의 '恨む' 노래에서 일관적으로 볼 수 있는 가풍이라 할 수 있다.

여전히 풀리지 않는 의혹으로 친왕의 발길이 뜸한 날이 이어지던 6월 어느 날, 친왕은 다시금 이즈미시키부의 처소를 방문하여 사랑을 확인하고 귀가한다. 그러나 친왕 곁에서 시중을 드는 여관들이 '최근에는 미나모토源 성씨의 소장小将이 드나든다.'·'치부경治部卿께서도 드나든다.'라는 등의 염문을 전하자 친왕은 다시 이즈미시키

부를 불신하게 되고 마침내 헤어질 위기에 처하게 된다. 그 시점에서 친왕이 이즈미시키부에게 전한 노래가 B이다. 물가를 떠나 바다로 노 저어 떠나가는 어부와 같은 당신을 더 이상 원망하지 않겠다는 노래이다. 이즈미시키부 노래인 A가 의구심이 해소되지 않은 상태에서 서로를 원망하는 '恨む' 관계를 염려하고 지양한 데 반해 친왕이 읊은 B는 다른 사람과의 염문이 끊이지 않는 당신을 더 이상 원망하지 않겠다는 무관심의 표명을 '恨みじ'에 담고 있다.

C와 D는 두 사람의 사랑이 최고조에 달하는 10월에 주고받은 화답가이다. 거듭되는 우여곡절 끝에 드디어 이즈미시키부가 친왕 저택으로 들어가려는 결심을 굳힌 가운데 『일기』에는 기록되지 않은 이유로 친왕과의 관계가 서먹해진 가운데 친왕이 이즈미시키부에게 전한 노래가 C이다. 의심도 하지 않고 더더욱 원망도 하지 않으리라 다짐하건만 내가 내 마음을 어찌할 수 없어 당신을 의심하기도 하고 원망하기도 하는 자신을 못마땅해 하고 있다. B와 C는 모두 친왕이 읊은 노래로, 두 노래 모두에서 부정의지 형태인 '恨みじ우라미지(원망하지 않겠다)'가 공통적으로 보인다. 하지만 B가 무관심에 기조를 둔 '恨みじ'인데 반해, C는 사랑에 기반을 둔 '恨みじ'라는 점에서 '恨む'의 질적 차이를 보인다.

B와 C에서 보인 친왕의 '恨みじ'라는 부정의지 표명에 대해 이즈미시키부는 엇갈린 반응을 보인다. B에 대해 이즈미시키부는 '소맷자락에 눈물 흘리는 일을 내 소임으로 여기는 사이 그대 나를 두고 떠나네. 袖のうらにただわがやくとしほたれて舟ながしたる海人とこそなれ'[14]라는 답가

---

14 노래의 운율을 무시한 채 알기 쉽게 옮기면, '소맷자락에 눈물짓는 일만을 나의 유일한 소임으로 여기는 사이에 마치 배를 떠내려 보낸 어부처럼 당신에게 버림받

를 친왕에게 보낸다. 이 노래에 '恨む'라는 가어는 보이지 않으며 '恨みじ'라는 친왕의 의사 표명에 대해 어떠한 반론도 보이지 않는다. 배가 떠내려가 홀로 남겨진 어부처럼 친왕을 떠나보내고 홀로 남겨진 채 다만 눈물을 흘릴 뿐이라며 담담하게 심경을 읊고 있다. 이 노래에서 이즈미시키부가 사랑을 전제로 하지 않은 '恨みじ'에 관해서는 미련을 보이지 않는다는 사실을 확인할 수 있다.

한편 C의 친왕의 노래에는 이즈키시키부를 사랑하는 만큼의 혼란스러움이 'うたがはじ우타가와지(의심하지 않으리)'와 'なほ恨みじ나오우라미지(조금도 원망하지 않으리)'라는 부정의지 표현인 'じ'라는 조동사에 투영되고, 그러한 결심들이 물거품처럼 사라지고 또다시 의지와는 상관없이 의심과 원망을 하게 된다는 영탄의 조동사 'けり게리'를 사용하면서 이즈미시키부를 향한 친왕의 사랑이 숨김없이 표출되고 있다. 이에 대해 이즈미시키부는 D의 노래에서 자신에 대한 원망의 마음을 멈추지 말라고 당당히 요구한다. '恨む'는 자신을 사랑하는 마음의 반증이며 그기에 더할 나위 없이 믿고 의지하는 친왕에 대해 자신도 때로는 의심하기도 한다고 역설하고 있다. 이로써 동일한 작품 내에 보이는 가어 '恨む'가 상대방과의 심리적 거리에 따라 질적 양상을 달리한다는 점을 확인할 수 있었다. 또한 친왕을 향한 사랑이 깊어질수록 서로를 향한 '恨む'는 긍정적이고 지향할 만한 감정이라는 견해가 '恨む' 노래에 그대로 표출되고 있음을 확인할 수 있었다.

아 홀로 남겨진 처지가 되었네.'라는 노래이다.

그렇다면 이즈미시키부가 사랑했던 첫 남편 다치바나노 미치사다와 관련된 '恨む' 노래는 어떠한 양상을 보이는지 살펴보기로 한다. 이즈미시키부는 부친의 유능한 부하였던 미치사다와 스무 살 무렵 결혼하여 이듬해 장녀 고시키부小式部를 출산한 것으로 알려져 있다. 미치사다의 여자관계로 부부간의 사이가 벌어진 가운데 이즈미시키부도 친왕과 사랑하는 사이가 되자 두 사람은 결별하기에 이르는데 그 당시의 상황을 짐작케 하는 것이 다음에 인용한 이즈미시키부의 노래이다.

> 미치사다가 떠나가버린 뒤 이즈미시키부가 소치노미야 저택으로
> 들어간다는 소식을 듣고   아카조메에몬
> 道貞去りて後、帥の宮に参りぬと聞きて   赤染衛門

365 변심 말고 잠시 시노다 숲속 동태를 봐요
    제자리 돌아올지 모르니 바람에 뒤집힌 칡 이파리
    うつろはでしばし信田の森を見よかへりもぞする葛の裏風

    답가返し
366 그 사람 내게 차갑게 대하더라도 바람에 날린 칡 이파리
    뒷면 보여 뒤집히듯이 그를 원망하진 않으리
    秋風はすごく吹くとも葛の葉のうらみ顔にはみえじとぞ思ふ

366은 미치사다가 떠난 뒤 친왕 저택으로 들어간다는 이야기를 전해들은 아카조메에몬赤染衛門이 보내온 노래(365)에 대한 이즈미시키부의 답가로 『아카조메에몬 가집 赤染衛門集』과 『신고킨 와카슈

新古今和歌集』[15]에도 수록된 유명한 노래이다. 우선 365의 아카조메에몬 노래는 '변심해서 친왕 처소로 들어가지 말고 당분간 참으면서 시노다 숲, 즉 이즈미 지방 수령인 미치사다의 동태를 지켜보세요. 시노다 숲의 명물인 칡 잎사귀가 바람에 뒤집혀 잎사귀 뒷면을 보이는 것처럼 당신 곁으로 돌아갈지 모르니.'[16]라는 의미이다. 이에 이즈미시키부는 아카조메에몬이 사용한 '葛(の葉)구즈(노하)'·'うら(み)우라(미)'·'(秋)風 (아키)카제' 등의 가어를 자신의 노래에 넣어 읊고 있는데 상당히 난해하여 연구자에 따라 해석이 갈린다. 문제의 중심에는 '葛の葉구즈노하(칡잎)'이라는 부분이다. 즉 '葛の葉'가 누구를 상징하는지에 따라 'うらみ顔にはみえじ(원망하는 모습을 보이지 않으리)'의 'じ'를 부정 의지로 해석할 것인지 부정 추량의 조동사로 해석할지가 명확해지면서 전체적인 가의가 드러나기 때문이다. 아카조메에몬 노래

15 『아카조메에몬 가집』에는 '和泉式部と道貞となかたがひて、帥宮にまゐるときてやりし'라는 고토바가키를 지닌 181번 아카조메에몬이 보낸 노래에 대해, '返し、式部'라는 고토바가키를 보이는 이즈미시키부의 답가로 182번에 수록되어 있다. 노래 본문은 『이즈미시키부 가집』과 동일하다. 또한 『신고킨 와카슈』雜下에도 실려 있는데, '和泉式部、道貞に忘られて後、ほどなく敦道親王通ふと聞きて、遺はしける 赤染衛門'이라는 고토바가키를 지닌 1820번 아카조메에몬 노래에 대한 이즈미시키부의 답가로 1821번에 수록되어 있다. 참고로 아카조메에몬은 이즈미시키부보다 열 살 정도 연상인데, 岡一男는 대일본사료를 인용한 오마가키大間書의 기사에 아카조메에몬의 남편인 오에노 마사히라大江匡衡가 이즈미시키부 부친인 오에노 마사무네의 아우였다고 추정하였다. 따라서 아카조메에몬은 일가친척인 이즈미시키부에게 염려와 당부의 마음을 담아 상기의 노래를 보낸 것으로 보인다.

16 '信太の森'는 이즈미 지방의 수령이었던 미치사다를 비유하고 있으며, '信太'라는 지명에 '참다'라는 의미의 '忍ぶ'가 중의적으로 사용되고 있다. '信太の森'는 칡의 잎과 함께 노래 소재로 유명했으므로 칡 이파리가 바람에 날려 뒤집히기 쉬운 것과 연관시켜 이도 역시 미치사다를 빗대고 있다. 제4구의 'かへり'는 칡 이파리가 뒤집힌다(翻る)는 의미와 미치사다의 애정이 이즈미시키부에게로 돌아온다(帰る)는 의미의 동음이의어로 중의적인 표현이다. 제5구의 '葛の裏風'는 칡 이파리를 거꾸로 뒤집는 바람이라는 의미이다.

에 사용된 '葛の葉'는 명확하게 미치사다를 빗대고 있는데 반해 이즈미시키부 노래에 사용된 '秋風(가을바람 · 싫증 · 사랑이 식음)'과 '葛の葉'는 상당히 다의적이다.

먼저 '秋風'를 미치사다의 상징으로 보고 '葛の葉'를 이즈미시키부로 상정할 경우이다. 그러면 'うらみ顔にはみえじ'의 주체는 이즈미시키부가 되므로 노래는 미치사다가 나에게 염증을 느껴 나에게 냉담하게 대하더라도 나는 원망하지 않겠다는 의미로 해석된다.[17] 이에 대하여 데라다 토오루寺田透는 보다 복잡한 구조로 이 노래를 파악하고 있다. 즉 이즈미시키부가 자신의 삶을 스산한 가을바람에 비유하면서 동시에 미치사다에게 싫증이 난 자신의 부정不貞을 가을바람에 비유하여 설령 그런 바람에 흔들리더라도 아카조메에몬이 칡잎사귀에 비유한 미치사다는 원망의 마음을 보이지는 않을 것이라고 해석하고 있다. 결국 미치사다와 화합할 수는 없지만 이즈미시키부가 미치사다를 경외할 수밖에 없는 남자로서 인식하고, 그런 미치사다가 자신의 행동에 원망 따위의 감정을 느낄 사람이 아닐 것이라는 남편 미치사다의 성향을 노래한 것으로 분석하였다.[18]

이에 대해 시노즈카 스미코篠塚純子는 양쪽 해석을 인정한 후, '葛の葉'는 헤어진 남편 미치사다이자 이즈미시키부 본인이기도 한 것이라 추정하고 있다. 이 노래를 답가로 보낸 이즈미시키부의 복잡하

---

17 上村悦子(1994),『和泉式部の歌入門』, 笠間書院, pp.128-132.
　　清水好子(1985),『和泉式部』, 集英社, pp.68-69.
　　佐伯梅友・村上治・小松登美(1997), 앞의 책 pp.290-295
18 寺田透(1971),『日本詩人選8　和泉式部』, 筑摩書房, pp.68-69
　　＿＿＿(1973),『源氏物語一面―平安文学覚書―』, 東京大学出版会, pp.74-102

고 미묘한 심리 상태를 숙고한다면 이즈미시키부 상상 속에는 미치사다와 부부사이라는 전제하에 이 노래를 이해하고 있다고 역설하고 있다. 즉 부인인 내가 남편인 그 사람에게 염증을 느껴 냉정하게 그 사람 곁을 떠나 다른 사람과 사랑을 나눈다 하더라도 그 사람은 허둥대며 내게로 돌아오고 싶다는 거동을 보이거나 나에게 사내답지 않게 원망하는 말을 늘어놓거나 할 사람은 아니라는 해석과, 떠나버린 남편이 지금 내가 취한 행동이나 나에 관한 갖가지 소문 때문에 점점 더 나에게 염증을 느껴 쌀쌀맞은 태도를 취한다 하더라도 그런 남편을 원망하거나 하지는 않겠다는 양쪽 모두의 해석 가능성을 열어두었다. 이에 덧붙여 '우리 부부는 남편의 외도에 아내가 허둥대거나 아내의 부정에 남편이 푸념을 늘어놓거나 비아냥거리는 그런 일반적인 부부와는 다르다'는 의미로 해석하여 아카조메에몬 노래에 답한 것이라 분석하고 있다.[19]

이 모든 경우의 수를 감안할 때 공통적인 요소는 미치사다이건 이즈미시키부이건 상대방에게 원망하는 태도를 보이지는 않는다는 점이다. 또한 아카조메에몬이 '미치사다가 다시 당신(이즈미시키부) 곁으로 돌아올지도 모른다.'라는 대목에서 이미 미치사다에게 다른 여자가 생겼다는 것을 알 수 있다. 그리고 『아카조메에몬 가집』 고토바가키에 '이즈미시키부와 미치사다 사이가 벌어져 아쓰미치 친왕 저택으로 들어간다는 소식을 듣고 적어 보낸 노래'라 적혀 있다. 『일기』에 따르면 이즈미시키부가 친왕의 저택으로 들어간 것이 쵸호長

---

19 篠塚純子(1976), 『和泉式部—いのちの歌』, 至文堂, pp.134-179

保 5년(1003) 12월 18일이다. 한편 미치사다가 무쓰 지방 수령으로 부임한 시점은 쵸호 6년(1004) 3월이므로 이즈미시키부는 이미 친왕의 저택으로 들어 간지 3개월이 지난 무렵에 해당한다. 이 시기에 이즈미시키부는 미치사다와의 관계를 어느 정도 정리한 것으로 보이는데 이를 감안하면 'うらみ顔にはみえじ'의 주체는 이즈미시키부가 되므로 'じ'는 부정의지의 표현으로 보는 것이 타당하다고 사료된다.

그런데 앞서 기술한 바와 같이 친왕과 주고받은 '恨む' 노래는 사랑을 전제로 한 감정인만큼 친왕에게 '恨む' 감정을 멈추지 말아달라고 요구하는 동시에 자신도 친왕에 대한 '恨む' 감정을 품는다는 취지의 노래인데 반해 미치사다와 관련된 '恨む' 노래에는 남편에게 결코 '恨む' 감정을 드러내 보이지 않겠다는 정반대의 의지를 표명하고 있어 흥미롭다.

또한 친왕과 관련된 '恨む' 노래가 어떠한 기교도 부리지 않고 자신의 감정을 있는 그대로 표출한데 반해, 미치사다 관련 '恨む' 노래는 원망의 의미를 담은 '恨みうらみ'와 칡 잎사귀 뒷면을 본다는 '裏見うらみ'의 중의적인 표현으로 다의적 해석이 가능한 매우 굴절된 영법을 보이고 있다.[20] 물론 이즈미시키부가 미치사다에게 직접 보낸 노래가 아니라는 점과, 아카조메에몬 노래에 대한 답가라는 점에

---

20 이러한 영법은『고킨 와카슈』에 곧잘 등장하는 수사법이지만『이즈미시키부 가집』에는 이 노래와 724번(風をいたみ下葉の上になりしより恨みて物を思ふ秋萩)노래 2례뿐이다. 鈴木宏子(앞의 책 pp.239-256)는『고킨 와카슈』에 보이는 가어 '恨む'를 분석한 바 있지만 이즈미시키부 노래에 관한 언급은 없다. 필자는 당해 노래를 제외한 이즈미시키부의 노래가 고금집적인 영법보다는 만요풍적인 영법에 가까운 것으로 분석하고 있다.

서 가어의 선택이 이루어졌다는 점을 감안하더라도 남편을 향한 이
즈미시키부의 애정은 감지되지 않는다. 평생 첫 남편인 미치사다를
가슴 속에 간직한 것으로 알려진 이즈미시키부이지만 미치사다 관
련 '恨む' 노래에서 그녀의 애정을 읽어낼 수는 없다. 이러한 점에서
친왕 관련 '恨む' 노래와 다른 결정적인 질적 편차를 확인할 수 있다.

3. '恨む우라무'와 조합된 가어 '涙나미다', '身미'

이즈미시키부가 읊은 총 20수의 '恨む' 노래 가운데[21] 고토바가키
가 '題知らず(제작사정 미상)'로 되어있어 어떠한 상황에서 누구에게 읊
었는지 알 수 없는 노래가 한 수 보인다.

> 581　원망하고픈 사람조차 이제는 없는 처지건만
>
> 　　　어찌하여 눈물은 내 몸에 남아있는 걸까
>
> 　　　うらむべきかただに今はなきものをいかで涙の身に残りけん[22]

『全釈』은 위 노래의 고토바가키가 탈락된 것으로 보고 581의 제
작 시점을 이 노래 바로 다음에 배열된 582번 노래의 제작시점과 동

---

21 『이즈미시키부집』에 보이는 용례는 총 22례(202, 318, 366, 414, 437, 565, 581, 652, 669, 719, 723, 724, 746, 778, 796, 825, 882, 905, 1113, 1178, 1333, 1420)이지만 202와 1113 노래가 중복됨으로 20례가 된다. 이 가운데 414와 882는 『일기』에도 삽입되어 있다.

22 이 노래는 칙찬집인 『続千載集』(恋五, 1626)와 사찬집私撰集인 『万代和歌集』(恋四 2421)에도 '題知らず'의 노래로 수록되어 있다.

일할 것이라 추정하였다.

> 단고 지방에 있을 적에 남편인 수령이 상경하여 여러 날이
> 지나도 내려오지 않기에 12월 중순 눈이 펑펑 내리는 날
> 丹後にありけるほど、守上りて下らざりければ、十二月十余
> 日、雪いみじう降るに

582 기다리는 이 가서는 오지 않고 못마땅하게
　　　새해만이 넘어온 요사与謝의 오에야마大江山 산
　　　待つ人はゆきとまりつつあぢきなく年のみ越ゆる与謝の大山[23]

고토바가키에서 알 수 있듯이 582는 이즈미시키부가 단고丹後 지방에 체재할 때 읊은 노래이다. 단고 지방은 이즈키시키부의 두 번째 남편인 후지와라노 야스마사藤原保昌의 부임지였으므로, 581를 582와 마찬가지로 이즈미시키부가 남편 부임지인 단고 지방에서 지낼 때 지은 노래로 간주하였다.[24] 이와 더불어 581에 사용된 'うらむう라무', 'かた가타', 'なみだ나미다'가 '怨―浦', '方―潟', '涙―波'의 중의적 표현으로 한결같이 바다와 관련된 가어라는 점을 들어 581이 이즈미시키부가 단고 지방에 체재했을 당시의 노래로 추정하는 근거로

---

23 '기다리는 사람은 벌써 교토에 와있다 들었는데 그는 오지 않고 새해만이 오사카 언덕을 넘어 교토에 왔네. 待つ人は来ぬと聞けどもあらたまの年のみ越ゆる逢坂の関『고센 와카슈』雜四 1303번'를 염두에 둔 노래이다.

24 후지와라노 야스마사는 1020년 이즈미시키부 마흔 네 살 경에 단고 지방의 수령으로 임명되었으며, 이때 이즈미시키부는 남편과 함께 부임지로 향한 것으로 추정되고 있다. 그로부터 2년 후인 1022년 이즈미시키부는 교토로 귀경한다.

제시하였다.

　그러나 이러한 표현은『고킨 와카슈』에 전형적으로 보이는 영법으로, '恨む' 노래에는 바다를 직접 체험했는지 여부와 상관없이 바다와 관련된 가어가 자주 등장한다. '恨む' 노래에 바다 관련 가어가 다용되고 있는 점에 대해 스즈키 히로코鈴木宏子[25]는 내륙인 교토에서 생활했던 귀족들에게 바다가 친근한 대상은 아니지만, 이는 만요슈 시절부터 사용된 표현을 계승했다는 점과 보다 근원적인 이유에서 와카, 특히 사랑 노래의 가어로서 바다를 공유했을 것이라 설명하고 있다. 따라서『全釈』의 분석은 설득력이 희박하며 또한 내용면에서도 581과 582는 일련의 노래로 볼 수 없다.[26] 이에 581을 상세히 분석하여 노래의 주제를 명확히 함으로써 단고 지방과 관련된 582와는 판이하다는 점을 밝히고자 한다. 그 근거로서 581에 사용된 가어, 특히 '恨む'와 조합된 '涙나미다(눈물)'과 '身미(육체·처지)'에 주목하여 581과 관련된 인물과 노래가 제작된 배경에 대해 추정하고자 한다.

　이즈미시키부 노래에는 '涙'와 관련된 노래가 다수 보이는데, 심지어 구후키하라 레이久富木原玲는 이즈미시키부를 '泣く女(우는 여자)'로까지 규정하였다.[27] 특히 이즈미시키부는 친왕과 딸의 죽음을 애

25　鈴木宏子 앞의 책, p.249

26　582는 단고 지방에 있을 때 수령이 상경하여 돌아오지 않아 12월 중순 무렵 눈이 심하게 내린 날 읊은 노래이다. 기다리는 사람은 도읍지로 간 채 오지 않고 새해만이 요사의 크나큰 산을 넘어온다는 내용의 노래이다. 내용면에서 볼 때 역시 581의 노래를 582와 관련된 일련의 노래로 보기에는 무리가 있다.

27　久富木原玲(1997)「和泉式部と紫式部—和歌から物語へ—」, 後藤祥子編『王朝和歌を

도하는 노래에 '涙'와 '身'라는 가어를 다용하고 있다. 그러나 '涙'와 '身'라는 가어를 구사함에 있어 '恨む'와 마찬가지로 그 대상에 따라 미묘하게 다른 영법을 보이고 있어 흥미롭다. 그럼 먼저 딸 고시키부의 죽음을 애도한 노래 가운데 '涙' 또는 '身'가 사용된 노래를 살펴보기로 한다.

332　딸 여읜 슬픔에 눈물만 보이리라 만나더라도
　　　이 커다란 슬픔 말로 표현할 길 없으니
　　　涙をぞ見せば見すべき相見ても言にはいでむ方のなければ

미치사다와의 사이에서 낳은 딸 고시키부가 죽은 후, 딸의 남편인 후지와라노 긴나리藤原公成[28]가 조문하겠다는 전갈을 받고 읊은 노래이다. 딸을 여읜 슬픔을 그 어떤 말로도 표현할 길 없으니 딸의 남편을 만나면 눈물만 보일 것이라는 내용이다. 극단적인 슬픔을 오로지 눈물로 표현할 수밖에 없다는 통곡의 노래이다. 그 어떠한 말로도 표현할 수 없는 자식을 잃은 슬픔을 아무런 기교와 수식 없이 '涙をぞ 見せば見すべき오로지 눈물만 보일 것이다'라는 '涙'와 '見すミス(보이다)'를 반복 사용하여 강조하는 소박한 표현에서 오히려 슬픔의 강도는 배가한다.

学ぶ人のために』, 世界思想社, 112-138.
28　후지와라노 가네이에藤原兼家의 아우인 긴스케公季의 손자에 해당하는 인물이다. 이외에도 후술하는 486에 등장하는 내대신内大臣은 후지와라노 미치나가藤原道長의 셋째아들인 노리미치로 고시키부의 또 다른 남편에 해당한다.

'내대신 마님의 아기씨[29]를 만나고 싶으니 이쪽으로 모셔 왔으면 합니다.'라고 적어 보냈더니 그쪽에서 '이리로 와서 뵙도록 하시지오.'라는 전갈이 왔기에   이즈미

内大臣殿の若君を、わたし奉り給へて、見たてまつらん」と ありければ、「ここにわたりて、見奉り給へ」とありければ、

いづみ

486 여읜 딸 그리는 눈물에 아가씨 모습 비쳐보이니

나카가와中川 강까지 건너갈 필요없으리

恋ひて泣く涙に影はみえたるを中川までもなにかわたらん

아기씨가 모친인 고시키부 장례식에 오셨을 때

若宮、御送りにおはする頃

488 내가 자식인 그대 어미 대신 어여뻐하리

어미가 그립거든 그 어미인 나를 보면 되리

此の身こそ子のかはりには恋しけれ親恋しくは親を見てまし

486의 고토바가키에 보이는 '내대신内大臣'은 고시키부의 또 다른 남편인 후지와라노 노리미치藤原教通이고, '아기씨若君'는 두 사람의

---

29 내대신은 후지와라노 미치나가의 셋째아들 노리미치教通, 아기씨는 노리미치와 이즈미시키부의 딸 고시키부 사이에 태어난 아들로 고시키부 사망 당시 8세. 사망 원인은 새로운 연인관계였던 후지와라노 긴나리藤原公成의 아이를 출산하다 난산 끝에 사망한다. 한편 이즈미시키부가 만나고자 했던 아기씨는 당시 8세로 추정되는 노리미치의 아들(쵸엔静円. 후에 승관 계급의 최고위직인 승정僧正에까지 오른 인물)로 교토 북부 나카가와 승도中河の僧都가 양육을 맡고 있었는데 이에 관한 내용이 『에이가 모노가타리』 '고로모노 다마衣の玉'편에 소상히 기록되어 있다. 위 노래 고토바가 키 말미에 '이즈미'라는 작자명이 부기된 점으로 보아 『에이가 모노가타리』 내용을 그대로 가져온 것으로 짐작된다.

아이이므로 이즈미시키부에게는 손자에 해당한다. 『에이가 모노가 타리栄花物語』(巻第27 「衣の珠」)에 따르면, 그 무렵 아이는 교토 교외에 위치한 나카가와中川에 있던 승정僧正이 양육했다는 기록이 있다. 이미 손자는 승적에 올라있었으며 후에 죠엔静円이라 불린다. 딸을 여윈 이즈미시키부가 손자를 보고 싶으니 데리고 와달라는 전갈을 보내자, 직접 나카가와까지 와서 손자를 만나라는 승정의 답장을 받고 이즈미시키부가 읊은 노래가 486이다. 딸을 그리며 흘리는 내 눈물 (로 가득 찬 강물)에 손자의 모습이 비쳐 보이니, 일부러 나카가와를 건너갈 필요가 있겠느냐는 내용이다. 손자의 모습에서나마 죽은 딸의 자취를 찾고자 안간힘을 다하는 이즈미시키부의 간절한 마음을 읽을 수 있는 노래이다. 이와 같이 이즈미시키부는 딸의 죽음 앞에서 '涙をぞ見せば見すべき'(332), '恋ひて泣く涙애타게 그리워하며 흘리는 눈물'(486)와 같은 단도직입적인 표현으로 주체할 수 없는 통곡을 표출하는 소박한 영법을 보이고 있다.

488은 앞서 486에 등장한 손자가 고시키부의 장례에 참석하자 이즈미시키부가 손자를 보며 읊은 노래이다. 상구인 '此の身こそ子のかはりには恋しけれ'에서 '此の身'는 이즈미시키부 자신을, '子'는 고시키부를 지칭하는 것으로 간주하였다.[30] 그리고 하구 '親恋しくは親を

---

30 清水好子(앞의 책 pp. 186-187)와 『全釈』은 상구의 '此の身こそ子のかはりには恋しけれ'에 보이는 '此の身'를 '子の身'로 표기하고 두 개의 '子'를 모두 고시키부로 파악하였다. 따라서 '子の身'는 자식이 낳은 자식이 되므로, 내 자식이 낳은 자식을 내 자식 대신에 어여뻐한다는 의미로 해석하였다. 한편 딸의 죽음을 애도한 또 다른 노래로 '留め置きて誰をあはれと思ひけん 子はまさるらん 子はまさりけり'(485)가 있다. 이 노래에도 '子'가 두 번 사용되고 있는데 전자는 딸이 낳은 자식을, 후자는 자신의 자식인 고시키부를 가리키고 있어 한 수에 사용된 두 개의 '子'가 각기 다른 인물을 지칭하

見てまし’에 보이는 두 개의 ‘親’ 가운데 전자는 손자에게 있어 모친 인 고시키부를, 후자는 고시키부의 모친인 이즈미시키부 자신을 지 칭하는 것으로 파악하였다. 이에 따르면 노래는 내가 자식(즉 너의 모 친) 대신 너를 어여삐 여기고 있으니, 너의 모친이 그립거든 모친의 모친인 나를 만나러 오면 된다는 의미로 해석할 수 있다.

한편 친왕의 죽음을 애도한 아쓰미치 친왕 만가군[31]가운데 ‘涙’ 또 는 ‘身’를 사용하여 읊은 노래는 다수 보이는데, ‘涙’만 사용된 노래 는 12수이다.[32] 하지만 ‘涙’를 암시하는 ‘歎く나게쿠(한탄하다)’, ‘濡れ누 레(젖다)’, ‘泣く네나쿠네(울음소리)’라는 가어까지 포함시키면 20수에 이른다.[33] 또한 ‘身’가 사용된 노래는 13수인데[34] 여기서는 ‘涙’와 ‘身’ 가 동시에 사용된 노래를 살펴보기로 한다.

고 있다. 하지만 당해 488의 ‘此の身’를 ‘子の身’로 표기하고 자식이 낳은 자식이라 고 간주하는 입장에는 동의하기 어렵다. 이즈미시키부 노래에 사용된 ‘身’는 모두 이즈미시키부 자신을 지칭하거나 자신의 기구한 처지를 의미하므로, 이 노래에 한해서 ‘身’를 ‘자식’이라는 의미로 보기에는 무리가 있다. 따라서 본고에서는 ‘此 の身’를 이즈미시키부 자신이라는 의미로 간주하였다.

31 『이즈미시키부집』 가운데 이른바 G가군으로 불리는데 940부터 1061까지의 가군 을 지칭한다. 그러나 가집 내에는 아직 알려지지 않은 친왕 관련 만가가 존재하는 것으로 보인다. 이에 관한 연구가 요구되며 본고에서도 그러한 문제를 해결하기 위한 단서를 발견하고자 하는데 그 목적을 두고 있다.

32 이에 해당하는 노래는 941, 942, 952, 957, 986, 987, 989, 990, 1016, 1023, 1032, 1035 이다.

33 주 28에 제시한 12수 외에 이와 유사한 표현의 용례 8수는 965, 967, 969, 979, 1005, 1024, 1042, 1044이다.

34 이에 해당하는 노래는 953, 954, 965, 967, 969, 975, 977, 982, 1018, 1033, 1036, 1047, 1052이다.

975 　서글픈 것은 뒤에 남아 오열하는 이내 몸이어라

　　　사별의 눈물 떨구기 전 내가 먼저 죽었더라도 좋았을 것을

　　　悲しきは後れて歎く身なりけり涙の先に立ちなましかば

977 　몸에서 이토록 하염없이 눈물 흘리면 어찌 할까나

　　　세상 모든 바닷물 메말라 흘릴 눈물마저 없으면 [35]

　　　身よりかく涙はいかがながるべき海てふ海は潮や干ぬらむ

982 　내 몸 가르며 눈물이 강물 되어 흐르고 있으니

　　　내 몸은 이승과 저승 나누는 강변이 되리

　　　身を分けて涙の川のながるればこなたかなたの岸とこそなれ

　975는 친왕을 애도하는 눈물을 흘리기 전에 죽어버렸으면 좋았을 것을 지금까지 살아남아 당신을 그리며 통곡하는 이 육신이야말로 견디기 힘든 슬픔이라 읊고 있다. 앞서 살펴본 딸을 애도한 '涙' 노래에서는 주체할 수 없는 슬픔에 눈물만 흘린다는 영법과는 달리 여기서는 죽음을 애도하는 눈물을 흘리기 전에 친왕의 뒤를 따라 곧바로 죽지 못했음을 개탄하고 있어 질적 차이를 보인다.

　977은 주체할 수 없는 슬픔에 이처럼 내 몸에서 계속 눈물이 흘러넘친다면 이 세상 바닷물은 모두 말라버릴 터인데 그렇게 되면 수원

35 　이 노래는 『고지키古事記』에 등장하는 스사노오노미코토 관련 신화를 바탕으로 한 노래로 보인다. 야스다 요쥬로保田与重郎에 따르면 이 신화는 자연의 수증기가 사람의 체내를 통과하여 눈동자에서 눈물이 되어 흘러넘친다는 고대 일본인의 사고에 밑바탕을 둔 것이라 설명한다. 즉 눈동자를 따라 흘러넘치는 눈물의 양이 많으면 많은 만큼 모든 강물과 바닷물, 그리고 땅속의 모든 수증기를 빨아들여 완전히 말라버리기 때문에 산천초목이 모두 메말라죽는다고 믿었다는 주장인데, 당해 노래를 이해하는데 있어서도 상당히 설득력 있는 주장이므로 이에 따른다.

水源을 잃은 나는 눈물도 흘릴 수 없을 것이라는 노래이다. 일견 과장된 듯 보이지만 실은 친왕과의 사별에서 겪었을 슬픔의 강도와 정신적 타격의 크기가 온전히 전달된다. 또한 하염없이 흘린 자신의 눈물로 이 세상 산천초목이 모두 시들어버린다는 신화적 발상[36]의 차용과 자신의 육체를 통해 자연의 섭리를 논하는 드넓은 시각에서 이즈미시키부 문학세계의 스케일을 엿볼 수 있다.

982는 자신의 육체로부터 흐르는 통곡의 눈물이 강이 되어버린 지금 자신의 육체가 이승과 저승을 가르는 강물이 된다는 노래이다. 자신의 육체를 통하여 생과 사가 교차한다는 의미로 자신의 육체를 매개로 죽은 친왕과 살아남은 자신의 소통이 가능하다는 의미로도 해석할 수 있다. 또한 친왕과의 사별로 자신은 죽음을 넘나드는 상태로 죽어 저 세상으로 가버린 친왕이 자기 육신 안에 공존한다는 발상으로 자신이 곧 죽은 친왕과 한 몸이라는 의미로도 해석할 수 있다. 이는 친왕이 남긴 유일한 유품이 자신의 몸이라 읊은 954와, 출가하려해도 친왕의 손길이 닿은 자신의 몸이라 생각하면 그마저 뜻을 이룰 수 없다는 953의 노래와 유사한 발상이다.[37] 자신의 몸이

---

36 이 발상의 근원은 『고지키』 상권에 기록된 스사노오노미코토의 체읍과 관련된 신화이다. 스사노오노미코토는 부친 이자나기로부터 위임받은 바다는 돌보지 않은 채 오랜 세월 사망한 모친을 그리는 눈물을 흘리며 슬퍼했으므로 청산은 시들어버리고 모든 바닷물은 말라버렸다는 내용이다. 이 신화는 자연의 물기가 인간의 육체를 통과해 눈물이 되어 흐르는 것이며, 이는 옛 일본인의 사고방식에 근거한 것이라고 保田与重郎는 설명하였다. 따라서 흘리는 눈물의 양이 많으면 많을수록 강과 바다에 있는 물이라는 물은 전부 땅속의 물기를 모두 빨아들이게 되므로 산천초목은 시들어 버린다는 발상이다. (保田与重郎, 『現代畸人伝』新学社, 1999년, pp.35-37)

37 954는 '思ひきやありて忘れぬおのが身を君が形見になさむ物とは'라는 노래이며, 953은

곧 친왕이라는 발상인데, 이는 전술한 488과는 차이를 보인다. 488
은 자신이 딸 대신 손자를 어여삐 여긴다는 발상으로, 자기 몸이 곧
딸이라는 등식은 성립되지 않는다는 점에서 질적 차이를 보인다. 자
신을 죽은 자와 일체화시키는 발상은 오직 사별한 친왕을 인식할 때
나타나는 그녀만의 독특한 영법이라 할 수 있다. 그럼 다시 앞서 문
제 제기한 581로 돌아가 결론적으로 말하면 이 노래를 친왕이 죽은
후 이즈미시키부가 읊은 노래로 추론할 수 있다. 그 근거로 전술한
'恨む'와 함께 사용된 '涙'와 '身'의 특징적인 영법을 들 수 있다.

『全釈』은 581을 '그 사람에 대해서는 완전히 체념해서 이제는 더
이상 원망할 마음조차 없거늘 어찌하여 눈물만은 내 몸에 남아 끊임
없이 흐르는 걸까'라고 해석하고 있다. '恨むべきかた'의 'かた'를 '마
음'으로 풀이하였다. 그러나 본고에서는『日本国語大辞典』에 실린
'かた'의 다양한 어의가운데 '방법'이라는 의미를 취했다.[38] 그러면
'저 세상으로 가버린 사람이기에 이제는 원망할 방도조차 없거늘 어
째서 눈물은 내 몸 안에 남아있는 것일까'라고 풀이된다. '恨む' 노래
에서 문제의 581처럼 원망할 방도조차 없다는 용례는 어느 곳에서
도 볼 수 없는 발상과 표현이다. '恨みじ'와 같은 부정의지 표현이나
'恨むな'와 같은 금지 표현은 일반적이지만, '恨む' 방도가 없다는 점

'捨てはてんと思ふさへこそ悲しけれ君に馴れにしわが身と思へば'라는 노래이다.

38 『日本国語大辞典』에서 해당되는 부분만을 인용하면 '③二つに分かれたものの一方。
一方 の側、⑤方角を示すことによって、間接的に人をさしていう、⑥手段。方法。やりかた。'
이다. 더욱이 이즈미시키부 노래에 '方'가 사용된 たとふべき方は今日こそなかりけれ
(598)、頼むべき方もなけれど(782)、ぬぎ捨てんかたなき物は唐衣(921)、慰めん方のなければ
(1009)、思ひ立つべき方も知らず(1353)、厭ひやる方を知らねば(1476) 등의 노래가 모두 '방법'
의 의미로 사용된 점을 근거로 삼았다.

에서 그 대상의 부재를 가늠할 수 있고 그 대상은 이즈미시키부에게 크나큰 상실감을 가져다준 친왕의 죽음으로 인한 부재라 추정할 수 있다. 이는 3절에서 언급한 바와 같이 미치사다 관련 노래가 '恨む'에 대한 강한 부정 의지를 보여준 데 반해, 친왕 관련 노래에서는 '恨む'를 멈추지 말라는 적극적인 태도를 보인데 근거한다. 서로에 대해 언제까지나 '恨む' 감정을 표출해 줄 것을 갈구했던 이즈미시키부는 친왕의 죽음으로 소중한 '恨む' 대상과 방도를 상실하게 된 것이다. 또 하나의 근거는 581에 사용된 '今이마'라는 현재시점과 관련된 노래가 아쓰미치 친왕 만가군에 상당수 보이고 있다.[39] 이는 친왕과 함께한 과거시점에 반해, 홀로 남겨진 현재시점에 대한 반추로 보인다. 따라서 '恨む' 방법(대상)이 있었던 과거와 '恨む' 방법(대상)을 상실한 현재를 뼈저리게 실감하며 친왕에 대한 그리움과 통곡을 토로한 것이라 해석된다.

마지막으로 전술한 '涙'와 '身'의 특징적인 영법을 근거로 삼았는데 이외에도 친왕과 사별 후 하염없이 눈물이 흐른다는 애가哀歌는 다수 보인다. 특히 952, 989, 990, 1016 등은 천황 사망 후 일주기에 해당하는 시점에서 읊은 노래로 일 년이 지난 지금도 여전히 흐르는 눈물을 주체할 수 없다는 취지의 노래인데[40] 이는 581과도 일맥상통

---

39 이에 해당하는 노래로 雪間をいかに今日はわけまし(946), 今日は心の雲間だになし(952), 去年の今日まであらむとや見し(990), 心のうちは今日も忘れず(992), 今日の若菜も知らずして(993) 등을 들 수 있다.

40 이에 해당하는 노래로 いつとても涙の雨は小止まねど今日は心の雲間だになし(952), 今もなほ尽きせぬ物は涙かな蓮の露になしはすれども(989), 目の前に涙に朽ちし衣手は去年の今日まであらむとや見し(990), 君を見であはれ幾日になりぬらん涙の玉は数も知られず(1016) 등이 있다.

하는 면이 있다. 그러므로 581은 언제까지나 사랑이 전제된 '恨む'
자세를 멈추지 말아 달라 요구했던 대상인 친왕을 향한 애달픈 그리
움을 표출한 애가로, 아쓰미치 친왕 만가군 제작과 그 시기를 같이
한 노래로 추정된다.

4. 사랑의 또 다른 얼굴

이즈미시키부는 가집에 수록된 고토바가키에 등장하는 인명을
근거로 추정할 때 상당한 인간관계의 폭이 있었음을 미루어 짐작할
수 있다. 그 가운데 이즈미시키부 생애에서 가장 사랑했던 인물을
꼽는다면 첫 남편인 다치바나노 미치사다와 아쓰미치 친왕일 것이
다. 그들과 관계한 시기에는 사랑의 진폭만큼이나 다양한 노래와 표
현들이 그녀만의 언어체계에서 자아낸 독특한 가어로 표출되고 있
다. 그 가운데 본고에서는 '恨む'가 사용된 노래에서 이즈미시키부
특유의 독특한 가풍을 확인하였다. '恨む' 노래를 분석한 바『고킨
와카슈』의 전형적인 가풍에서 벗어나 자신만의 가풍을 시도하였음
을 확인할 수 있었다. 사랑하는 대상에게서 자신의 사랑을 인정받지
못하거나 받아들여지지 않을 경우 충족되지 못한 사랑의 감정이 변
질되어 표출되는 '恨む'라는 가어의 사용에 있어 이즈미시키부는 그
녀만의 독특한 표현양식과 정서를 담고 있다.

또한 와카를 읊은 시기와 제작사정을 알 수 없는 와카의 제작배경
과 제작시기를 도출하였다. 그 단서로서는 먼저 '恨む'에 표출된 정

서로 판단하였다. 그녀가 생애 가장 사랑했던 아쓰미치 친왕에게 보낸 노래와, 평생 가슴 속에 간직한 첫 남편인 미치사다를 떠올리며 지은 노래에 보이는 '恨む'의 질적 차이를 근거로 삼았다. 두 번째로는 '恨む'와 더불어 '涙'와 '身'가 사용된 친왕의 죽음을 애도한 노래에 보이는 이즈미시키부만의 독특한 정서를 근거로 삼았다. 이즈미시키부는 자신의 신체를 죽은 자와 일체화시켜 읊는 영법을 보이는데, 이는 친왕의 죽음을 애도하는 노래에 두드러진다는 점과 자기 신체 가운데를 눈물의 강이 흐른다는 인식에서 시간이 흘러도 하염없이 흐르는 눈물을 주체할 수 없다는 영법 등을 근거로 삼았다. 결론적으로 '恨む'라는 가어로 제작 사정이 명확하지 않은 노래에 읊어진 인물과 노래의 제작시기를 추정하는 단서로 제시하였다는 데 본고의 의의가 있다.

제 4 부

존재론적 사유의 가어

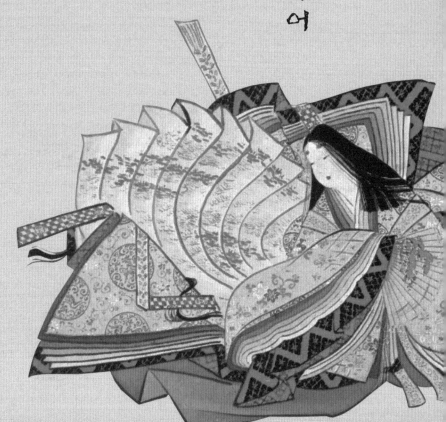

이즈미시키부와카 표현론

제1장

이즈미시키부의 가어
'아리有(存)り'와 존재론적 사유

이즈미시키부는 '정열적인 가인', '애욕의 가인', '만요 가풍의 정술심서正述心緒[1] 경향을 지닌 가인' 등 다양한 호칭으로 일컬어지고 있는데 일본 문학사상 이만큼 많은 수식어를 가진 가인도 드물다. 한편 동시대의 무라사키시키부는 『무라사키시키부 일기紫式部日記』에서 이즈미시키부가 와카에 대한 이론이나 지식은 해박하지 않지만 그녀의 천부적인 재능을 인정하고 즉흥적인 창작 능력을 높이 평가했다.[2] 확실히 이즈미시키부 가집에 실린 노래를 훑어보면 고양된

---

1 『만요슈』에 수록된 노래 가운데 비유를 사용하지 않고 자신의 심경을 직접적으로 표출한 노래를 일컫는 용어이다. 이와는 반대로 사물이나 경물에 의탁하여 자신의 심정을 표출한 경우는 기물진사寄物陳事형 노래라 일컫는다.

2 中野幸一校注(1994), 『紫式部日記』, 《新編日本古典文学全集》 26, 小学館, p.201
    이즈미시키부라는 사람은 멋진 편지를 쓴다. 그러나 상궤를 벗어난 면이 있는 건

감정을 단숨에 읊은 것 같은 노래가 다수 보인다는 점에서 무라사키 시키부의 평가도 일정 부분 인정된다. 이는 이즈미시키부 노래의 주체를 이루는 것이 서정성이며 특히 사랑의 노래에서 이즈미시키부의 천부적인 소질이 유감없이 발휘되기 때문이다.

그러나 이러한 평가가 이즈미시키부 시세계의 일면을 특징적으로 파악하고 있기는 하지만 그녀의 전체적인 특성을 온전히 파악했다고는 볼 수 없다. 현재까지의 연구 동향은 이즈미시키부의 다면성을 그녀가 지은 와카를 각기 다른 시각에서 파악하는데 주력하였다. 예를 들면 데라다 토루 寺田透는 '자기객체화 自己客体視'[3]라는 평어를 사용하였다. 시미즈 후미오 清水文雄는 이즈미시키부 노래 표현의 특이성을 지적하면서 이즈미시키부 자신이 자기 마음을 들여다보고 노래하는 듯한 노래가 많다는 점에 주목하였다. 이러한 점에서 '작자인 〈자신〉과 그 〈자신〉을 응시하는 또 하나의 〈자신〉이 한 수의 와카 속에 동시에 등장하여 독자를 혼란스럽게 만든다.'[4]고 역설하여 독자의 입장에서 이즈미시키부 노래의 난해함을 지적하였다.

탐탁하지 않다. 마음을 터놓고 편하게 주고받는 편지인 경우에도 그 방면으로는 글재주가 있는 사람으로 아무렇지 않게 한 말에도 정취가 깃들어있어 노래는 실로 훌륭하다. 하지만 고가古歌에 대한 지식과 노래의 가치판단에서 볼 때 전문적인 가인이라고 말할 수는 없다. 다만 단숨에 지어내는 즉흥적인 노래에는 반드시 탄복할 만한 구석을 지니고 있다. 그렇다고는 하나 다른 사람이 읊은 노래를 비난하거나 비판하는 내용을 들어보면 와카에 그다지 정통한 것 같아 보이지는 않는다. 입에서 나오는 대로 술술 노래를 읊는 유형이라 생각된다. 이쪽이 매우 부끄러워할 정도로 훌륭한 가인이라고는 생각되지 않는다. (필자 역)

3 寺田透(1973), 「和泉式部の歌集と日記」, 『源氏物語の一面-平安文学覚書-』, 東京大学出版会, p.108

4 清水文雄(1973), 「和泉式部」, 『王朝女流文学史』, 吉川書房, p.88

이즈미시키부 노래의 특질을 가어를 매개로 하여 파악하려했던 고마치야 데루히코小町谷照彦는 '이즈미시키부 노래를 보면 표현의 용어나 방법에 있어서 일견 고킨슈적인 틀에 맞춰 표현된 듯 보인다. 그러나 적확한 가어를 선택함과 동시에 동일어구의 반복, 영탄적인 끝맺음, 화려한 가케고토바掛詞의 사용, 능수능란한 엔고緣語의 구사, 다양한 옛 노래의 차용引歌, 그리고 유사한 구절 등이 조화를 이루면서 개성적인 가풍을 자아냈다.'5고 언급하였다. 그런 의미에서 이즈미시키부의 가어에 관한 검토가 한층 더 절실히 요구된다고 밝히고 있다.

이와 같은 평가를 종합해 볼 때 이즈미시키부가 읊은 와카에 사용된 어휘 자체에 그리 특징적이고 대수로울 것은 없지만 그것을 표출하는데 있어 그녀만의 독자적인 방식이 있었음을 알 수 있다. 고전 작품의 특징은 그 작품 속에 어떠한 단어가 사용되어 있는가에 따라 표현된다. 특히 서른 한 글자로 이루어진 와카의 경우 작가가 사용한 특징적인 어휘는 그 작가의 특징을 결정짓는 단서를 제공하기도 한다. 이에 필자는 이즈미시키부가 사용한 가어를 통해 이즈미시키부 와카 표현의 특징을 파악하려는 고찰을 이어왔다.6 이러한 맥락

---

5 小町谷照彦(1978), 「和泉式部歌語辞典」, 『国文学』 7月号, p.156
6 졸고(1999), 「〈語らふ人〉로서의 이즈미시키부(和泉式部)」, 『日語日文学』 第35輯, 한국일어일문학회편, pp.51-75
　　　(2000), 「和泉式部歌考―〈言ふ〉의 노래를 중심으로」, 『日語日文学』 第13輯, 대한일어일문학회편, pp.217-233
　　　(2001), 「이즈미시키부와 〈ながめ〉」, 『日語日文学』 第16輯, 대한일어일문학회편, pp.105-119
　　　(2014), 「이즈미시키부의 가어―〈恨む우라무〉를 중심으로-」, 『比較日本学』 第31輯, 한양대학교 일본학국제비교연구소, pp.101-126

속에서 본고에서는 이즈미시키부가 다용한 가어 '아리有(存)リ'에 주목하였다. 인간존재의 삶과 그 의미를 내포한 가어 '아리'를 단서로 이즈미시키부의 철학적 사유에 관해 해석하고 그 함의를 읽어내는 것을 목표로 삼는다.[7] 과연 이즈미시키부는 자신의 존재이유와 실존의 의미를 어디에 두었는가를 가어 '아리'를 중심으로 조심스럽게 유추해 보고자 한다. 이즈미시키부 노래 인용은 시미즈 후미오清水文雄 校注(1992)『和泉式部集 和泉式部続集』(岩波書店)의 노래 본문과 번호에 따른다.

1. 삶과 죽음 사이 : '아리ぁり'와 '아라누ぁらぬ'

『이세 모노가타리伊勢物語』에는 용서받지 못할 사랑으로 고뇌하는 두 남녀 이야기가 펼쳐진다. 천황을 모시는 여성과 그녀를 사랑하게 된 남자의 이루지 못할 사랑이 그려진 장면에 다음과 같은 노

---

7 철학적 해석에 있어서는 주로 하이데거(Martin Heidegger, 1889-1976)의 초기사상과 관련지어 분석하고자 한다. 하이데거는 인간만이 자신의 존재를 문제 삼는 유일한 존재자로 파악하였다. 이러한 시도는 박찬국(2013,『들길의 사상가, 하이데거』, 그린비)이 톨스토이가 죽음을 소재로 쓴 소설『이반일리치의 죽음』(1886)이라는 작품에 대한 현상학적 분석을 하이데거의『존재와 시간』과 관련지어 분석한 논고에서 다대한 도움을 받았음을 밝혀둔다. 참고로 하이데거 자신도 독일의 시인 휠덜린(Friedrich Hölderlin, 1770-1843)의 시작품을 자신의 존재사유를 기반으로 해석하려는 시도를 보였다(신상희 옮김『휠덜린 시의 해명』, 아카넷, 2009년). 또한 국내에서는 강신주가 21명의시작품을 철학적으로 접근하여 해석하려는 참신한 시도를 보여주고 있다(강신주『철학적 시읽기의 즐거움』, 동녘, 2014년). 이러한 흐름 속에서 본고 또한 일본고전문학 연구에 있어 철학적 사유를 접목시키려는 조심스럽고 새로운 시도라 할 수 있다.

래가 등장한다.

> 지금은 만날 수 없어도 조만간 만날 수 있으리라 생각할 테니 서글퍼라
> 살아있어도 <u>살아있다 할 수 없는</u> 이내 신세란 걸 모르고
> さりともと思ふらむこそ悲しけれ<u>ある</u>にも<u>あらぬ</u>身を知らずして (제65단)[8]

천황의 총애를 받는 몸으로 사랑해선 안 될 사람을 사랑한 죄로 곳간에 유폐된 여성이 사랑과 자유를 상실한 자신을 가리켜 '살아있어도 살아있다 할 수 없는 이내 신세(あるにもあらぬ身)'라 규정한 대목이다. 주지하는 바와 같이 '아리'는 '생존하다. 정상적인 상태로 지내다'라는 의미를 지닌다. 사랑하는 사람과 만날 수 없는 자유가 전제되지 않은 삶이란 죽음과도 같으며 그런 의미에서 자신을 살아있어도 살아있지 않은 것 같은 신세라 인식한 것이다. 삶과 죽음 사이의 경계가 모호해지는 상황이다. 이 대목에서 2회에 걸쳐 '아리'가 사용되고 있는데, 존재를 의미하는 '아루(ある)'와, 존재의 부정으로 죽음을 의미하는 '아라누(あらぬ)'가 사용되고 있다. 그렇다면 살아있다고 단정할 수 있는 존재의 의미와, 살아있어도 죽음과 동일시되는 상태의 기준은 어디에 있을까. 이 작품에 등장하는 주인공은 사랑하는 사람과 사랑할 때 진정한 존재자로 실존하며 반대로 그러한 사랑에 장애가 생길 때 죽음과 같은 비존재의 상태로 진입한 것으로 인식하고 있다. 그러면 이즈미시키부는 과연 언제 자신이 진정 실존하고

---

8 福井貞助校注・訳(1999),『伊勢物語』,《新編日本古典文学全集》12, 小学館, p.170. 필자 역.

있음을 인식하고, 어느 상황에서 살아있어도 죽음과 동일시되는 비존재로 인식한 것일까.

> 776 죽고 싶지만 정해진 숙명을 짊어진 인간이기에
>   <u>살아있어도 살아있는 게 아닌 나</u>를 살아 있다 할 수 있을까
>   いとへども限りありける身にしあれば<u>あるにもあらであるをありとや</u>
> 1074 목숨이나마 생각대로 된다면 그가 냉담하고
>   그가 원망스런 이 세상 살아가지 않을 텐데
>   命だに心なりせば人つらく人うらめしき世に経ましやは

776은 서른 한 글자 와카 안에 '아리'가 무려 4회나 사용되고 있어 진정한 실존의 의미와 단지 껍데기처럼 존재하는 무의미에 대해 생각하게 한다.[9] 이 노래는 상대방 남자가 평소 냉담한 태도를 취하며 방문이 뜸해진 상황에서 읊은 것이다. 상대방 남자로부터 사랑받지 못하는 상황을 이즈미시키부는 존재하되 사실은 존재하지 않는 죽음과도 같은 상태라 호소하고 있다. 분명히 생존하고는 있지만 진정한 의미의 존재는 빠져 달아나 있다는 것이다. 앞서 인용한 『이세 모노가타리』의 여주인공이 곳간에 유폐되어 물리적으로 격리된 상황을 살아있어도 죽음과 동일시되는 상태로 인식한 것과는 달리 이즈미시키부는 사랑하는 사람과의 심리적인 유대관계가 무너진 상태를 살아

---

9 총 6회에 걸쳐 '아리'가 사용되었지만 2구(限りありける身)와 3구(身にしあれば)의 '아리'는 전자의 경우에는 생존의 의미가 아닌 유무를, 후자는 보조동사로 '~이다'라는 단정의 의미로 사용되었기에 제외시켰다.

있어도 껍데기와 같은 죽음이라 인식하고 있음을 확인할 수 있다.

1074는 자신의 생존과 자기 마음이 일치하지 않아 우울하고 힘겨워하면서도 목숨만은 끊어지지 않고 계속되는 부조리를 부조리하다 인식하면서도 참고 견딜 수밖에 없는 인간의 숙명으로 받아들이고 있다. 그러나 그 저변에는 생각대로 되지 않는 연인의 마음과 사랑이야말로 자신의 목숨을 좌지우지할 정도의 무게와 비중을 차지하고 있음을 토로한다.

> 89 연인과의 만남에 목숨 건 신세이기에
>
>   목숨줄 끊긴다 해도 아깝다 생각지 않네
>
>   逢ふ事を息の緒にする身にしあれば絶ゆるもいかが悲しと思はぬ
>
> 92 이토록 연모하다간 견디지 못하고 죽겠지
>
>   나와 무관하다 여겼던 그 사람이야말로 내 생명줄이었구나
>
>   かく恋ひば堪へず死ぬべしよそに見し人こそ**おのが**命なりけれ
>
> 202 돌아왔다는 말 한마디 없으니 가슴 아파라
>
>   살아있어도 산게 아니니 당신에게 버림받은 자신을 원망도 못하네
>
>   来たりともいはぬぞつらき**あるものと思はば**こそは身をも恨みめ
>
> 208 오늘밤까지 살아있으면 당신 생각에 괴로우리니
>
>   오늘 해지기 전에 죽고 싶어라
>
>   今宵さへあらばかくこそ思ほえめ今日暮れぬ間の命ともがな

89는 목숨 건 사랑에 대한 강한 결의가 전해진다. 연인과의 만남이 곧 자신의 목숨줄이라는 등식은 그가 아니면 자신의 존재이유마

저 없어져 슬프거나 아깝지 않다는 강렬한 사랑에 대한 의지의 표명일 것이다. 92는 사모의 정이 깊어 죽음의 문턱에 서서 이제껏 자신과 무관하다 여겼던 사람이 자신의 생사여탈권을 쥐고 있다는 인식을 보인다. 이 노래에서는 자신의 목숨이 자신의 숙명을 벗어나 사모하는 대상에게 넘어가 있다. 심지어 202에서는 자신에게 무정하게 대하던 사람이 지방에서 상경해서는 연락도 주지 않자, 자신이 이 세상에 살아있다면 버림받은 자신의 불운을 원망할 것이라 노래한다. 다시 말해 자신은 살아있어도 이미 죽은 것과 마찬가지라는 것이다. 연인과의 심리적 유대감을 무엇보다 소중히 여기는 이즈미시키부로서는 상경한 후 방문하기는커녕 돌아왔다는 전갈조차 보내지 않는 상대방의 냉담한 처사에 낙담하여 자신을 존재하지 않는 상태라 전언한다. 사모하는 대상의 일거수일투족이 그대로 이즈미시키부의 존재이유이자 의미였음을 여실히 보여준다.

208은 자신의 처소로 만나러오겠다 말한 남자가 약속을 어기는 날이 여러 날 거듭되자 오늘은 해지기 전에 죽고 싶다는 노래를 지어 보낸 것이다. 이 노래는 네 번째 칙찬집인 『고슈이 와카슈後拾遺和歌集』 711번에도 수록되어 있는데 제5구의 '목숨 끊고파(命ともがな)'는 당시 열정적인 사랑을 노래할 경우의 상투적인 표현인 것으로 보인다.

> 내일이면 당신에게 잊혀질 신세가 되리
> 그러니 차라리 오늘 안에 죽고 싶어라
> あすならば忘らるる身にありぬべしけふを過ぐさぬいのちともがな
>
> (赤染衛門)

상기한 이즈미시키부 노래 바로 다음인 『고슈이 와카슈』 712번에 수록된 아카조메에몬 노래이다. 사랑하는 남편인 오에노 마사히라 大江匡衡와 뭔가 작은 언쟁이 있었는지 '오늘을 마지막으로 두 번 다시 연락 않겠다며 집을 나간 남편이 정오에 돌아오자 읊은 노래. 男、恨むことやありけむ、けふを限りにてまたはさらに音せじと言ひて出で侍にけれど、いかにか思ひけん、昼方おとづれて侍けるによめる'로 되어 있다.[10] 또 다른 용례로 『백인일수百人一首』와 『신고킨 와카슈新古今和歌集』 1149번에 수록된 다음 노래도 이와 유사한 취지를 보인다.

잊지 않겠단 당신의 맹세 훗날까지 알 수 없기에

오늘을 마지막으로 세상 하직하고파

忘れじの行末まではかたければけふを限りの命ともがな (儀同三司母)[11]

후지와라노 미치타카藤原道隆와의 사랑에 기도산시의 모친儀同三司母은 더할 나위없는 행복과 기쁨에 도취하면서도 이 사랑이 영원히 지속되지 않으리라는 불안감에 차라리 행복의 절정에 달한 오늘 죽고 싶다 읊고 있다. 일부다처제 아래 남자의 허망한 사랑이 언제 다른 여인에게 옮겨갈지 모른다는 불안감은 세 수 모두에 공통된 정서라 할 수 있다. 그러나 사랑의 최고 절정에서 죽고 싶다는 두 노래와

---

10 久保田淳・平田喜信校注(1994), 『後拾遺和歌集』, 《新日本古典文学大系》 8, 岩波書店, 712번 고토바가키. 필자 역.

11 田中裕・赤瀬信吾校注(2001), 『新古今和歌集』, 《新日本古典文学大系》 11, 岩波書店. 필자 역.

는 달리 이즈미시키부의 208번 노래는 죽음보다 더한 기다림의 고
통을 호소하며 죽음을 갈구하고 있다. 이렇듯 자신의 존재의미와 삶
이 부합되지 않는 부조리한 삶이지만 목숨 또한 인간이 도저히 어찌
할 수 없는 숙명적인 것이기에 살아있어도 살아있지 않은 무의미한
존재로 자신을 인식하게 된다. 이러한 노래들에서 자신의 내적인 충
만을 확보하지 못하고 항상 자신의 공허함을 충족시키기 위해 다른
사람을 갈구하는 이즈미시키부의 나약함과 비주체적인 삶의 모습
이 여실히 드러난다. 아울러 연인과의 합일되는 사랑이 비록 허망한
일순간일지라도 그녀에게는 자신이 진정 살아있다는 실감을 느끼
는 존재의미이자 이유였음을 확인할 수 있다.

2. 존재와 비존재 : '아리有(在)ゥ'와 '나시無し'

이즈미시키부 내부에는 어느 한순간도 사라지지 않는 각성된 또
다른 자신이 존재한다. 삶의 한가운데서도 심지어 사랑의 한가운데
서도 결코 무뎌지지 않는 예민함과 냉철하고 객관적인 인식이 자리
한다.

> 269 꾸는 동안은 꿈도 진짜라 믿게 된다 허망한 것은
> 눈앞에 있는 것을 있다 여기며 사는 것이었어라[12]

---

12 이 노래는 이른바 '観身岸額離根草、命論江頭不繫舟' 가군이라 불리는 43수로 된
   연작시(269–311) 가운데 맨 처음 노래이다. '観身岸額離根草'는 후지와라 긴토藤原

みる程は夢も頼まるはかなきは<u>あるをあるとて過ぐす</u>なりけり

1401 환영(幻影)에 비유하면 세상은 어쩌면 믿을 수도 있다

<u>없는 것이 있는 것처럼 보이기도 하고 있어도 보이지 않으니</u>[13]

幻にたとへば世はた頼まれぬ<u>なけれどあればあれどなければ</u>

모든 사물과 현상들이 정말로 존재한다고 여기며 지내는 것의 허망함을 직시한 노래들이다. 269의 '눈앞에 있는 것을 있다 여기며(あるをあるとて)'와 1401의 '없는 것이 있는 것처럼 보이기도 하고 있어도 보이지 않으니(なけれどあればあれどなければ)'라는 대목은 인간 존재 의미에 대한 가장 치열한 고뇌라 할 수 있다. 우리는 존재하되 사실은 존재하지 않고 있는 것이라는 통렬한 인간 존재의 허망함이 담겨있다. 이러한 인식은 앞서 살펴본 바와 같이 자신이 진정 인간이라 할 수

公任가 엮은 시가집인『와칸 로에이슈和漢朗詠集』가운데 '무상(無常)'이라는 주제에 들어간 시구이다. 이는 중국 시인인 라유羅維가 지은 한시로 '우리네 처지를 곰곰이 생각해 보면 뿌리가 끊겨 물가를 떠다니는 풀처럼 덧없고 사람 목숨을 논할 것 같으면 강가에 매어두지 않은 나룻배처럼 불안하다. 身を観ずれば岸のひたひに根を離れたる草, 命を論ずれば江のはとりに繋がざる舟'라고 훈독한 후 각각의 음절을 43수의 노래 첫 머리에 차례로 얹어 읊은 방식의 연작시이다.

13 이 노래는 이른바 '我不愛身命'이라 불리는 12수로 된 연작시(1391-1402) 가운데 한 수 이다. 법화경 권지품(勸持品) 제13에 '我等当起大忍力 読誦此経 持説書写 種種供養 不惜身命'이라는 대목이 있다. 이는 부처님이 열반한 후에도 법화경(묘법연화경)을 받들어 읽고 외우며 설파함에 있어 어떤 어려움이 닥치더라도 참고 견디며 갖가지로 공양하여 신명도 아끼지 않겠다는 취지의 맹세이다. '不惜身命'이라는 부분을 따와 '我不愛身命'이라는 구절로 풀어 지은 연작이다. '我不愛身命'을 알기 쉽게 풀어쓴 'われみいのちをばをしまず나 자신의 몸과 목숨도 아끼지 않는다.'는 열두 음절을 노래 첫음절에 한 글자씩 얹어 읊은 방식을 취한 연작이다. 여기서 '신명을 아끼지 않는다.'는 것은 신명을 바쳐 무상도(無上道), 즉 불도를 구한다는 의미이다. 이러한 본래의 취지와 달리 이즈미시키부는 신명을 아끼지 않는다는 마음을 읊는다고 전제하고 있어 연작 전체에 흐르는 불교적 색채는 그다지 짙지 않다.

있는지에 대한 회의와 의구심으로 이어진다.

꿈을 소재로 한 269는 꿈을 꾸는 동안은 허망한 꿈도 진짜 현실과 같다는 것인데, 이는 사랑하는 사람과 사랑하는 동안은 그것이 영원할 것이라 믿게 된다는 의미로도 해석할 수 있을 것이다. 사랑하는 순간 그것은 아무리 짧은 순간일지언정 진정 자신이 인간으로서 살아있다는 충만감과 지금의 사랑이 영원할 것이라는 기대감으로 벅차오른다. 사랑에 대한 이즈미시키부의 사변이 담겨있다. 그러나 노래는 곧바로 이즈미시키부 안의 또 다른 자신, 즉 자의식이라 할 수 있는 각성된 자아가 말한다. 모든 존재하는 것들이 진정 존재한다고 믿는 것이야말로 허망한 일이라고 통렬히 일깨운다. 자신과 남자의 존재, 그리고 그 사람을 사랑하는 자신의 존재, 나아가 확연히 온몸으로 감지되는 생생한 사랑도 진정 존재하는 것이 아니라는 것이다. 그럼에도 노래는 다시 초구로 돌아가 유한한 인간 존재가 자신의 유한성을 받아들이고 그 이후에 자신의 존재의미에 대하여 숙고할 수 있다는 의미일 것이다.

그러나 1401에서는 또 다른 이즈미시키부의 균열된 내면을 드러내 보인다. 남녀사이의 사랑을 의미하는 세상을 환영에 비유하자면 한편으로는 사랑도 믿을 수 있다는 것이다. 환영(幻影)이란 눈앞에 없는 것이 있는 것처럼 보이는 것으로 사실이 아닌 것이 사실로 보이는 환각 현상을 의미한다. 실체를 알 수 없는 허무한 사랑일지언정 사랑하는 그 순간만큼은 진정한 의미의 실존을 경험할 수 있다는 것이다. 이는 비록 사랑이 시간을 견디지 못하고 순식간에 사라진다 해도 사랑하는 동안은 자신의 삶이 죽음 앞에서도 그 의미를 상실하지 않는 진중한 의미의 존재감으로 다가와 시간의 영원을 체험하게 하기 때문일 것이다. 한순간의 신기루와 같은 사랑에 모든 것을 걸었던 이즈미시키부는 시간의 한가운데서 영원을 체험하며 진정 자신이 살아있음에 희열을 느꼈을 것이다. 결국 이러한 진중한 존재이유와 의미가 사라진다면 삶의 무의미와 공허감에 살아있어도 살아있지 않은 육신만이 남는다는 이즈미시키부의 통렬한 인식은 필연적 귀결이었을 것이다.

> 211 당신이 나를 잊은 건 당연하다 당신 잊고자 하면서 잊지 못하는
>   나 자신조차 <u>내가 살아있는지 죽었는지</u> 분간 못하는 처지이니
>   ことわりやかつ忘られぬ我だにも<u>あるかなきか</u>に思ふ身なれば

연인과의 결별 후 상대방을 잊지 못하는 괴로움을 존재(아리)와 비존재(나시)의 접점에서 망연자실 넋을 놓은 극도의 혼돈 상태라 노래한다. 존재하지 않는 존재, 존재하는 비존재라는 부조리한 상태는 생애 가장 사랑한 것으로 알려진 아쓰미치 친왕과의 사별 후 극한에 달한다.

> 963 허망하단 걸 역력히 목격했던 꿈같은 세상에서
>   태평하게 깨지 않고 자는 있는 난 인간일까
>   はかなしとまさしく見つる夢の世をおどろかで寝る我は人かは

인간 세상이 허망한 것이라 깨달은 이상 잠자는 사이에도 수명이

다할지 모르니 정상적인 인간이라면 잠들지 못할 텐데 자신은 여전히 정신 차리지 못하고 잠에 빠져있다 읊고 있다. 이 노래는 불교와 연관 지어 부처의 가르침을 깨닫지 못하고 미망에 사로잡힌 어리석은 자신을 자책하는 의미로 해석되기도 하지만,[14] 불교와 무관하게 사랑하던 사람이 죽음으로써 인간세상의 허망함을 가르쳐 주었음에도 잠에 빠져있는 자신을 사람이라 할 수 없다는 자책의 노래로 해석되기도 한다.[15] 두 해석 모두 자책의 노래라는 점에서 일치하는데, 다만 치바 치쓰루코千葉千鶴子는 5구의 '난 인간일까(我は人かは)'에 사용된 '인간'을 가치판단에 근거한 '인간(인격)'이 아니며 '나'가 아닌 다른 '사람'이라는 의미로 파악했다. 이는 이인칭도 삼인칭도 아닌 부정칭인 '누구'라는 의미와 근사하다고 주장한다.[16]

'나는 사람인가'라는 어구와 유사한 표현은 『고킨 와카슈古今和歌集』에 한 수가 보일 뿐인데,[17] '我は人かは'가 아닌 '我か人かと', 즉 '나 자신인지 누군가 다른 사람인지'로 자타 구분의 모호성에 초점이 맞추어져 있다. 이와는 달리 이즈미시키부의 '我は人かは'는 사랑하는 사람의 죽음 앞에서 다시금 자신의 일상들이 영원하리라는 착각과 미망 속에 빠져있음을 경계한 노래이다. 조심스럽게 한발 더 나아가면 마음만은 사별한 연인을 향하면서도 육체적 존재인 살아

---

14 上村悦子(1994), 『和泉式部の歌入門』, 笠間書院, pp.126-127

15 千葉千鶴子(1979), 「我は人かは―『和泉式部歌集』私抄(七)―」, 『帯広大谷短期大学紀要』第16号, pp.1-9

16 千葉千鶴子(1979), 앞의 논문, p.3

17 天彦のをとづれじとぞ今は思ふ我か人かと身をたどる世に (963)

있는 몸뚱이를 지닌 운명을 지닌 한낱 인간으로서의 나약함으로 다른 사람을 향한 사랑의 갈구를 자책한 노래로도 감상할 수 있을 것이다. 이러한 인간적 욕구는 다음 노래에서도 확인된다.

> 1526 서쪽으로 향하는 구름 위에 오르고 싶다 생각하는 몸
>   그러나 마음만은 임 계신 북쪽으로 향하여라
>   西へゆく雲に乗りなんと思ふ身の心ばかりは北へゆくかな

서쪽은 불교에서 말하는 하나의 이상향으로 아미타불이 상주하는 서방정토, 즉 극락이다.[18] 아미타경에 의하면 극락은 서쪽으로 10만 억 국토를 지난 곳에 있다. 이즈미시키부는 아미타불의 정토인 서방극락정토를 갈구하는 자신의 육체와는 달리 그 육체에 깃든 마음만은 사랑하는 사람이 있는 북쪽으로 향하다 탄식한다. 앞서 살펴본 963번과 마찬가지로 마음과 몸의 괴리를 담고 있다.

삶이 버거울수록 이즈미시키부는 자신의 삶을 총체적으로 반성하고 불도를 가까이하며 피안에 도달하려 한다. 하지만 이러한 갈구는 사랑에 대한 집착으로 자기내부의 극심한 갈등과 자신에 대한 혐오로 자기의 존재의미를 상실하고 고독의 심연에 빠지게 되는 결과를 초래한다.

하이데거는 각 시대의 존재이해, 즉 존재자 전체의 본질과 근거에

---

18 이는 정토교에 근거한다. 정토교는 염불만으로 죽은 후 서방정토, 즉 극락세계에 갈 수 있다고 주장한 종파이다. 『대무량수경』·『관무량수경』·『아미타경』 등 세 경전에 바탕을 두고 있다.

대한 이해가 그 시대의 모든 활동을 규정한다고 말한 바 있다. 예를 들어 서양의 중세에서 존재자 전체는 '신의 피조물'로서 이해되었다. 신이야말로 모든 존재자들의 존재근거이기에 인간은 자신의 존재를 확고하게 하기 위해서 신에 귀의하지 않으면 안 된다고 생각했다.[19] 이와 마찬가지로 헤이안 시대를 살아간 인간, 특히 여성들은 모두 불교 귀의에 전력을 다했다. 이러한 상황에서 당시 모든 인간 활동을 규정한 시대정신과 이즈미시키부의 독자적인 존재방식의 대립은 종종 자기혐오와 극단적인 선택을 고민하는 결과를 초래한다.

> 347 이 세상에서 불가해한 일은 혐오스러운 목숨
>
>   끊어야지 하면서도 죽지 못함이어라
>
>   世の中にあやしき物は厭ふ身のあらじと思ふに惜しきなりけり

자기 자신에 대한 혐오로 언제라도 침입해 올 수 있는 죽음을 자신의 의지로 앞당기고자 하면서도 목숨에 대한 애석함을 느끼는 건 당연한 일이지만 이즈미시키부는 이에 대해서도 결벽에 가까우리만큼 그러한 자신을 자책한다. 우리는 주체적으로 자신의 삶을 영위한다고 생각하지만 대부분의 경우 사회적으로 승인된 사고방식과 생활방식에 따라서 살고 있다. 우리가 무엇을 하고 어떻게 해야만 하는지에 대해서는 이미 사회적 관습과 여론이 결정해 놓고 있다.

---

19 박찬국(2013), 앞의 책, pp.23-24

10세기 후반 정토교의 말법사상이 유행함에 따라 와카에도 정토교적 무상감과 사생관이 짙게 드리워져 있었다. 당시 다른 가인과 마찬가지로 이즈미시키부 와카에도 이러한 색채가 짙게 반영되어 있다. 하지만 자신의 존재가 언제라도 죽음으로 끝날 수 있고 삶의 매 순간이 죽음과 닿아있기 때문에 각 순간에 대해서 충만한 기쁨을 저버리기는 힘겨운 것도 사실이다. 가까운 사람의 죽음을 통해 더욱 절실히 자기 삶을 온전히 자신의 의지대로 주체적으로 살고자 했던 이즈미시키부도 사회적인 관습과 여론을 무시하기는 어려웠을 것이고 이에 자기 내부의 심각한 균열과 괴리로 회한도 느꼈을 것이다. 사별한 후에도 영원할 것 같은 사랑은 또 다른 사람에게로 향한다. 다음 노래에서 확인해 보기로 한다.

> 343 죽은 연인을 만나지 못해 애타게 그리는 것과
>
> 살아있는 연인을 만나지 못해 애태우는 것 중 어느 것이 더 괴로울까
>
> 亡き人をなくて恋ひんとありながら相見ざらんといづれまされり
>
> 551 살아있으면서 내게 무정한 것도 괴로워라
>
> 사별한 사람만이 나를 힘겹게 하는 건 아니었구나
>
> ありながらつらきも苦し亡き人をおもひのみや思ふなりける

343은 다른 누군가가 판정해주었으면 하는 것들을 읊은 4수로 이루어진 연작(342-345) 가운데 한 수이다. 아쓰미치 친왕과의 사별 후 새로운 사랑에 힘겨워하는 내용이다. 551도 사별의 아픔 뒤에 찾아

온 새로운 사랑에 애태우는 노래이다. 두 노래 모두 자신의 실존과
는 관계없이 상대방 남자의 생존과 죽음을 읊고 있는데 551번은 마
치 343번 노래에 대한 질문에 스스로 답한 듯한 형상이다.

한편 인간의 목숨은 의지대로 어찌할 수 없는 것임에 분명한데 이
즈미시키부는 '아리'와 '나시'의 대비를 다음과 같이 읊고 있다.

> 436 목숨 아깝다 한 당신은 세상에 오래도록 살고
>
>   기다림에 겨운 나는 죽어 없어지리라
>
>   惜しむらん人の命は<u>あり</u>もせよ待つにも堪へぬ身こそ<u>なからめ</u>
>
> 643 살아있다 해도 이제는 사랑하는 사이 아니지만
>
>   이 세상서 당신 떠나지 않았으면
>
>   <u>あり</u>とても今は頼まぬ中なれどひたすら<u>なく</u>はなるなとぞ思ふ

436은 부임지로 떠난 사람으로부터 '귀경해서 당신을 다시 만날
때까지 좀 더 살아있고 싶소.'[20]라는 전갈을 받고 응답한 노래이다.
사람과의 유대감을 무엇보다 소중히 여긴 이즈미시키부의 면모를
보여준다. 643은 상대방 남자로부터 '이렇게 만나지 못한 채 지내니
살아있단 생각이 들지 않소.'라는 전갈을 받은 후 읊은 것이다. 초구
의 '살아있어도'라는 부분에서 아쓰미치 친왕 사후 한때 애정관계에

---

20 436번 고토바가키는 '物へいく人、「今しばしの命の惜しき」といひたるに'로 되어있다. 한
편 중복 수록된 1337번에는 '物へいにし人のもとより、「今しばし命なむ惜しき、今はとかく
生くべし」といひたる返事に'라는 고토바가키로 되어있다. 1337번의 '今はとかく生くべし'
는 의미가 불명료하다. 『全釈』은 '今はと、疾く行くべし'의 오자로 보고 '지금 당장 서
둘러 당신에게 가겠소.'라고 해석하였는데 본고에서도 이에 따른다.

있었던 남자와의 화답이라 짐작된다. 상대방은 살아있지만 더 이상 기대하지 않는 사이, 다시 말해 사별한 것은 아니지만 더 이상 사랑하는 사이가 아님을 알 수 있다. 그럼에도 그 사람이 죽어 없어지길 바라지 않는다는 것은 여전히 그를 향한 미련과 집착을 보여주며 그 사람에게는 이미 끝나버린 사랑이지만 이즈미시키부에게는 여전히 끝나지 않은 사랑임을 가늠할 수 있다.

> 668 내게 냉담해도 그런 당신 잊으려 애를 쓴다면
>   그건 나의 마음이 아니다 여기리라
>   憂しとても人を忘るる物ならばおのが心にあらぬと思はん

상대방 남자가 아무리 냉담하고 원망스러워도 한때 사랑하던 사이였던 그를 잊는다면 그건 자신의 마음이 아니라고 단언한다. 빛이 밝을수록 그림자가 더 짙어지듯이 사랑이 깊을수록 고독감은 더 깊어진다. 고독하기 때문에 사랑하는 것이 아니라 사랑하기 때문에 고독해진다. 자신의 마음까지 부정할 정도의 깊은 사랑이 감지된다. 그러기에 한 번 맺은 유대감에 자신의 목숨까지도 애석해하지 않는 무모함을 보인다. 이는 이즈미시키부가 자신의 존재의미를 진정한 사랑에 두었기에 사랑이 지나가면 자신의 존재이유를 무화(無化)시키기에 어쩌면 당연한 사유의 귀결일 것이다.

다음은 친밀한 관계에 있는 사람이 오래도록 소식도 전하지 않자 읊은 노래이다.

1153　지금이라도 당장 죽고 싶어라 당신이 아직

　　　　살아있다면 연락했을 텐데 내가 죽었느냐고

　　　　消えはつる命ともがな世の中にあらば問はまし人はなきかと

　　상대방 남자로부터 전갈을 받을 수 있다면 죽음도 불사하겠다는
가슴 절절한 노래이다. 또한 그 사람이 이 세상에 살아있다면 자신
에게 분명 안부편지를 보냈을 것이라는 상대방을 향한 한없는 신뢰
를 보여주며 소식이 두절된 상대방의 안부를 조심스레 묻고 있다.
사랑에 있어 더 많이 사랑하는 사람은 언제나 약자이며, 그 사랑이
자신의 생각대로 되지 않거나 소멸되려는 순간 죽음을 꿈꾼다.

1221　당신 온다던 어제까진 내 목숨 아까웠지만 지금은 죽은 모습

　　　　당신은 오늘 내가 살아있다 생각했나요

　　　　頼めしに昨日までこそ惜しみしか今日はわが身はありとやは思ふ

　　오늘밤 자신을 만나러 오겠다던 남자가 약속을 지키지 않고 다음
날 찾아오자 읊은 노래이다. 당신이 온다던 어제까지는 목숨을 연명
하고 싶었지만 당신이 오지 않았기에 죽을 만큼 괴로웠음을 호소하
고 있다. 자신이 사랑하는 순간 그 남자에게 모든 것을 거는 이즈미
시키부는 긴밀한 유대감을 소중이 여기기에 매순간에 충실하며 충
만한 기쁨에 사로잡히기도 하지만 충만했던 그 순간을 다시 만회하
기 어렵다는 회한에 사로잡히기도 한다. 따라서 상대방의 사랑이 그
에 상응하는지의 여부에 따라 자신의 목숨까지도 애석해하지 않음

을 보여준다. 그야말로 목숨까지 건 사랑이자 그 사랑이 곧 그녀의
존재 이유가 된다.

> 306 무엇 때문에 세상에 태어난 목숨이냐는 듯
> 모든 게 한결같이 한탄스러워라
> 何のためなれるわが身といひ顔にやくとも物の歎かしきかな

언제나 사랑은 시간을 견디지 못하고 꽃이 피고 지듯이 퇴색되어
간다. 자신의 존재이유가 사랑인 이즈미시키부이기에 모든 것이 한
탄스러운 것은 당연한 귀결일 것이다. 하지만 독일의 철학자 로베르
트 슈페만(Robert Spaemann)[21]이 말하듯 매 순간의 귀중함은 그것이 우
리 인생에서 다시는 되돌아올 수 없다는 사실에 있다. 즉 삶의 종말
에 대한 불안이 있기에 충만한 존재이유도 있을 것이다. 영원한 삶
속에서는 어떤 것도 귀중하지 않다. 그러나 앞서 인용한 바와 같이
가까운 사람의 죽음에 접하면 결국 그녀자신도 죽음을 온전히 자신
의 일로 섬뜩하게 의식하게 된다.

> 305 이슬을 보고 풀잎에 맺힌 것이라 여겼던 것이
> 실은 임종을 앞둔 찰나 같은 인간의 목숨이었어라
> 露を見て草葉の上と思ひしは時まつ程の命なりけり
> 361 험한 절벽 위 국화는 살아남지만 사람목숨은

---

21 박찬구·류지한 옮김(2001), 『도덕과 윤리에 관한 철학적 사유』, 철학과 현실사,
pp.47~48

앞서거니 뒤서거니 해도 찰나에 불과한 목숨

岸の上の菊はのこれど人の身は後れ先立つ程だにぞ経ぬ

이러한 이즈미시키부의 철학적 사유는 사랑의 한가운데서도 이어진다. 심지어 생애 가장 사랑했던 연인인 아쓰미치 친왕과 깊이 사랑하던 시기에 까닭모를 슬픔에 잠긴다는 노래이다.

356　해질녘이면 왠지 서글퍼지는 저 타종소리

　　　내일도 들을 수 있을지 알지 못하는 운명이기에

　　　夕暮は物ぞ悲しき鐘の音を明日も聞くべき身とし知らねば[22]

417　위안이 되는 그대 곁에 있지만 그래도 역시

　　　해 질 무렵이 되면 왠지 모를 서글픔

　　　慰むる君もありとは思へども猶夕ぐれは物ぞ悲しき

인생에서 가장 사랑하던 사람과 행복의 절정에서 읊은 노래로서는 일견 납득하기 어려운 어두운 기조이다. 하이데거가 말하는 존재 물음과 불안이다. 모든 인간이 죽는다는 사실은 이미 알고 있고 자명한 일이다. 하지만 인간 일반이 아닌 자기 자신이 죽는다는 사실은 그리 쉽사리 자명한 이치로 받아들이기 어려우며 이는 곧 불안이라는 감정으로 발현된다. 417번 노래는 사랑의 한가운데서 이즈미

22　아쓰미치 친왕이 제시한 열 개의 시제(詩題) 가운데 '해질녘 타종소리'라는 소재에 맞춰 읊은 노래이다. 이즈미시키부가 친왕의 저택인 히가시산죠(東三条) 남원(南院)에 기거할 때 개최된 모임에서 지어진 것으로 알려져 있다.

시키부가 영원을 체험하며 자신이 생생하게 살아있음에 충만감을 느끼면서도 그와 동시에 사랑의 한가운데서 불현듯 인간의 유한성에 불안을 느끼며 인간의 존재의미에 대한 새삼스런 통찰이 투영된 노래라 생각된다.

3. '아리'와 존재의미

인간은 탄생과 동시에 죽음으로 내던져져 있다는 하이데거의 말을 빌리지 않더라도 인간은 탄생과 동시에 죽음이라는 문제로부터 결코 자유로울 수 없는 존재이다. 자신의 의지와 상관없이 이 세상에 태어나 죽음을 향해 내닫는 인간은 보통 자신이 죽음에 처해 있다는 것을 망각하면서 살아간다. 물론 자신이 죽는다는 사실을 막연하게는 알고 있지만 지금 이 순간 온전하게 죽음을 절감하지는 못한다. 하지만 그동안 친숙했던 주변 사람들의 죽음을 통해서 자신의 삶속에 내재하는 인간의 유한성을 섬뜩하게 받아들이게 된다.

하이데거는 인간이 과연 언제 사유하게 되는지를 숙고했으며, 『존재와 시간』이란 자신의 저서에서 당연하던 어떤 것이 낯섦으로 찾아오는 바로 그 순간이 우리의 생각이 활동하는 시점이라고 밝혔다.[23] 결론적으로 우리는 생각을 하기는 하지만 그것은 항상 예상치

---

23 이기상 옮김(2013), 『존재와 시간』까치글방, p.462~481

못한 사건과의 조우를 통해서만 이루어진다는 것이다. 첫 남편과의 파경과 생애 가장 사랑했던 사람과의 사별 등으로 정신적인 충격과 혼란 속에서 자신의 존재론적 의미에 대해 끊임없이 사유하였을 것이고 그러한 치열한 존재론적 사유가 '아리'의 다용을 통해 읊어진 것은 어쩌면 당연한 귀결이었을 것이다.

> 710 소문으로 들었던 사람도 가고 사랑했던 사람도 떠난 세상에서
>
> 아! 나는 언제까지 살고자하는 걸까
>
> 聞えしも聞えず見しも見えぬ世にあはれいつまであらんとすらん

이 노래가 지어진 배경을 기록한 고토바가키를 참고로 할 때 친밀한 사람이 잇달아 저 세상으로 떠나자 '세상의 무상함에 읊은 노래 世のいみじうはかなき頃'임을 알 수 있다. 인간은 우주적인 관점에서 보면 무한한 공간과 시간 속에서 사멸하는 덧없는 존재이다. 지인의 죽음을 계기로 자기 삶의 무의미함을 새삼 탄식한다. 이와 유사한 취지로 읊은 오노노 고마치小野小町 노래가 있다. 사랑했던 사람의 죽음 앞에서 20수의 연작시를 남겼는데 이 가운데 다음과 같은 노래가 있다.[24]

---

24 연작시는 81번부터 100번까지이다. 노래가 제작된 사정을 기록한 고토바가키에는 '남녀관계를 맺었던 사람이 저 세상으로 간 무렵 지은 노래 見し人のなくなりしころ'라 기록되어 있다. 노래 번호와 노래 본문은 군쇼루이쥬 본(群書類従本)을 저본으로 한 窪田空穂 校註(1958)『小野小町集』(朝日新聞社)에 따른다. 인용한 오노노 고마치의 2수는 『신고킨 와카슈』850번과 1405번에도 수록되어 있다.

- 살아있던 사람은 죽고 고인이 된 사람은 늘어가는 이 세상에서

  아아! 나는 대관절 언제까지 슬픔에 잠겨야 하나

  <u>あるはなくなき</u>は数そふ世の中にあはれいづれの日まで歎かむ

  (『小町集』81)

- 내가 이 세상에 없는 사람이라 여겨서라고 생각하게 되었네

  내게 찾아올만한 사람에게 잊혀져버린 때부터

  我身こそ<u>あらぬか</u>とのみ辿らるれとふべき人に忘られしより

  (『小町集』88)

81번은 주변 사람들의 연이은 죽음에 세상의 허망함을 읊었다는 점에서 이즈미시키부 노래와 매우 유사하다. 다만 오노노 고마치의 '아리'와 이즈미시키부 노래에 사용된 '아리'는 내용면에서 차이를 보인다. 먼저 오노노고마치가 사용한 '아리'는 단순히 죽음과 대비되는 '생존'을 의미하는데 반해, 이즈미시키부가 사용한 '아리'의 경우는 '존재론적으로 존재한다'는, 다시 말해 인간이 자신의 존재에 대해서 분명한 이론적인 개념을 가지고 있다는 점에서 그 의미를 달리한다.

88번은 그 사람이 세상을 떠났기 때문에 내게 연락하지 않은 것이라 여겼었는데 이제 보니 나야말로 죽었다 생각하여 그 사람이 오지 않았음을 비로소 깨달았다 읊고 있다. 이 노래도 역시 앞서 인용한 이즈미시키부의 1153번 노래와는 질적 차이를 보인다.

1024　바로 이 순간 내 목숨과 맞바꿔 오늘과 같이

　　　　내일 해질녘엔 슬프지 말았으면

　　　　今の間の命にかへて今日のごと明日の夕べを歎かずもがな

　해질녘은 낮과 밤이 교차하는 시간이다. 또한 연인을 애타게 기다리는 이에게는 사랑하는 사람을 만날 수 있다는 설렘과 동시에 기다리는 연인이 오지 않을지 모른다는 불안감이 교차하는 가슴 아리는 시간대이기도 하다. 1024의 노래는 해질녘의 가슴이 미어지는 심정을 노래하고 있는데 그 안에 논리적 모순을 잉태하고 있다. 오늘 자기 목숨이 없다면 내일 존재할 목숨이란 있을 리 없다. 그러기에 오늘 목숨과 바꿔 내일 해질녘의 평온한 마음을 갈구한다는 것은 모순이다. 내일의 평온이 있다면 그것은 죽음에 의한 평온일 수밖에 없다. 이는 죽음과 비견할 만한 지금 이 순간의 극한의 슬픔을 호소한 것일 것이다. ‘지금 이 순간今の間’, ‘오늘今日’, ‘내일明日’이라는 시간과 관련된 가어를 사용하면서 내일로 이어질 허망한 시간의 도래를 예감하며 죽음을 갈구하고 있다. 이즈미시키부에게 사랑하는 이의 죽음은 이미 자기존재의미의 상실로 이어진다.

753　머지않아 죽을 이 세상에서의 추억거리로

　　　　지금 마지막으로 한번 당신 만나고파

　　　　あらざらんこの世の外の思ひいでに今一たびの逢ふこともがな

　이 노래는 이즈미시키부가 죽음을 목전에 두고 읊은 것으로 알려

져 있다.[25] 문법적으로 초구의 'あらざらん'은 종지형으로도 연체형으로도 해석 가능하다. 전자의 경우는 '나는 머지않아 죽어 이 세상에서 없어지겠죠. 그러니 죽어 없어질 이 세상 밖에 있는 저승으로 가는 나의 이승에서의 추억거리로'라는 내용이 된다. 한편 후자의 경우는 '머지않아 죽어 없어질 이 세상, 그 현세 밖에 있는 사후세상으로 가려는 나의 이 세상에서의 추억거리로'라 풀이된다. 양쪽 모두 해석 가능하며 문법적으로도 양쪽 모두 성립된다. 5구의 '만나고파'는 단순히 만난다는 의미를 넘어 사랑을 나누고 싶다는 의미까지를 포함한다. 죽음을 목전에 둔 순간에도 사랑하는 사람과의 농밀한 정사를 갈구한 노래이다. 하지만 고토바가키의 내용을 참조하면 병으로 몸 상태가 극도로 나빠져 죽음을 예감한 상태여서 실현가능성은 낮아 보인다. 그런 갈구가 불가능하다는 것을 누구보다 분명히 감지했을 이즈미시키부는 오히려 생애 마지막 순간에 막연하게 인식했던 자신의 존재이유이자 실존의 의미를 재확인하려 했던 것은 아닐까.

---

25 고토바가키는 '몸 상태가 좋지 않던 무렵 사랑하는 사람에게心地あしき頃、人に' 읊은 노래로 되어 있다. 이 노래는 『오구라 백인일수小倉百人一首』와 『고슈이 와카슈』 763번에도 수록되었다. 『고슈이 와카슈』 고토바가키는 '心地例ならず侍りける頃、人のもとにつかはしける'로 되어 있어 의미상 차이는 보이지 않으며 병이 들어 죽음을 예감한 심경에서 사랑하는 연인에게 보낸 노래로 보인다.

4. 이즈미시키부의 철학적 고뇌

본 연구는 이즈미시키부 와카 표현의 특징을 가어 '아리'를 통하여 분석함으로써 이즈미시키부의 철학적 사유에 관해 해석하고 그 함의를 읽어내는 것을 목표로 삼았다. 다시 말해 이즈미시키부가 지닌 시인으로서의 매력이 노래 속에 자기애와 함께 자기고발을 함께 담고 있다는 점을 분석하는 것이다. 모든 소유의 집착이 다 미망이고 무상하다는 것을 깨닫는 데서 존재론적 사유는 출발한다. 그런 의미에서 이즈미시키부의 '아리'가 사용된 노래에는 존재론적 사유가 끊임없이 이어진다. 이들 노래에 사용된 '아리'는 인간 생명의 유한성이나 생존의 개념이 아니다. 세상의 보편적인 규범과 이상에 부합되지 않는 자기 삶의 방식에 대한 치열한 고뇌이자, 어떻게 살아가야 할지에 관한 철저한 철학적 사유가 이어졌다는 것을 확인할 수 있었다.

하이데거에게 존재의 의미는 시간적인 것이다. 시간적인 것이라는 것은 영원성에 대립되는 것이 아니라 근원적으로 경험된 영원성을 의미한다. 이즈미시키부는 사랑하는 사람과의 짧은 순간에서 영원을 경험한 것이다. 영원의 체험에서 중요한 것은 우리가 얼마나 오래 사느냐가 아니라 순간을 살더라도 얼마나 충만감을 경험하는가에 달려있다. 이런 의미에서 모든 사랑하는 사람과의 시간은 이즈미시키부에게 있어 영원성과 충만감을 경험하게 했으며 그것이 그녀의 존재이유이자 실존의 의미였다.

인간을 상반된 요소의 총체로 인식한 이즈미시키부는 인간의 마음은 물론 모든 물상의 변화에 대해 섬모와 같은 예민함을 지녔기에 사랑에 몸을 던지면서도 결코 사랑에 도취되지 않았다. 감각적인 노래 속에서 관념을 담아 냉철한 시선으로 자신을 객관적으로 파악하였다. 그런 까닭에 남녀 사이의 사랑을 주제로 한 노래도 단순히 남녀 사이의 다양한 감정선을 그리는 것에 그치지 않고 인간 존재에 관한 철학적 화두를 건네는 노래를 읊어 읽는 이에게 오래도록 깊은 여운을 남긴다.

이즈미시키부 와카 표현론

참고문헌

〈텍스트·주석서·사전〉

臼田甚五郎·新間進一·外村南都子·德江元正校注(2000), 『神楽歌·催馬楽·梁塵秘抄·閑吟集』, 《新編日本古典文学全集》42, 小学館.

片野達郎·松野陽一(1998), 『千載和歌集』, 《新日本古典文学大系》10, 岩波書店.

久保田淳·平田喜信校注(1994), 『後拾遺和歌集』, 《新古典文学大系》8, 岩波書店.

小島憲之·新井栄蔵校注(1989), 『古今和歌集』, 《新日本古典文学大系》5, 岩波書店.

円地文子(1983), 『全講和泉式部日記』, 至文堂.

佐伯梅友·村上治·小松登美編(1959), 『和泉式部全釈』, 東宝書房.

佐伯梅友·村上治·小松登美編(1977), 『和泉式部全釈―続集編―』, 笠間書院.

秋山虔(2000), 『王朝語辞典』, 東京大学出版会.

片桐洋一(1988), 『歌枕歌ことば辞典』, 角川書店.

小町谷照彦(1988), 「和泉式部歌語辞典」, 『国文学 紫式部と和泉式部』第23巻9号, 学灯社.

〈단행본〉

青木生子(1961), 『日本古代文芸における恋愛』, 弘文堂.

有吉保編(1976), 『千載和歌集の基礎的研究』, 笠間書院.

生方たつゑ(1973), 『王朝の恋歌』, 読売新聞社.

石田知子(1997), 『平安期日記文芸の研究』, 新展社.

上村悦子(1994), 『和泉式部の歌入門』, 笠間書院.

大岡信(1979), 『四季の歌 恋の歌』, 筑摩書房.

折口博士記念古代研究所編(1990), 『古代研究(民俗学篇2)』, 《折口信夫全集》第三巻, 中央公論社.

片桐洋一(1991), 『古今和歌集の研究』, 明治書院.

唐木順三(1973), 『日本人の心の歴史 上』, 竹間書房.

神尾暢子(1995), 『王朝文学の表現形成』, 新典社.

久保木寿子(2000), 『実存を見つめる和泉式部』, 新典社.

小町谷照彦編(1998), 『歌ことばの歴史』, 笠間書院.

참고문헌

坂本幸男・岩本裕訳注(1994), 『法華経 中』, 岩波書店.
篠塚純子(1976), 『和泉式部—いのちの歌』, 至文堂.
清水好子(1985), 『和泉式部』, 集英社.
鈴木宏子(2000), 『古今和歌集表現論』, 笠間書院.
千葉千鶴子(1997), 『和泉式部の言語空間』, 和泉書院.
寺田 透(1971), 『和泉式部』, 《日本詩人選》8, 筑摩書房.
_____(1973), 『源氏物語一面—平安文学覚書—』, 東京大学出版会.
西村 亨(1972), 『王朝恋詞の研究』, 慶応義塾大学言語文化研究所.
樋口芳麻呂編(1997), 『王朝和歌と史的展開』, 笠間書院.
藤岡忠美(1966), 『平安和歌史論—三代集時代の基調—』, 桜楓社.
森田兼吉(1996), 『日記文学の成立と展開』, 笠間書院.
保田与重郎(1999), 『現代畸人伝』, 新学社.
山崎敏夫(1980), 『中世和歌とその周辺』, 笠間書院.
吉田幸一(1971), 『王朝の歌人』, 桜楓社.
和歌文学会編(1970), 『万葉集と勅撰和歌集』, 《和歌文学講座》第4巻, 桜楓社.
和歌文学論集編集委員会編(1994), 『王朝後期の和歌』, 風間書房.
和田明美(1996), 『古代的象徴表現の研究—古代的自然把握と序詞の機能—』, 風間書房.
박찬구・류지한 옮김(2001), 『도덕과 윤리에 관한 철학적 사유』, 철학과 현실사.
박찬국(2013), 『들길의 사상가, 하이데거』, 그린비.
이기상 옮김(2013), 『존재와 시간』 까치글방.

〈논문〉

石田知子(1963), 「和泉式部の歌に見られる表現上の特色」, 『実践文学』第20号.
石原昭平(1998), 「和泉式部日記の特性—その物語性について—」, 『帝京国文学』第5号.
岡田希雄(1928), 「和泉式部の恋愛生活(一)」, 『国語国文の研究』第23号.
小川靖彦(1993), 「'身'と'心'—万葉から古今へ—」, 『国文学研究資料館紀要』第19号.
神尾暢子(1988), 「歌人和泉式部の自己認識—歌語〈身〉を中心として—」, 『論集和泉式部』, 笠間書院.
北山正迪(1969.10), 「'なかむ'覚書」, 『国語国文』第38巻第10号.
木村正中(1981), 「和泉式部と敦道親王—敦道挽歌の構造」, 山中裕編『平安時代の歴史と文学 文学編』, 吉川弘文館.
_____(1995), 「和泉式部日記の歌ことば—'高瀬舟'をめぐって—」, 『王朝日記の新研究』, 笠間書院.
久保木寿子(1980), 「和泉式部続集〈五十首和歌〉の考察」, 『物語・日記文学とその周辺』, 桜楓社.
倉田 実(2001.3), 「平安朝恋歌の'…人'表現—その傾向と'つれなき人'をめぐって—」, 『大妻女子大学紀要』第33号.

小嶋菜温子(2000), 「ながめ」, 秋山虔編『王朝語辞典』, 東京大学出版会.

小町谷照彦(1978), 「和泉式部歌語辞典」, 『国文学』7月号, p.156

小松登美(1995), 「和泉式部歌における'まじ'」, 『和泉式部の研究』, 笠間書院.

_____(1995), 「和泉式部歌の'めり'をめぐって」, 『和泉式部の研究』, 笠間書院.

_____(1995), 「和泉式部と漢学」, 『和泉式部の研究 日記・歌集を中心に』, 笠間書院.

実方 清(1968), 「式子内親王」, 久松潜一・実方清編『日本歌人講座 中世の歌人Ⅱ』, 弘文堂.

清水文雄(1934), 「和泉式部正集の成立」, 『国文学攷』第一輯.

_____(1973), 「和泉式部」, 『王朝女流文学史』, 吉川書房.

_____(1975), 「和泉式部続集の成立」, 『鈴木知太郎博士古稀記念国文学攷』, 桜楓社.

_____(1988), 「和泉式部と'はかなし'」, 『国文学 紫式部と和泉式部』第23巻9号, 学灯社.

柴村抄織(1997), 「『和泉式部日記』―'手枕の袖'考―」, 『日記文学研究 第二集』, 親典社.

鈴木日出男(1991.5), 「ながむ(眺む)」, 『国文学 古語の宇宙誌』, 学灯社.

関根慶子(1976), 「魂と肉体」, 『解釈と鑑賞』, 至文堂.

千葉千鶴子(1979), 「我は人かは―『和泉式部歌集』私抄(七)―」, 『帯広大谷短期大学紀要』第16号.

_____(1997), 「われならぬ人」, 『和泉式部の言語空間』, 和泉書院.

寺田透(1973), 「和泉式部の歌集と日記」, 『源氏物語の一面―平安文学覚書―』, 東京大学出版会.

中川正見(1976.10), 「枕草子論―非'ながめ'の文学」, 『平安文学研究』第56輯.

_____(1977.11), 蜻蛉日記の'ながめ'と'けしき'と」, 『平安文学研究』第58輯.

林田孝和(1969.9), 「'ながめ'文学の展開―源氏物語の一考察―」, 『国学院雑誌』第70巻第9号.

平田喜信(1996), 「和泉式部日記の成立―もの思ふ女の記」, 久保朝孝編『王朝女流日記を学ぶ
       人のために』, 世界思想社.

藤岡忠美(1976.6), 「長雨―和泉式部」, 『国文学』, 学灯社.

_____(1998), 「'ともかくも'の歌をめぐって」, 『日本文学講座9詩歌Ⅰ(古典編)』日本文学協会編,
       大修館書店.

森元元子(1972), 「和泉式部の作―「観身岸額離根草」の歌群に関して―」, 『武蔵野大学』19号.

山口仲美(1998), 「『和泉式部日記』の文体」, 『平安朝の言葉と文体』, 風間書房.

노선숙(1997), 「和泉式部의 '語らふ' 자세의 생성과 帥宮와의 관계」, 『日語日文学』제8집.
       대한일어일문학회.

_____(1999), 「'語らふ人'로서의 이즈미시키부(和泉式部)」, 『日語日文学研究』제35輯, 한
       국일어일문학회

_____(2000), 「和泉式部歌考―'言ふ'의 노래를 중심으로」 『日語日文学』제13집. 대한일
       어일문학회.

_____(2001), 「이즈미시키부와 'ながめ'」 『日語日文学』제16집. 대한일어일문학회.

_____(2005), 「『센자이슈(千載集)』恋歌의 他者―'人'와 '君'를 중심으로―」, 『일본연구』
       제24호, 한국외국어대학교 일본연구소.

이즈미시키부 와카 표현론

초출일람

제3부 사랑으로 인한 수심과 원망의 가어
　　제1장 고통을 수반하는 사랑
　　　　(2001.11), 「이즈미시키부와 '*ながめ*나가메'」, 『日語日文学』
　　　　第16輯, 大韓日語日文学会, 수정 가필.
　　제2장 사랑의 또 다른 얼굴인 원망의 가어
　　　　(2014.9), 「이즈미시키부의 가어―'恨む우라무'를 중심으
　　　　로―」, 『比較日本学』第31輯, 漢陽大学校 日本学国際比
　　　　較研究所.

제4부 존재론적 사유의 가어
　　제3장 이즈미시키부의 가어 '아리有(存)ʼ)'와 존재론적 사유
　　　　(2015.9), 「이즈미시키부의 가어 '아리有(存)ʼ)'와 존재론적
　　　　사유」, 『比較日本学』第34輯, 漢陽大学校 日本学国際比
　　　　較研究所.

〈あ〉		

이즈미시키부 와카 표현론